国家舞台艺术精品工程剧作集 ④

地方戏曲卷二

中华人民共和国文化部艺术司 编

文化艺术出版社
Culture and Art Publishing House

精品剧目·桂剧

大儒还乡

编剧　齐致翔　杨戈平　王志梧

时间

乾隆三十六年（公元 1771 年）。

地点

一条路与一条河——京城至陕西，陕西至运河，运河望漓江。

人物

陈宏谋　男，七十六岁，大清名臣，曾任陕甘总督及各地封疆大吏，致仕前任东阁大学士兼工部尚书，广西临桂人。

桑　娘　女，二十六岁，钦犯遗孤。

乾　隆　男，五十岁，大清皇帝。

李芝珍　女，七十岁，陈宏谋妻。

吴达信　男，五十八岁，陈宏谋学生，陕甘总督。

佟三秦　男，二十八岁，陈宏谋学生，长安县令。再出为魂魄。

陈南孙　男，二十四岁，陈宏谋养孙，吏部主事，后任陕西布政使。

老　陕　男，四十岁，陕西农民。

李公公　男，六十岁，大内太监。

武士、官女、官员、船工、百姓

————桂剧《大儒还乡》 〉〉〉〉〉

〔幕前曲,接天籁般的天外之歌:

　　啊……大儒还乡嘞,大儒还乡

　　嘞……

第一场　赐宴

〔幕启。一束追光照亮李公公。

李公公　(读旨)圣旨下,陈宏谋接旨——
"奉天承运,皇帝诏曰,东阁大学士兼工部尚书陈宏谋,为官数十载,今请挂印辞官,念其劳苦功高恩准衣锦还乡,回桂林,赐玉宴,钦此。"(隐去)

〔灯亮。笙管齐奏,宫殿巍峨。群臣候驾,宫女侍宴。红光闪处,乾隆牵陈宏谋上。

陈宏谋　谢皇上!
乾　隆　(举杯)爱卿你就要荣归故里了,朕敬你一杯酒,粤西天末相望远,祝尔平安归里人!
陈宏谋　谢皇上!
乾　隆　(唱)这杯酒祝爱卿身心健朗,
　　　　　　一路上多保重莫受风霜。
　　　　　　毕竟是年迈人不同以往,
　　　　　　若非卿,频奏本,朕怎舍得,
　　　　　　你颠簸劳碌,万里还乡,
　　　　　　朕的好股肱,好爱卿,
　　　　　　你何不能,留朕身旁,

颐养天年，乐享朝堂？

陈宏谋　谢皇上！

乾　隆　（声如洪钟）众位爱卿！

众官员　臣在！

乾　隆　宏谋劳心焦思，不遑夙夜，学尤醇，所致拳拳民风民俗，可谓大儒之效、百官楷模！

众官员　（齐呼）臣等谨记！

陈宏谋　（突然奏请）臣启皇上，臣回广西之前，还想去趟陕西。

乾　隆　（意外地）陕西？

众官员　（意外地）长安？

乾　隆　秦绢织成的地方？

陈宏谋　臣二十年未曾去过了！

乾　隆　爱卿已七十六岁，怎经得起如此颠簸？

陈宏谋　（恳挚地）臣二十年不曾向皇上有过请求！

乾　隆　（沉吟）准。

陈宏谋　谢皇上！

乾　隆　不过，朕还要嘱咐你几句：年纪大了，遇事想开点儿，莫钻牛角尖。

陈宏谋　臣遵旨。

乾　隆　（高声）赐秦绢！

李公公　（站出，喊）赐秦绢——！

〔鼓乐声中，一队宫娥捧秦绢上，将一匹匹秦绢送到陈宏谋手中。

〔幕后伴唱京都《竹枝词》：

　　秦丝细，秦绢美；

　　轻如云，柔似水；

　　云飘万里颂君德，

　　水托一帆载公归。

陈宏谋　谢皇上！

〔官娥们围着陈宏谋翩翩起舞。五颜六色的秦绢将陈宏谋缠绕起来。

〔陈宏谋两眼望天。灯暗。

〔桑娘蒙面而出。

桑　娘　陈宏谋，你终于挂印辞官，走出京城，来到陕西。桑娘定为父亲雪冤报仇。

〔车马声起，桑娘隐去。

第二场　追怀

〔长安城外桑园，漫漫黄沙中一片绿色，一组少女组成桑林造型，陈南孙、陈宏谋穿行其间。

陈宏谋　（唱）一道道山来，一道道梁。

吴达信　老师，二十年了，你的信天游唱得还是一如当年哪。

陈宏谋　旧情难忘，旧情难忘啊。

吴达信　这黄土高坡已变成眼前的一片绿荫。

陈南孙　桑叶青青，绿色满园，爷爷该高兴啦。

李芝珍　是啊，你想看的，总算看到了。

陈宏谋　这绿油油的桑叶，一如当年，一如当年哪。

吴达信　老师，你看，采桑的女子来了。

〔伴唱：桑叶青，桑叶摇，

　　　　望到桑园心如潮。

　　　　莫到帝京风光好，

　　　　这里的草木更丰饶。

陈宏谋　好，好啊。

陈南孙　没想到，爷爷这么大的官还亲手种桑树！

陈宏谋　（告诫地）南孙哪！

　　　　（唱）一自中举入朝堂，

　　　　　一腔忠忱报君王。
　　　　　做官只需求理想，
　　　　　不惮宦海风雨狂。
　　　　　我造水渠高天走，
　　　　　我主桑政不彷徨。
　　　　　我自江南引蚕种，
　　　　　我教西北有农桑。
　　　　　不求皇上频嘉赏，
　　　　　唯愿绿色满山乡……

　　　〔桑树造型分批撤下。

吴达信　老师，欢迎您的宴会就要开始，该回去了。
陈宏谋　达信哪，你先去接待客人，我稍事歇息，随后就到。
吴达信　您要快些来啊。（下）
陈宏谋　（见吴走远）南孙哪，我们再到其他地方看看。
陈南孙　去看你亲手种的桑树？
陈宏谋　再看看别的桑园。
李芝珍　别的桑园……就不要看了。
陈宏谋　只看一处不足为凭。
李芝珍　你腿脚不好，回去吧！
陈宏谋　长安城郊有二十片桑田，至少再看两处。南孙走！

　　　〔人动景移。转眼，桑园变荒坡。
　　　〔陈宏谋行走太急，一个踉跄，南孙急扶。
　　　〔祖孙三人刚坐下歇息，幕后传来悠扬的信天游声：
　　　　　一道道山一道道山来，一道道梁，
　　　　　漫天黄土随风扬。

陈宏谋　（被吸引）信天游！
陈南孙　真好听！
陈宏谋　是卖唱的，南孙，把她找来唱上一曲。

———桂剧《大儒还乡》

陈南孙　好！（几步循向歌声的方向，喊）小女子请！

〔桑娘抱琵琶走下高坡。

桑　娘　见过老爷、夫人！

李芝珍　我家老爷爱听信天游，你挑些好听的唱上一曲。

桑　娘　那我就唱一曲秦绢美。

陈宏谋　好，只管唱来。

桑　娘　小女子献丑了。（坐于树墩弹唱）

　　　　　七彩丝绢色艳浓，

陈宏谋
陈南孙　好，唱得好！

桑　娘　（情绪变，接唱）

　　　　　片片皆殷红。

　　　　　朝廷乐享秦绢美，

　　　　　谁顾桑农水火中。

　　　　　痛我亲人丢性命，

　　　　　铸成大人赫赫功！

陈南孙　别唱了！这哪里是秦绢美，分明是恶意的诽谤！

陈宏谋　（凑近）你说，谁让你亲人丢了性命？

桑　娘　前任陕甘总督、陕西巡抚吴达信、陈宏谋！（从琵琶中拔剑，刺向陈宏谋）看剑！

〔陈宏谋躲过。陈南孙抽刀击剑。

陈南孙　（喊）来人！抓刺客！

〔武士上，与桑娘格斗，擒住桑娘。

陈南孙　（怒喊）押下去！

陈宏谋　（拦阻）慢！就在这里审问。

陈南孙　说，你受何人指使？

桑　娘　无人指使。

陈南孙　为何行刺？

桑　娘　替父报仇。

陈南孙　你父叫何名字？

桑　娘　佟三秦。

〔陈宏谋、李芝珍一震。

陈南孙　佟三秦？朝廷钦犯？

桑　娘　二十年前被陈宏谋害死！

陈南孙　胡说！佟三秦乃皇上赐死，与我爷爷什么相干？怪了！当年皇上赐死你全家，你怎会成为漏网之鱼？今日送上门来，你在劫难逃！把她拉出去砍了！

陈宏谋　（再拦）慢！

陈南孙　爷爷！

〔陈南孙愤然，与众武士下。

陈宏谋　姑娘，你父佟三秦，祖居陕西，原为长安县令，我的学生。

〔桑娘隐忍着……

陈宏谋　本来，我举荐你父为陕西巡抚，可他执意反对种桑……

桑　娘　所以你奏请皇上罢他的官！他不服，上书皇上，皇上庇护你，将我父下狱、赐死！我父母都死在你手里！

陈宏谋　不！只因你父太过狂傲，触怒龙颜，酿成大祸！

〔一声巨响，变光。二十年前长安狱中。佟三秦项戴木枷，身披锁链。武士托酒盘站立一旁。

〔幕后响起陈宏谋沉厉的声音："圣旨下！"佟三秦艰难跪倒。

〔声音继续："查原长安县令佟三秦反对桑政，对革职罢官心怀不满，屡次上书妄奏，肆意犯上，特赐死。"

〔佟三秦伏地不起，没有反应。

陈宏谋　（呼喊）佟三秦领旨谢恩！

〔佟三秦抬起头来，接过武士递过的鸩酒，欲饮。

陈宏谋　慢！你若迷途知返，戴罪种桑，为师拼着项上的顶戴，再次上奏，为你减刑！

———桂剧《大儒还乡》 >>>>>

佟三秦　老师，你知道自己错了？

陈宏谋　放肆！你临死还不明白！

佟三秦　明白，我不该奏报皇上，告老师谬天行事，指皇上误听误信。

陈宏谋　你明知秦绢是皇上赐名，桑政是皇上厉行。

佟三秦　所以，我上奏皇上。

陈宏谋　（恨恨地）难道你连皇上都不相信？

佟三秦　（幽幽地）我要走了，送老师一根拐杖。（拿起地上的一根拐杖）

陈宏谋　（接过）哭丧棒？

佟三秦　不是哭丧棒，是枯桑杖。它能提醒老师：谬天种桑，迟早都是要枯死的呀！

陈宏谋　佟三秦！你都要死了，你这轻慢狂狷之性就不能收敛收敛么？

佟三秦　老师！

　　　　（唱）老师道我狂狷，

　　　　　　　我道老师谬天。

　　　　　　　南桑不宜引种，

　　　　　　　只为秦土燥寒。

　　　　　　　临别再说一遍，

　　　　　　　几年后桑必枯算是预言。

　　　　　　　原谅我也如这根枯桑棒，

　　　　　　　生性不会拐弯。

　　　　　　　愿老师事事如意，

　　　　　　　却不可唯忠唯上唯眼前。

陈宏谋　（扔掉拐杖，绝望地）领旨谢恩吧。

佟三秦　（默念着）学生不愿老师手上有我的鲜血……（猛然摔杯，撞柱而死）

　　　　〔天幕上鲜血四溅。灯暗。

桑　娘　（痛呼）爹——！

陈宏谋　（愤呼）三秦——！

〔佟三秦等隐去。场景复原。

陈宏谋　我在陕西任上，秦桑已然成荫，秦绢已然织成，可是你父还是不知回头！

桑　娘　不！你来看，（环指荒原）除了吴达信带你看的那一片桑园，哪里还有桑树？哪里还有桑田？

〔陈宏谋一愣。

桑　娘　……你走不久，秦桑日渐枯萎，秦蚕大半饿死，吴达信为维护你的政绩，竟从江南购买南丝，假冒秦绢，岁岁进贡，欺世盗名！

陈宏谋　你胡说，皇上厉行的桑政不容诋毁！

桑　娘　你乐得皇上嘉赏，皇上乐得四海升平，你们哪里顾得事情的真伪，百姓的死活？

陈宏谋　（断喝）你住口！

桑　娘　你怕了？

陈宏谋　我怕你重蹈你父欺君罔上的覆辙！

桑　娘　好个道貌岸然的陈青天！我父怎会是你的学生？你敢放我，我还要杀你！

陈南孙　大胆！

〔陈南孙闯入，仗剑直刺。

陈宏谋　（断喝）南孙！她是你亲姐姐！

〔陈宏谋的喊声似沉雷炸响，陈南孙、桑娘皆愣住。李芝珍惶然走上。

〔陈南孙、桑娘走近，审视，又分开。

陈南孙　（愤懑地唱）霹雳一声天地暗！

桑　娘　（痛苦地唱）万丈狂涛卷巨澜！

陈南孙　（哭喊）爷爷！奶奶！我是你们的亲孙子！亲孙子啊！

陈宏谋　（唱）南孙哪，

　　　　　　你莫哭，你莫喊，

　　　　　　你是陈家好儿男！

————桂剧《大儒还乡》 〉〉〉〉〉

    当年你父遭刑宪，

    怎忍见小小的婴儿被株连。

    都怪爷爷相告晚，

    才使你姐弟一见就相残！

杨芝珍　（唱）憾只憾救你又把你丢弃，

    幽幽悬思二十年……

  〔幕后传来急促的奔跑声和呼喊声："皇上有旨，佟三秦满门抄斩！"

  〔武士擎火把过场。

李芝珍　（讲述）就在抓捕你全家的那天夜晚，陈大人他——将你姐弟偷偷抱回！

桑　娘
南　孙　（同惊）抱回？

李芝珍　（颤抖地）我怕，我怕呀！你们都是钦犯之后，这不是犯了欺君之罪吗！

陈宏谋　（抱婴儿状）婴儿无辜，婴儿无辜！

李芝珍　（扶起）你要我……

陈宏谋　就认做自己的儿女吧。

李芝珍　这婴儿尚在襁褓之中，如何做我们的儿女？

陈宏谋　那就认做孙儿孙女。

李芝珍　我们的儿子也是这样小的时候死去的，那是三十年前，我还年轻，有奶水，此时难了！

陈宏谋　没有奶水有米汤！

李芝珍　不做祖母做亲娘！

陈南孙　祖母！

桑　娘　亲娘！

李芝珍　（惶恐地）收养一双儿女太过明显，万一……

陈宏谋　这，我想起来了！他们的姑母在咸阳做道姑，把这女娃送到那里，不会受屈。我马上就去！

李芝珍　（叮嘱）千万不能让人认出！

〔婴儿啼哭。南孙、桑娘走近相看。

陈南孙　姐姐！

桑　娘　（迟疑地）弟弟！

陈南孙　（痛苦地）姐姐！……

桑　娘　（轻叫）弟弟！

陈南孙　不！一个人的命运就这样改变了！一瞬间就变成钦犯的……不……（跑下）

陈宏谋　南孙！（追下）

〔桑娘痛苦地望着跑去的南孙。

桑　娘　（唱）霎时间，恩怨情仇难分辨，

命运弄人为哪般？

到今日恩人仇人一同现，

好叫桑娘两为难。

李芝珍　孩子！你姐弟终于相见了。

桑　娘　（痛苦抉择）为什么？为什么？陈大人对我一家有仇又有恩，桑娘仇不报了，恩也不报了，（对李芝珍）告辞！（急去）

李芝珍　桑娘，桑娘……老爷快来呀！

陈宏谋　（追喊）姑娘不能走！南孙，快将你姐姐追回！我要问明秦绢实情！

李芝珍　（惊）老爷！你又钻牛角尖了！

陈宏谋　这，哎。

（唱）秦绢之假心不定，

得遇桑娘备伤情，

国事、家事纷纷扰。

南孙，

回桑园再查看，

———桂剧《大儒还乡》

为何那里绿茵茵?

〔"急扭头"锣鼓。陈宏谋转身亮相。

〔灯暗。

第三场 暗访

〔桑园门口。左侧有一个窝棚,一束光照亮一面石碑,上刻"陈宏谋种桑处"。

〔幕内传来童谣声:

青石碑,五尺长,

大官老爷教种桑;

你种桑,我种桑,

年年岁岁闹饥荒;

闹饥荒,心惶惶,

蚕捐丝税年年涨,

捐也涨,税也涨,

累死大大饿死娘。

〔一群小叫花子藏在树丛中,轮流蹿出来,用土块砸碑、用木棍打碑,或往石碑上吐口水、抹鼻涕,嘴里愤愤地骂着:"害人碑!催命碑!狗屁碑!"

〔陈南孙幕内声:"爷爷小心点,这就到了!"

领头小叫花子闻声一惊:"护碑的人来了,下来!"一声呼哨,小叫花子们四下散去。

〔陈宏谋、陈南孙上,陈南孙先发现石碑。

陈南孙　陈宏谋种桑处,爷爷,您的公德刻在这里呢!

陈宏谋　(上前,念碑文)啊?都立上碑了?(有些茫然地坐在石碑的基座上)

陈南孙　爷爷,这回你该放心了吧?

陈宏谋　桑娘在就好了，南孙我们再四处看看。

〔幕内信天游接唱：

　　　　一道道山来，一道道梁，

　　　　渴死野狗饿死狼！

〔老陕倒骑驴上。

老　陕　（吼唱信天游）

　　　　往前看，黄沙漫漫人不见，

　　　　往后看，驴粪蛋蛋一串串。

　　　　驴粪蛋蛋圆，

　　　　驴粪蛋蛋光。

　　　　倒骑毛驴走，

　　　　避风又闻香，好香。

陈宏谋　老哥，唱得好啊！

老　陕　你说我唱得好？（得意地下驴）

陈宏谋　老哥，你为何倒骑毛驴？

老　陕　你是做啥的？咋跑到这来了，这可不是一般人来的地方，快走，快走、走走……（轰叫花子）

陈宏谋　老哥。

老　陕　说了半天了，你咋还在这，快走。

陈宏谋　老哥，你的信天游唱得好啊。

老　陕　啥，你也爱听信天游。

陈宏谋　不过，我们广西的山歌更好听！

老　陕　你们广西的山歌比信天游还好听？

陈宏谋　好听得很！

老　陕　我不信。

陈宏谋　不信我们就比一比。

老　陕　比就比。

陈宏谋　（啾啾嗓子，唱广西调子）

哎，
什么人走路倒骑驴嘞？
什么人说话颠倒颠？

老　陕　（唱信天游）
聪明人走路倒骑驴吔，
明白人说话颠倒颠！

陈宏谋　（唱广西调子）
什么人最爱说实话嘞？
什么人最爱糊弄人哎？糊弄人？

老　陕　（唱信天游）
傻蛋蛋最爱说实话吔，
昧心的官爷他最爱糊弄人哎！
糊弄人！

陈宏谋　（唱）南丝南绢，高价买，
冒充秦绢可当真？

老　陕　（唱）石圪塔当了土地爷，
你说是假还是真？

陈宏谋　他的话有隐情。

老　陕　这个人，啥用心？
（唱）听他言，果然有人在作假。

老　陕　（唱秦腔）
他到底是啥人？
你到底是啥人？
当心有人把你抓！

陈宏谋　（唱）我就是陈宏谋，
你要对我说实话，
倘若有人敢造假，
只管如实来揭发。

老　陕　（唱）我看他，

　　　　　　　不像个当朝一品，

　　　　　　　你竟敢假冒钦差犯王法。

陈宏谋　（唱）此事关系很重大，

　　　　　　　请你不要打哈哈！

老　陕　（一蹦老高）哈哈！我明白了，你想冒充陈大人，让我揭发吴大人，然后告诉吴大人，再来办我这个种桑人，慢说我不敢碰吴大人，就是那为百姓做过许多好事的清官陈大人，到时候也会翻脸不认人，那佟三秦佟大人，不就这么死的吗！

〔吴达信急上，陈南孙随后。

陈宏谋　（如遭重击）啊！

老　陕　（见吴慌忙地）我啥也没说！喂驴去咧！（牵驴下）

吴达信　老师！

陈宏谋　（急切地）达信！我来问你，方才老农所言……

吴达信　老师不必问了，大片桑田俱已枯死，能看到这片桑园，就不错了。

陈宏谋　大片桑田既已枯死，这片桑园缘何成活？

吴达信　特殊浇灌，特殊经营，买土保种，勉强成活，成本奇高，不能推广。

陈宏谋　（愣住）这蚕丝果从江南买来？

吴达信　正是。

陈宏谋　吴达信！你怎干出这等事来？

吴达信　为维护恩师，更为维护皇上。

陈宏谋　（大怒）呀呀呸！弄虚作假，欺骗朝廷，还敢强辩？

吴达信　老师你忘了，二十年前就在这桑园，您撤掉佟三秦，命学生接替他管理桑政，您教诲学生："皇上交办之事，无论多难，必须尽力而为，违怠者，是为不忠也！"

陈宏谋　我是这样说的么？

———桂剧《大儒还乡》 〉〉〉〉〉

吴达信　十多年来，学生谨遵师训，唯上命是从，也是万般无奈呀。

陈宏谋　（恨恨地）万般无奈你就弄虚作假？万般无奈你就欺下瞒上？来呀！摘去吴达信顶戴花翎，打本进京，交刑部裁处！

　　　　〔无人应声。陈南孙上，怔怔地望着爷爷。半晌。

吴达信　老师，您——退休了。

陈宏谋　我……（踉跄欲倒）

陈南孙　（扶住）爷爷！千万莫生气，人非圣贤，孰能无过呀！

吴达信　南孙说得对呀！

　　　　（唱）人非圣贤谁无过？

　　　　　　　自问无过便好过。

　　　　　　　眼看黄昏日西落，

　　　　　　　您只需把剩下的日子好好过！

陈宏谋　（唱）心痛彻，假秦绢果然是人之祸！

　　　　　　　你说老夫该如何？

吴达信　（唱）依您禀性会纠错，

　　　　　　　上书把学生来弹劾。

　　　　　　　可老师不会这样做。

陈宏谋　为何？

吴达信　因为您也在欺骗皇上！

　　　　（唱）您竟敢把钦犯之子暗收罗！

陈南孙　岳父！你可是我爷爷亲自提拔的！

吴达信　（唱）正因如此，才招你为婿，

　　　　　　　我两家已然是裙带亲，难以分割！

陈宏谋　（肃然）如此请吴大人据实上奏，弹劾老夫不赦之罪！

吴达信　（唱）自家人岂能把自家人毁？

　　　　　　　相信我浪里行船办法比你多！

陈宏谋　桑政之错由我而起，自当由我纠正。

吴达信　老师！这世上有许多事明知不对，却也是纠不得的呀！

317

陈宏谋　把石碑推倒！
吴达信　不不不，这已不是您一个人的事，它事关朝廷，事关皇上！
陈宏谋　我的名字我来推，推倒！
吴达信　推不得！
陈宏谋　推倒！
吴达信　推不得！
陈宏谋　闪开了！
吴达信　老师！
陈南孙　爷爷！（推开吴达信，举杖砸碑）
　　　〔石碑巍然不动。
吴达信　老师莫闪了腰，这碑您是推不倒的。
　　　〔内喊："李公公到！"
　　　〔李公公捧旨上。
李公公　（边看边笑）哈哈哈！哎哟这地儿我来过！还是这么绿！这是陈大人的功劳！
陈宏谋　（生气地）哼！
李公公　那就是吴大人的功劳！
吴达信　不，老师，老师！
李公公　老师？他一点儿也不老实！陈宏谋，你敢违拗皇上，私自跑到桑园来，圣旨下！
陈宏谋　臣……（欲跪）
李公公　陈南孙跪听宣读！
陈南孙　（意外地）万岁！（跪）
李公公　（读旨）奉天承运，皇帝诏曰：准陕甘总督吴达信奏，着刑部主事陈南孙调任陕西布政使，主理蚕局，振兴农桑，不得有误。钦此。
陈南孙　（伏地）陈南孙领旨谢恩！
陈宏谋　慢来慢来，理蚕局，兴农桑，陈南孙？（起身）

———— 桂剧《大儒还乡》 〉〉〉〉〉

李公公　这得感谢吴大人，是他举荐哪。

陈宏谋　（怒极）吴达信！这，这就是你的"浪里行船"？

吴达信　原谅学生，事前未向老师通禀。

陈宏谋　（焦急地）皇上，准陈南孙侍臣回桂林！

李公公　嗨嗨嗨，瞧准了我是谁？想折杀我不是？皇上还有口谕呢，说您老糊涂，命咱家追上您，陪您回桂林！哎哟，可把我累坏了！

吴达信　公公一路劳乏，先去洗个药水澡，再找人帮您松松筋骨！

李公公　（乐了）真会办事。

吴达信　南孙哪，陪李公公喝两杯。

李公公　喝两杯？

陈宏谋　（伤心地）喝吧……喝吧……自己欠债自己还……（独自走去）

〔一束光照着陈宏谋的背影。光暗。

第四场　祭坟

〔残月如钩。荒原上，几株枯桑和几蓬野草在摇曳。
〔一束光照着匆匆走来的桑娘。

桑　娘　（唱）心绪纷繁思辗转，
　　　　　　恩仇交并两为难；
　　　　　　父亲亡灵来指点，
　　　　　　父亲的魂魄驻心间。

　　　　（悲诉）父亲！（长呼）爹——！女儿看你来了！父亲，我看到弟弟了！他还活着！女儿当报仇？还是当报恩？求父亲指点，求父亲教我！父亲，你在哪里？父亲，你在哪里呀？

〔冷风习习，桑娘在暗夜中寻行。
〔空中传来粗犷嘹戾的信天游：
　　　　　　一道道山来，一道道梁，
　　　　　　漫天黄土随风扬。

〔陈宏谋提篮拄杖，出现在星光下，浑如一古树雕塑。

〔桑娘一怔，注视、辨认来人。

〔陈宏谋踽踽前行，信天游继续：

　　人道秦川八百里，

　　渴死野狗饿死狼……

〔桑娘有所发现，隐身。

陈宏谋　三秦，这是你在唱吗？三秦你知道吗？为师看你来了，当年，我把你夫妻葬在这里，缘何这墓地也找不见了？我空有纸钱烧不得！（放下竹篮）

〔冷风袭来，陈宏谋身体摇晃。

陈宏谋　好大的风啊，险些将我刮倒，若不是这根拐杖……（看拐杖，猛想起）枯桑棒！这不是三秦么？三秦，为师向你认错来了！

（唱）寒风瑟瑟周身冷，

　　五内如焚泣无声。

　　欲向三秦说悔恨，

　　荒草凄凄魂不应。

　　自幼儿读诗书志在高远，

　　入朝堂勤政务廉洁自身。

　　奉旨入秦衔圣命，

　　自信桑政能富民。

　　急功近利头昏痴，

　　诤言当做耳边风。

　　若是宏谋早清醒，

　　岂令三秦做鬼魂？

　　羞言好心办坏事，

　　一朝错演变成千古罪孽深！

　　为什么错能衍错无人问？

　　为什么真作假时假亦真？

———桂剧《大儒还乡》 〉〉〉〉〉

　　　　我要为三秦讨公道，

　　　　我要把是非真假袒露于人。

　　　　乞皇上重下旨诏告天下，

　　　　让百官都学他——

　　　　　一身孤傲，一腔赤诚！

　　〔桑娘闪出，心潮翻滚。

　　〔狂风大作，枯桑棒旋上夜空。

陈宏谋　（呼叫）三秦！你为何离我而去呀？（扑捉）三秦！三秦！（匍匐于地，寻找失去的拐杖，"圆场"，"抢背"，"吊毛"，"跌坐"）

桑　娘　（呼喊）爹——！你听到了么？你看见了么？陈大人已幡然自责！他是何等地想你，念你！

陈宏谋　（痛呼）三秦！

　　〔佟三秦声音愈近：老师！三秦没有走！三秦二十年都和老师在一起呀！

　　〔月霭中，佟三秦的魂灵缓缓飘来。

　　〔陈宏谋、桑娘循声谛听。

陈宏谋　三秦！

佟三秦　（唱）莫怪学生随风去，

　　　　老师痛切我伤情。

　　　　我曾说，赠你原为作凭证，三五年后是非清。

　　　　却为何，长夜难明由我等，

　　　　二十年，才见你黄土坡前放悲声？

陈宏谋　（唱）枯桑耿耿鸣不平，

　　　　问得我羞愧难当话语凝。

　　　　二十年梦断魂消常惊起，

　　　　想弄清，怕弄清，迟至今日才弄清！

　　　　果然是爱听好话人之性，

　　　　果然是人在高处身难躬。

快快随我回京去，

我要还你铮铮名！

桑　　娘　（唱）老大人如诉如泣吐心声，

我看见残月新辉朗朗明。

陈宏谋　（唱）三秦英魂当未老，

佟三秦　（唱）老师的暮年可安宁？

桑　　娘　（唱）父亲的亡灵应有知，

陈宏谋　（唱）三秦呀。

佟三秦　（唱）老师呀。

桑　　娘　（唱）爷爷呀！父亲呀！

佟三秦　（唱）可怜。

陈宏谋　（唱）感念殷殷垂暮情。

桑　　娘　（唱）体谅。

〔佟三秦隐去。

陈宏谋　（抓住桑娘）三秦！三秦！

桑　　娘　（扶起）父亲，陈大人！我是桑娘！

陈宏谋　（惊看）桑娘？

桑　　娘　你不要太难过，太自责，桑娘明白了。

陈宏谋　孩子！

桑　　娘　陈大人！

陈宏谋　桑娘，桑娘回来了？

桑　　娘　莫怪父亲随风去，父亲的情意我心里明；父亲不在还有我，桑娘就是陈大人的拐杖，一生一世伴你行！

陈宏谋　不，我不要你陪我，我只要你姐弟相认。

桑　　娘　我要陪陈大人回归故里。

陈宏谋　我要你姐弟互相照看。

桑　　娘　我要替父亲照看陈大人。

陈宏谋　可我，我把你的父亲——丢掉了！

桑　娘　不，您看——！

　　　　（念）父亲的亡魂处处在，

　　　　　　　一树枯桑一精灵！

　　　　〔桑娘折枯枝，奉上。

陈宏谋　（心潮翻滚）枯桑棒！

桑　娘　桑娘把它送给陈大人。

陈宏谋　三秦回来了！

　　　　（念）三秦又能伴我行！

　　　　桑娘，我要回京为你父平反！为你父辩冤！

　　　　〔吴达信现身。

吴达信　老师！莫乱想了，李公公命你立刻启程，回桂林！

　　　　〔陈宏谋愣住。灯暗。

第五场　情惑

〔流水声声。音乐娓娓。

〔天幕下，一艘官船缓缓驶过。船上码着许多箱子。船动景移。

〔陈宏谋伫立船头。

陈宏谋　（唱）心惶惶，意惶惶，

　　　　　　　含羞带愧回故乡。

　　　　　　　如何见父老？

　　　　　　　怎对我圣皇？

李芝珍　（唱）归去不思量，

　　　　　　　难得是安详。

　　　　　　　是非恩怨付流水，

　　　　　　　运河过后是漓江！

陈宏谋　漓江还远着呢，这里是运河。

李芝珍　我做梦都想漓江啊！

〔李公公伸懒腰上。

李公公　甭说您想，我都想。

李芝珍　公公。

李公公　陈大人到了桂林，您得好好儿陪我玩玩儿！

李芝珍　陪，一定陪公公游桂林山水！

李公公　陈大人一路上没个笑脸，能陪我玩儿么？

李芝珍　你劝劝他，我给你泡一碗临桂马蹄水！（下）

李公公　是得劝劝他。陈大人，我给您来一段儿怎么样？（唱京戏）海岛冰轮……（嗽嗓子）今儿嗓子没在家。你瞧我这……（伸兰花指）

陈宏谋　公公，老夫心乱如麻，哪有心思听戏呀。

李公公　不就秦绢那点事吗？谁没个闪失啊！本朝进士郑板桥说过，最好糊涂。

陈宏谋　错了。

李公公　没错。

陈宏谋　是难得糊涂。

李公公　反正你们这号人就不能太明白，就说这假秦绢吧，有时候我也得装糊涂。

陈宏谋　怎么？秦绢之假，公公也有耳闻？

李公公　干嘛耳闻哪，我早就门儿清！皇上命我查过桑园！

陈宏谋　（一惊）什么？公公查过桑园？

李公公　（诡谲地）我知道皇上喜欢什么，我给他带回一把绿油油的桑叶儿呢。

陈宏谋　如此说来，皇上被你蒙蔽了？

李公公　呸呸！谁蒙皇上了？皇上能被人蒙么？

陈宏谋　（揪心地）我要回京禀告皇上！

李公公　你得了吧！皇上六月初六再下江南，他早已不在京城啦！

陈宏谋　六月初六离京，也走运河，今日……（掐指算）皇上的龙船就在

|||||— 桂剧《大儒还乡》 〉〉〉〉〉

这官船后面，我要掉转船头，面奏皇上！

李公公　胡闹！皇上让我陪您回桂林，就是要让我看着你别瞎折腾！老哥哎，您一生清廉，功高卓著，都告老还乡了，干吗跟自己过不去呀？今朝有酒今朝醉，大儒他为啥不糊涂？

〔李芝珍上。

陈宏谋　（沉思）皇上六月初六再下江南……

李芝珍　老爷，起风了，回舱歇息吧。

陈宏谋　我要调转船头，面君请罪。

李芝珍　什么？你要请罪？……（凝望宏谋）那就先治我的罪吧。

陈宏谋　治你的罪？此话从何说起啊？

李芝珍　秦绢之事，我也知晓。

陈宏谋　什么？你也知晓？

李芝珍　这些年，多少人为秦绢之事找你告状，都是我把他们劝回了。

陈宏谋　你劝回的？

李芝珍　我对他们说：后来的事陈大人不知。贫苦的，我赠他们银两。这些年你的俸禄，几乎被我赠光了。

陈宏谋　你怎能做出这等事来？

李芝珍　我这还不都是为了你吗？

陈宏谋　你还是我几十年来朝夕相伴、知根知底的老妻么？

李芝珍　老爷，你在官场几十年，怎不知宦海多风浪、伴君如伴虎？

陈宏谋　文谏死，武战死，为社稷死，死得其所！我说过：莫做心上过不去之事，莫萌世上行不去之心。何况，我是皇上钦定的大儒！我不能对不起皇上，我要尽忠。

李芝珍　你？大儒？尽忠？你早就欺君罔上了！

陈宏谋　（一震）你……

李芝珍　（为宏谋搨肩，温婉地）二十年前，皇上下旨赐死三秦全家，你私自将他的一双儿女抱回，你已然欺君罔上了；临行前皇上赐你秦绢，分明嘱你不要再提秦绢之事，你非但要提，还要为三秦平反，秦绢乃皇上命名，三秦乃皇上赐死，这不，你又欺君罔上吗？你这算是什么大儒？行的什么大忠？……

〔音乐长鸣。

陈宏谋　（痛楚地）芝珍哪，别人不解，你也不解我的苦处？背主救孤，我惶恐不安，可人总得有良心！（呼叫）天地良心哪——（昏厥）

李芝珍　（痛心地）宏谋！宏谋！

陈宏谋　（哀求地）芝珍帮帮我！二十年了，该了结了！快入土了，帮帮我吧！

李芝珍　是啊，快入土了！可孩子们还要活啊！（委屈地唱）

　　　　风雨相随五十年，
　　　　终朝惶遽不得安。
　　　　君恩何曾沾半点，
　　　　君心常似铁石坚。
　　　　抚南孙啊，一年年，
　　　　日无歇来，夜无眠。
　　　　耗尽心血，老去容颜，
　　　　何等艰难，何等辛酸！
　　　　老爷啊，莫道妻只为自己想，
　　　　人间道义重如山。
　　　　三秦已然死你手，
　　　　难道你还忍心，断送他儿男？
　　　　南孙他是三秦的遗孤！三秦的遗孤啊——（涕泣跑下）

陈宏谋　（失魂地站起）夫人，三秦！南孙……

〔幕后伴唱：

　　　　情难放，意难收，
　　　　为家人，且优柔，
　　　　不在位，不需谋，
　　　　只需乘船回乡去，

　　　　是非恩怨一笔勾，

　　　　休休休！休休休！

〔伴唱声中，官船缓缓行驶，红日缓缓坠落。陈宏谋颓然落座。

〔灯暗。

第六场　上书

〔入夜。陈宏谋坐在箱子上微睡。月亮冉冉升起。

桑　娘　陈大人——

　　　　〔升光。桑娘拜见陈大人。

桑　娘　桑娘拜见陈大人！

陈宏谋　桑娘！千里迢迢，你怎么又追来了？不是让你姐弟互相照看么？

桑　娘　桑娘放不下陈大人。我来时，这位老农非要与我一同追赶陈大人！

陈宏谋　老哥？

　　　　〔老陕肩背残碑急上。

老　陕　陈大人！我是来找你告状的呀！

陈宏谋　状告何人？

老　陕　我告我。

陈宏谋　告你？

老　陕　那片假桑园是吴大人逼我种的，我再不愿为那些欺下瞒上的坏人做帮凶啦！（唱秦腔）

　　　　　　官府买南丝，充作秦绢赋，

　　　　　　枉花十倍银，喝令桑农偿。

　　　　　　桑农不堪负，愤然抗强梁，

　　　　　　好一个吴达信，巧言装善良。

　　　　　　有人京城诉，相府筑高墙。

　　　　　　我也浑作假，良心太肮脏。

　　　　　有赖陈大人，快把正气扬，

　　　　　为我苦桑农，解除忧和伤。（站定）

陈宏谋　（痛悔地）老哥！谢谢你的教训哪！

　　　　我一定要对得起你，对得起陕西的老百姓！

老　陕　可我对不起你呀，（哭）陈大人，这碑我没看好，还是让人给砸了。

　　　〔幕后儿歌起：

　　　　　青石碑，五尺长，

　　　　　大官老爷教种桑；

　　　　　你种桑，我种桑，

　　　　　年年岁岁闹饥荒。

陈宏谋　砸得好！陈宏谋，想想老农，看看残碑，你这堂堂大儒，羞是不羞？惭是不惭？（愈而沉碑）笔墨伺候！

桑　娘　陈大人，你要做甚么？

陈宏谋　皇上的龙船就在我官船的后面，我要书呈圣上。

桑　娘　陈大人，这奏折不能写呀！（泣咽）桑娘怕陈大人重蹈我父的覆辙……桑娘没有父亲了，再不能没有爷爷！

陈宏谋　孩子！

桑　娘　桑娘不愿做孤儿，（撕心裂肺般哭喊）桑娘舍不得爷爷！（扑跪）

陈宏谋　（唱）一声爷爷撕心肺，

　　　　　叫得我肝胆俱裂老泪飞。

桑　娘　爷爷！

陈宏谋　桑娘，

　　　（唱）这爷爷错杀你父做冤鬼；

　　　　　这爷爷造成秦地白骨堆；

　　　　　这爷爷二十年后方知悔；

　　　　　这爷爷满怀愧疚诉与谁？

　　　　　桑娘啊！

　　　　　　　你和南孙叫爷爷，
　　　　　　　娇声喃喃入心扉；
　　　　　　　爷爷面对你姐弟，
　　　　　　　血泪汩汩情自悲。
桑　娘　爷爷！
陈宏谋　（接唱）面君纠错多凶险，
　　　　　　　怕你姐弟受连累。
　　　　　　　倘若是佟门因我绝香火，
　　　　　　　我死后尸身入土魂难归！
陈宏谋　桑娘你走吧……走吧……快快走吧。
桑　娘　爷爷要我逃走？
陈宏谋　快走！
桑　娘　爷爷对皇上如此忠贞，我走了爷爷岂不又是欺君？
陈宏谋　快快离开官船，只当你不认识我，从来没有这个爷爷。
桑　娘　爷爷！
　　　（唱）爷爷含泪声声悔，
　　　　　　天地有情当同悲。
　　　　　　爷爷啊！
　　　　　　桑娘本是钦犯女，
　　　　　　何惧生死又一回。
　　　　　　且缚桑娘上朝去，
　　　　　　救黎民，争是非，
　　　　　　我与爷爷命相随！
　　〔桑娘庄重地将笔递给陈宏谋，陈宏谋颤抖着双手，久久不接过。
陈宏谋　（唱）桑娘一声命相随，
　　　　　　如闻隆冬撼天雷。
　　　　　　到底英烈嫡血脉，
　　　　　　纤纤女子亦崔嵬。

　　　　　　遥天深深作一揖，
　　　　桑娘！
　　　　　　领受我垂暮人向你佟家两代来谢罪！
　　　　〔陈宏谋忽地跪倒在地。
　　　　〔桑娘惊呼、跪蹉。
　　　　〔"啊"字歌伴唱起。
　　　　〔幕后道白：调转船头，逆水而上。
李公公　陈大人，去不得——
　　　　〔暗转。桅灯下，众船工划桨"舞蹈"。
众船工　（喊）逆风逆水，船行受阻！陈大人！
　　　　〔陈宏谋上，拄枯桑杖，伫立船头，迎风引吭。
　　　　〔伴唱：船行需破浪！
　　　　　　人行需乘风！
　　　　　　难逢月黑，风高，水险，
　　　　　　成全我孤忠一点，垂暮之情。
　　　　　　风高水险意志坚，
　　　　　　逆风逆水鼓足劲。
　　　　　　快划！
　　　　　　大儒从来喜大风！
　　　　〔众人齐声呼号子，奋力划桨。
　　　　〔灯暗。

第七场　犯颜

　　　　〔夜黑风高。李公公失魂落魄地上。
李公公　（念【扑灯蛾】）
　　　　　　陈宏谋，了不得，
　　　　　　要拦御驾上奏折。

———桂剧《大儒还乡》 〉〉〉〉〉

    退休还提老问题，

    得罪皇上怎么了得？

    我好比老鼠进了风箱，

    两头受气没了辙。

    无奈我把皇上见，

    是祸是福天晓得，天晓得！

  奴才见驾！

  〔鼓乐起。升光。辉煌的龙船自天幕推出。乾隆坐龙椅。随行大臣站立两厢。

李公公 （匍匐在地）奴才叩见皇上！

乾 隆 不是命你陪陈大人回桂林么，你怎么又回来了？

李公公 陈大人他，他有本上奏！

乾 隆 （接奏折看）你怎么不拦着点啊？

李公公 （两腿筛糠）奴才晕船哪！

乾 隆 （生气地）好、好，好，宣他来见！

李公公 （喊）遵旨，陈宏谋见驾了！

  〔陈宏谋冠服上。

陈宏谋 臣陈宏谋叩见皇上。

  〔乾隆不理。

陈宏谋 （近前大声）陈宏谋叩见皇上！

乾 隆 陈宏谋，你如此不听招呼，这牛角尖你到底还是钻了！

陈宏谋 臣不得不钻！

乾 隆 朕来问你，什么叫拨乱反正、去伪存真哪？

陈宏谋 秦绢桑园皆是假，三秦所谏才是真！

乾 隆 你让朕明察，是不是觉得朕糊涂啦？

陈宏谋 吾皇英明天纵，必会明察！

乾 隆 好你个陈宏谋，朕知道你一去长安，准会上这道折子。朕命李公公去陕西查过你，朝中也有人弹劾过你，你知道吗？

陈宏谋　臣不知。

乾　隆　李大狗！

李公公　奴才在！

乾　隆　没想到，你跟朕玩了一手！

李公公　（磕头）奴才该死！奴才看您老护着他，所以就看您眼色行事……

乾　隆　跟屁虫！

李公公　谢皇上！（揩汗，站在一旁）

乾　隆　（对陈）秦绢一案怎样处置？

陈宏谋　臣据实禀奏，皇上明断。

乾　隆　朕要你来断！

陈宏谋　吴达信赐死！佟三秦平反！陈南孙罢官！假秦绢曝光！假桑政禁行！臣错奏佟三秦，错用吴达信，为此案第一罪人，臣罪当诛！

乾　隆　好！严于律己，忠义可嘉！你且回船，秦绢一案，朕回京后自会处置。

陈宏谋　（执拗地）皇上，请皇上立即处置。

乾　隆　你！好，朕下诏，你写！

陈宏谋　臣遵旨。（入案，提笔）

乾　隆　（唱）先说吴达信——

　　　　　　他胆子竟然比天大，

　　　　　　堪称造假大专家！

　　　　　　朕该怎样治他的罪？

陈宏谋　按律当斩。

乾　隆　（唱）且留下，不须杀，

　　　　　　命他一人去种桑。

　　　　　　浇水、施肥、养蚕、织绢、

　　　　　　防风、治沙，工代罚，

　　　　　　树立一个活样板，

看谁再敢效法他?

陈宏谋　皇上圣明!

乾　隆　（唱）佟三秦,不过一个小县令,
　　　　　　　见识不比你的差。

陈宏谋　错杀了。

乾　隆　（唱）当年杀他没有错,
　　　　　　　狂傲之性误了他。
　　　　　　　谁让他不知进退狂妄自大,
　　　　　　　留一个"死样板",叫后人莫学他!

陈宏谋　应予昭雪!

乾　隆　（唱）陈南孙——

陈宏谋　不宜做官!

乾　隆　（唱）官照做!
　　　　　　　承你的事业全靠他。
　　　　　　　算是一个"新样板",
　　　　　　　朕要他——种活真桑树,
　　　　　　　织出真秦绢,
　　　　　　　从今往后不作假,
　　　　　　　年轻人就要施施压!

陈宏谋　用错人了!

乾　隆　陈宏谋——

陈宏谋　臣还有不赦之罪:二十年前,臣背主救孤,南孙乃三秦之子,现在长安,桑娘乃三秦之女,现已自缚前来,祈皇上圣裁!

乾　隆　（怒）陈宏谋!你,你该当何罪?

陈宏谋　臣罪当诛!却以为:桑娘、南孙,不当株连!

乾　隆　你……哈哈哈……（对众大臣）看看!你们都给我看看!退休了还这么负责任!你们谁比得了?老爱卿起来吧。

陈宏谋　谢皇上!

乾　隆　（语调一变）朕说你是"大儒",没错儿!你是朕的御样板!偶有小疵,不必苛责,到此为止吧!

　　　　（唱）假秦绢并非卿之过,

　　　　　　又何必对己太苛责?

　　　　　　你本是朝之栋梁船之舵,

　　　　　　你不愧大儒之效官之模。

　　　　　　只为你性耿直言行太过,

　　　　　　三次犯颜把我的心来戳。

　　　　　　朕明知,三次廷争错在我,

　　　　　　却险些,三次把你的头来割。

　　　　　　从今后你我君臣的宿怨了,

　　　　　　爱卿,

　　　　　　施一礼,认个错,

陈宏谋　皇上!

乾　隆　（接唱）轻轻叫声老哥哥。

　　　　　　朕也是性情中的人一个,

　　　　　　天降大任无奈何。

　　　　　　你我都需多忍让,

　　　　　　咱君臣同在一条河!

　　　　　　起驾!（转身）

　　〔众宫女、众大臣下。

陈宏谋　（依然执拗）皇上!

乾　隆　（意外地）你还要启奏?

陈宏谋　臣请皇上下旨免除秦绢岁贡。

乾　隆　（陡然生气）你难道不知那秦绢、岁贡是谁命的名、谁下的旨吗?

陈宏谋　臣求皇上蠲免!

乾　隆　（走近陈宏谋）朕每年多给陕西拨点儿救济款不就得了么!

陈宏谋　人心需要疗救!假政必须戳穿!应诏告天下百姓:桑政有误!秦

———桂剧《大儒还乡》 〉〉〉〉〉

　　　　绢是假！造假者害人！造假者误国！

乾　　隆　（厉声）陈宏谋！你倚老卖老，得寸进尺，你难道不想要你这条老命了吗？

　　　　〔陈宏谋跪地，请死。

乾　　隆　来人，将陈宏谋……

李公公　　皇上！

乾　　隆　——把李大狗拉出去砍了！

　　　　〔陈宏谋与众大臣皆惊。二武士上。

李公公　　（扑跪，磕头如捣蒜）皇上！皇上！您是气糊涂了吧？怎么把奴才……

乾　　隆　（恨恨地）哼！秦绢之假都是你闹的，朕岂容你这欺君罔上之人！从今往后，谁敢妄议秦绢，杀无赦！（拂袖下）

　　　　〔二武士架起李公公。

李公公　　皇上，（挣脱武士）陈大人，人各有一死，我为陈大人而死，重如泰山！（昂首走去）

　　　　〔光暗。除陈宏谋外，众皆隐去。
　　　　〔主题音乐。天地漆黑。

陈宏谋　　（茫然四顾，呼喊）皇上！（痛呼）臣是你的大儒啊——哈哈哈——呜呜——

　　　　〔天地合唱：圣眷犹隆情何堪？
　　　　　　　　　　求死竟比求生难……
　　　　〔暗转。

尾声　归真

陈宏谋　　皇上说，咱君臣同在一条河，什么河？运河？不，漓江！就是漓江，我要回漓江。（奔向舞台深处，眼前闪现漓江美景。突然心口一阵剧痛，跌坐在地）

〔李芝珍急上。

李芝珍　老爷！（如耳语般）老爷！莫再多想了，该做的你都做了，我们回家吧！

陈宏谋　回家？回漓江？漓江还要我们吗？

李芝珍　要！

陈宏谋　刚才，我看见漓江了，她还是那样地美丽、清纯，一丝儿污痕都无有，耳边响着当年你送我进京赴考时唱的那支歌。

〔远处响起汩汩的流水声和依依惜别的踏歌声。

〔天幕开，露出如诗如画的漓江美景。

青年李芝珍　（唱）不要锦衣，不要华堂，
　　　　　　　　不要诰命，不求封赏，
　　　　　　　　只要与君共，相依度时光。

青年陈宏谋　（唱）宏谋永是农家子，宏谋永是多情郎。
　　　　　　　　他日回来与妻共，还你一个清白郎。

〔天幕后，年轻的宏谋与芝珍执手道别。舞台上，年老的宏谋在芝珍相扶下向遥远的漓江缓缓走去，走去。他们身边，愈来愈多的学子在向妻子道别，走上陈宏谋曾经走过的路。

〔陈宏谋在妻子的搀扶下继续走向漓江。

〔画外音并字幕：公元1771年，陈宏谋怀着对清澈漓江的万般眷想，病逝于归家途中。

〔尾声合唱：啊——
　　　　　千古宏谋谁与论？
　　　　　长歌当哭悲且矜。
　　　　　盛世明君失大儒，
　　　　　桂林父老失才人。
　　　　　家乡万里归不得，
　　　　　只缘漓江太清纯……

〔剧终。

精品剧目·豫剧

铡刀下的红梅

编剧　宋西庭

时间

一九四七年。

地点

山西云周西村。

人物

刘胡兰、石大川（村长）、顾长河（县长）、奶奶、爱兰子、玉嫂、耿伯、大胡子连长（胡连长）、特派员、石二旦、乡绅、众儿童团员、众勾子军

————豫剧《铡刀下的红梅》 〉〉〉〉〉

一

〔幕前合唱：

　　云周的水呀云周的天，

　　忘不了一九四七年，

　　新春将到风云变，

　　血沃红梅斗奇寒。

〔幕启。元旦刚过，冬腊将残。
〔午后。云周西村村头大庙前。
〔庙台前，一丛梅花灼灼怒放，一把铡刀凛凛寒光。
〔众勾子军荷枪实弹，将刘胡兰、石大川、玉嫂、石二旦团团围定。
〔幕后人声嘈杂。
〔大胡子连长凶神恶煞般走来，乡绅尾随其后。
〔耿伯打铜锣维持秩序。

耿　伯　乡亲们，安静，安静。现在由胡长官训话。
胡连长　山西、山西又是咱阎长官的天下啦！你们、你们云周西村人称小延安哪，是受共产党毒害最深的地方！本应该家家过火，人人过刀。但是，有人救你们了，谁？阎司令长官！阎长官念在乡土之情，发起了这个这个……
乡　绅　"自白转生"运动。
胡连长　对，"自白转生"运动。什么叫"自白"呢？就是这个……
乡　绅　凡是共产党员、基层骨干，只要当众声明，这就叫"自白"。

胡连长　对，这就叫"自白"。"转生"嘛，就是……这个……
乡　绅　就是与共产党划清界限，一律既往不咎。
胡连长　若有顽固不化者，我这铡刀就要开杀戒啦！听说你们几个都是村里的骨干分子，怎么样，谁带个头？（指石大川）你——
乡　绅　（对胡耳语）支部书记。
胡连长　好，支部书记，过来。
石大川　干啥？
胡连长　"自白"呀！
石大川　（指刘胡兰）先把她放了！
胡连长　放了她？
石大川　放了她！
乡　绅　她叫刘胡兰，是个团长。
胡连长　啥？团长？
乡　绅　儿童团长。
胡连长　他妈的，儿童团长啊！
石大川　她还是个孩子。
胡连长　你先"自白"，我后放人。
石大川　好，俺行不更名，坐不改姓，云周西村村长、共产党员石大川。
胡连长　好，很好，石村长，你已经"自白"了。
石大川　放了她！
胡连长　好，放！
刘胡兰　大川叔。
石大川　走，这不是你呆的地方。
玉　嫂　（推胡兰走）快走！
胡连长　你们大家都好好地听着，看他是怎样地"转生"，和共产党划清界限。
石大川　做梦！
　　　　（唱）云周西村小延安，

———豫剧《铡刀下的红梅》 〉〉〉〉〉

  何惧阎匪逞凶残!

  共产党,就在敌人面前站,

  八路军,不日就要凯歌还;

  识破豺狼菩萨面,

  戳穿强盗慈悲言;

  熬过残冬五更夜,

  迎来新春艳阳天!

胡连长　他妈的!你是想试试我这铡刀快不快?

石大川　少废话,痛快点!

胡连长　痛快,你想痛快,没那么容易,她——(指玉嫂)

乡　绅　妇救会主任。

胡连长　妇救会主任,过来,你,打死他,你就可以"转生"了。

玉　嫂　(接棍)对不起,没打过人,不会。(扔棍)

胡连长　不会打人,会挨打吗?你,农会主席,打死她!

  〔石二旦欲捡棍。

胡连长　慢,把她的衣服扒光。

石二旦　我……

胡连长　扒。

玉　嫂　别动,拿棍来。(扔棍)换个大的!

  〔勾子兵送上大棍,石二旦转交玉嫂。

  〔玉嫂掂棍走向石大川。

玉　嫂　村长,俺先走一步了。(举棍自毙)

石大川
刘胡兰　玉嫂……

  〔众村民呼喊哭泣。

胡连长　(对石二旦)打死他,快。

石二旦　村长,俺对不起你了。(举棍打村长)

刘胡兰　村长。

石大川　你是条没脊梁的狗。

胡连长　打！

刘胡兰　狗！

群　众　狗……

石二旦　啊……（发疯般地跑下，胡将其击毙）

胡连长　预备！

石大川　中国共产党万岁！

〔勾子军放枪，石大川倒地。

刘胡兰　（扑向石大川）大川叔……（痛哭）

群　众　村长，大川叔……

胡连长　刘胡兰，你都看见了，是死是活就看你的了。

刘胡兰　好，我说，我说！

（唱）云周西村小延安，

　　　何惧阎匪逞凶残；

　　　共产党就在敌人面前站，

　　　八路军不日就要凯歌还！

〔伴唱：八路军不日就要凯歌还！

胡连长　铡死她！

特派员　慢。

胡连长　谁？

特派员　胡连长。

胡连长　特派员。

特派员　放！

胡连长　放？

特派员　放下来。

胡连长　听见没有，放下来。

特派员　我就不信，刘胡兰小小年纪，她会是共产党。

胡连长　报告！她是儿童团长。

——豫剧《铡刀下的红梅》 〉〉〉〉〉

特派员　哈哈……儿童团长，不也是儿童嘛，充其量是受共党蛊惑，被八路军利用而已，这有什么说不清楚的？

群　众　是啊！这有什么说不清楚的。

特派员　乡亲们，乡亲们！"自白转生"运动是拯救我们灵魂的运动，如果连一个孩子都拯救不了，乡亲们哪，岂不是辜负了阎司令长官对我们的一片苦心了吗？惭愧呀……好啦，今天没事了，大家可以回去了，一路上走好，不要害怕，我们有巡逻队保护大家。不过，我要忠告大家，你们也不要随便出来，免得造成误伤，那就不好了。关于胡兰子，她马上就可以回去了，乡亲们，请吧。

胡连长　都回去吧！都回去吧！

特派员　胡兰子，都走了，你怎么没走啊？回家吧！

刘胡兰　你敢放我？

特派员　什么敢不敢的，回家吧。

〔刘胡兰欲走。

特派员　等一等，我还要问你几个事情，问完了再走好吗？

刘胡兰　问吧。

特派员　外面太冷，庙里谈，请。

〔刘胡兰向庙内走去。

胡连长　这个丫头片子可真是个人精啊！

特派员　依你应该怎么办？

胡连长　一铡刀铡了。

特派员　你呀。

（唱）你只知，把活人硬往死里整，
　　　谈什么自白再转生；
　　　休用残暴结怨恨，
　　　对百姓，要晓以理，要施以仁，
　　　要用那耐心信心菩萨心，
　　　一心一意笼络人。

胡连长　笼络人？

特派员　对！

　　　　（接唱）笼络人！

　　　　　　治国安邦民为本，

　　　　　　咱要想赢得胜利，

　　　　　　先要赢得民心！

胡连长　佩服，佩服，特派员真不愧是阎长官的红人哪。

特派员　你看这顶军帽——

胡连长　这不是从刘胡兰身上搜出来的吗？

特派员　你看里边写的什么？

胡连长　顾长河。

特派员　汶水县县长。

胡连长　阎长官要用一千块大洋买他的人头。

特派员　对。据可靠情报，刘胡兰和顾长河的关系非同一般，如果你能让刘胡兰说出顾长河在什么地方，岂不是大功一件，到那时，你就不是胡连长，而是胡团长了。

胡连长　谢谢特派员栽培。

特派员　哈哈哈……

二

刘胡兰　（唱）风抽大庙门颤抖，

　　　　　　云压庙檐兽昂头；

　　　　　　庙里庙外两步路，

　　　　　　生死之间一道沟；

　　　　　　出庙时，玉嫂牵我手，村长抚我头……

　　　　　　顷刻间，玉嫂献身护战友，村长热血为党流，

　　　　　　他们暴尸村口寒风抽，乡亲们吞泪心如揪，

——豫剧《铡刀下的红梅》

  忍见那……腥风血雨洗云周,腥风血雨洗云周!
  玉嫂啊,你教我要为理想去奋斗,
  村长啊,你常说革命何须怕断头。
  亲人们实践诺言身先走……一身正气万古留。
  遥望西山盼战友,早日挥戈回云周。
  消灭那些衣冠兽,斩尽可恶人面猴。
  祭我英灵一抔土,为我先烈报冤仇。
  胡兰紧跟英灵后,粉身碎骨不低头!

特派员	庙里这么冷,胡兰子怎么受得了,火呢?火呢?
胡连长	快把火抬过来。
特派员	胡兰子,你这是给谁戴的孝啊?
胡连长	那还用问,给石大川戴的孝。
特派员	这叫义气,你懂吗?义气。人都说,刘胡兰的辫子非常漂亮,来,让我看看。
刘胡兰	别碰。
特派员	不碰,不碰。胡兰子,今年多大了?不说,那我猜猜,今年有十四岁吧?
刘胡兰	十五!
特派员	属兔的吧?
刘胡兰	老虎!老虎!
特派员	老虎好,老虎好。老虎和兔子就是不一样,我的小女儿是属兔的,整天吃好的,穿好的,打扮得花枝招展,上学还要车接车送,啥道理都不懂,你看胡兰子,多好,我要有这样的女儿那就好了。
刘胡兰	不配。
特派员	这有什么不配的?
刘胡兰	不是我不配。
特派员	那就是我不配了?
刘胡兰	你还是回家喂兔子吧!

胡连长　大胆！

特派员　哎呀，老兄，你一张嘴呜里哇啦像个唱花脸的，把孩子给吓住了。我看，你还是先到外边凉快凉快吧！

胡连长　是。

特派员　胡兰子，也许我没有资格做你的父亲，可是我一见到你就有一种做父亲的感觉。

　　　　（唱）你好似出土的竹笋娇又嫩，
　　　　　　　你如同出水的芙蓉清又纯；
　　　　　　　芳龄豆蔻花似锦，
　　　　　　　你就是美的化身青春的女神。
　　　　　　　不幸啊，不幸被妖孽迷本性，
　　　　　　　可惜呀，迷路的羔羊失灵魂；
　　　　　　　怎忍心断送你的美好生命，
　　　　　　　观世音特派我前来指点迷津……我劝你转意回心！

特派员　胡兰子，咱们谈谈好吗？你是不是共产党，我不关心。谁是共产党，我也不关心。这样好吧，我要再提共产党三个字，你立马走人，怎么样？

刘胡兰　说话算数？

特派员　当然算数。

刘胡兰　问吧！

特派员　胡兰子，你看这顶军帽，谁送给你的？

刘胡兰　捡的。

特派员　说谎了不是，说谎了不是，你不说，我也知道。

刘胡兰　谁？

特派员　顾长河，顾县长。

刘胡兰　你怎么知？……

特派员　我是怎么知道的？是你告诉我的。

刘胡兰　我？不可能。

———豫剧《铡刀下的红梅》 〉〉〉〉〉

特派员　就是你。

刘胡兰　你输了,我走了。

特派员　我哪里输了?我哪里输了?

刘胡兰　你不是说再提共产党三个字,我立马走人吗?

特派员　我提共产党三个字了吗?我提了吗?

刘胡兰　这……

特派员　噢,你是说顾长河是共产党!

刘胡兰　你真阴险,你真卑鄙……

特派员　不要紧张,谁不知道顾长河是共产党啊?阎司令长官非常器重他,要马上见到他,他是人才。

刘胡兰　撒谎了吧,撒谎了吧,你们不是出一千块大洋要买顾长河的人头吗?

特派员　哪里,哪里,我们要人才,人才。

刘胡兰　你们是要人才呀,还是要人头呀。

特派员　人头!不,人才,人才。

刘胡兰　你们在找他?

特派员　我们到处在找他。哎,胡兰子,这顶军帽怎么会落在你的手上?

刘胡兰　让我想想……

特派员　(胡连长欲急,特挡,对胡)她正在想。(对刘)别急,慢慢地想。

刘胡兰　(唱)掩不住心头暗喜,
　　　　　　特派员一语漏天机,
　　　　　　他一语漏天机……

〔切光。

三

顾长河　(唱)黑云压城狂风起,

　　　　　"水漫平川"恶浪急；
　　　　　根据地面临一场腥风血雨，
　　　　　勾子军卷土重来穷凶恶极。
　　　　　"自白转生"除异己，
　　　　　螳臂挡车不量力。
　　　　　党命令基层干部转移上山去，
　　　　　保存实力迎胜利，
　　　　　迎接战略大反击，
　　　　　配合主力全歼顽敌，全歼顽敌！
　　　〔刘胡兰："咕咕——"
顾长河　胡兰子。
　　　〔刘胡兰掂桶提包匆匆上。
顾长河　胡兰子，慢点，慢点。
刘胡兰　顾县长接住，（扔包袱给顾县长）累死我了。
顾长河　胡兰子，你这是上山学习呀，还是搬家呀？
刘胡兰　咳，这都怪俺奶奶，一出门就让我带这咧带那咧。还好，都没来，我是第一个来咧。
顾长河　都散会了，情况十分危急，阎锡山派特派员已经到了这里。
刘胡兰　那云周西村为啥没一点动静？
顾长河　这就是危险信号。
刘胡兰　你看啥咧？
顾长河　你们村的那个农会主席说他老婆病了，大川同志找他去了，上山以后你们都得检讨。
刘胡兰　咳，这不怪我，都怪俺奶奶，俺奶奶说第一次出远门，一定要把东西带齐，俺奶奶还说，辫子也要梳咧光光咧，到了山上就没人给梳了。
顾长河　好……把你奶奶背来。
刘胡兰　背奶奶干啥？
顾长河　好给你梳辫子呀。

——豫剧《铡刀下的红梅》

刘胡兰　哪有学习还背奶奶的。
顾长河　那谁给你梳辫子呀？
刘胡兰　我自己梳。
顾长河　要是打仗怎么办？
刘胡兰　提前梳好。
顾长河　要是敌人来了怎么办？
刘胡兰　哪有那么巧？
顾长河　就有那么巧。如果你正在梳着辫子，敌人突然进攻，怎么办？
刘胡兰　那……
顾长河　那咱就去说，哎，我们的胡兰子正在梳辫子，等一会再打吧，啊！这样行吗？
刘胡兰　不行。
顾长河　行吗？
刘胡兰　不行！你说咋办？
顾长河　剪了。
刘胡兰　你说啥？
顾长河　把辫子剪了。
刘胡兰　顾县长……奶奶……
顾长河　胡兰子，你这是哭啥咧？
刘胡兰　辫、辫子不是我的。
顾长河　不是你的，还是我的？
刘胡兰　是俺奶奶的。
顾长河　你奶奶的？
刘胡兰　顾县长，我三岁就没了妈了，是奶奶给我梳辫子，十二年了，一根一根地梳啊，一根一根地理，白天给我梳辫子，到了晚上，就搂着我的辫子睡觉，我头上有多少根头发，奶奶都记得清清楚楚，要是把辫子剪了，奶奶……奶奶会伤心的。
顾长河　胡兰子，这份入党申请是你写的吧？

刘胡兰　我给大川叔的。咋会在你这儿？

顾长河　他就不会给我？

刘胡兰　顾县长，你给我提提意见吧。

顾长河　你先念念，第一句话是怎么写的？

刘胡兰　刘胡兰愿把一切献给党。

顾长河　难道就不包括这条辫子吗？

刘胡兰　是啊，难道就不包括这条辫子？我剪！说话算数，我剪！

顾长河　胡兰子，不是我们不通人情，你看我们八路军女战士，她们哪一个有辫子？她们哪一个又不想留辫子啊，是敌人，是敌人不给我们梳辫子的时间哪！

刘胡兰　顾县长，放心吧，只要是党的需要，别说是一条辫子，就是要我的一腔血，我也会毫无保留地把它献给党。

顾长河　胡兰子，县委决定，要在山上发展一批新党员，我和大川同志愿意做你的入党介绍人。

刘胡兰　顾县长，我的党费。

顾长河　党费？太心急了吧，还没有批呢。（看铜板）听说你两年前就交过党费，是不是这个铜板呀？

刘胡兰　咳，别提了。

（唱）这铜板虽薄重千斤，它贴着我的肌肤连着我的心！

　　　　两年前八月十五那个中秋夜，一轮明月挂柳林。

　　　　支部召开党员会，巡逻放哨我值勤。

　　　　换过岗我把会场进，老村长不许我进门。

　　　　他说道：这是党员会，你这个儿童团长冒失鬼咋乱闯乱进？

　　　　要没事去领着小孩子们跳皮筋！

　　　　我一听，心中不服与他争论：

　　　　儿童团也是干革命，干革命就是党的人！

　　　　急慌忙掏出铜板要交党费，嚷着闹着要进门。

　　　　老村长左拦右挡把我往外引，将铜板放回我的手心。

———豫剧《铡刀下的红梅》

  他说道：你的心情我理解，你的行为很感人。

  交党费表明你力求上进，这铜板，是你对党的一片心！

  兰子啊，这党费你先保存好，

  大叔我，做你的入党介绍人！

  从此后，我把它擦得亮又亮，揣得紧又紧，

  发誓愿，要把它，一起带进党的大门，

  我和它一起交给亲娘亲，

  交给伟大的母亲！

顾长河 好好，我相信你一定会成为党的好女儿，胡兰子，把它保存好，等你入党宣誓的那天用它交你的第一次党费吧！

刘胡兰 顾县长，上山后我首先要做两件事。

顾长河 哪两件事？

刘胡兰 第一件是做检讨，第二件是剪辫子。

顾长河 好，等你剪了辫子，我就把这顶军帽送给你。

刘胡兰 谢谢！

  〔切光。

  〔顾长河画外音：胡兰同志，要想入党，首先思想入党，从今天起，你随时随地要把自己当成一个共产党员要求，准备接受党的考验，等你剪了辫子，戴上这顶军帽，短发齐肩，英姿飒爽，青春焕发，一定很美。

四

特派员 胡兰子，想好了没有？

刘胡兰 我还在想。

特派员 你在想谁？

刘胡兰 我在想顾长河。

特派员 他在哪里？

刘胡兰　顾长河对你们就这么重要？

特派员　太重要了。

刘胡兰　顾长河对乡亲们也很重要。

特派员　我知道，我知道。

刘胡兰　所以说，乡亲们把他给转移了。

特派员　谁转移的？

刘胡兰　村长、玉嫂。

特派员　人在哪里？

刘胡兰　问他！（指胡连长）

特派员　人在哪里？

胡连长　我怎么知道。

刘胡兰　不是被你亲手杀死了吗？

特派员　你想了半天就用这一句话对付我？

刘胡兰　那你还想知道点啥？

特派员　我想知道顾长河在哪里。

刘胡兰　在哪里，我知道。

特派员　告诉我。

刘胡兰　我就是不告诉你。

胡连长　把她吊起来。

刘胡兰　别嚷嚷，要打要杀请便吧！

特派员　我们不打你，也不杀你，只要你说出顾长河在哪里，我马上放了你。

刘胡兰　我看你就死了这份心吧。

特派员　我是不到黄河心不死！

刘胡兰　我是撞到南墙不回头！

胡连长　我看你是不见棺材不落泪！特派员，干脆一刀铡了。

特派员　不不，这么好的孩子你下得了手吗？

胡连长　她不说咋办？

——豫剧《铡刀下的红梅》 〉〉〉〉〉

特派员　会说的，会说的。

胡连长　我不信。

特派员　你不信咱俩打赌。

胡连长　赌什么？

特派员　胡兰子要是说了，你怎么办？

胡连长　他要是说了，我就在这儿跪三天。

特派员　太好了，太好了，胡兰子，咱就让他跪三天，你只管说出来。

刘胡兰　你俩好滑稽呀！

特派员　好了，不要笑了。

刘胡兰　别说他是跪三天，他就是跪上三年，我也是不会说的。

特派员　用不了三天，三个时辰我就能让你说出来。

刘胡兰　刘胡兰从小就是这个犟脾气，用你们的话说这叫顽固。

特派员　我有足够的耐心。

刘胡兰　我不信。

特派员　不信走着瞧。

〔刘胡兰不屑地走向火盆坐下。

胡连长　特派员——

特派员　（阴森地大笑）呔……哈哈……（对胡连长）我知道人是有意志的动物，可是这个意志它是有极限的，比如说，外边冰天雪地，我这里有一盆火，（刘胡兰警觉）不管是共产党、国民党、资产阶级、无产阶级他都会本能地站到火这一边，（刘胡兰触电般站起）为什么呢？求生的本能，生命的需要。（刘胡兰跺脚跑向一边）刘胡兰，你不服气，要跟我较劲，是吗？你往外看，北风怒吼，滴水成冰。咱俩打个赌，你从这儿走出去，站上一个时辰，还能活着回来，就算我输了。（刘胡兰毅然走向庙外）站住，庙内炉火熊熊，温暖如春，只要你说出顾长河在什么地方，你就可以回来。

刘胡兰　我不会回来的。（急步扑向庙外）

特派员　你会回来的,我等着你。

〔伴唱:漫天风雪卷平川,
　　　　满树冰花枝枝寒;
　　　　更声咽,喊声颤,
　　　　家家户户人不眠;
　　　　忍见胡兰风口站,
　　　　寒凝大地奈何天!

五

刘胡兰　(唱)雪似箭风如鞭风雪漫卷,刺骨穿髓裂心寒;
　　　　可笑那特派员毒辣凶险,判官裹着菩萨衫。
　　　　想用这冰冻风抽逼我就范,哼!痴人说梦难上难!
　　　　儿童团俺年纪虽小见过大世面,妇救会撑起苏区半边天。
　　　　鸡毛信,亲手转,设岗哨,查汉奸,
　　　　送军粮,支前线,抬担架,救伤员,
　　　　哪一次行动没有俺,哪一桩重任俺不敢担!
　　　　我要让敌人开开眼,
　　　　俺是那——
　　　　儿童团长、妇救会员,
　　　　年纪虽小、久经考验,
　　　　压不服、吓不倒、诱不降、冻不死的刘胡兰!

胡连长　特派员,你这一招可真够损的。
特派员　嗯?
胡连长　够绝的,够绝的。
特派员　你看刘胡兰快撑不住了,马上就要倒下了。
刘胡兰　刘胡兰哪,胡兰子,你不能倒下,不能让敌人看你的笑话。
特派员　你数一、二、三,她就倒下了,数。

——豫剧《铡刀下的红梅》

胡连长　好，一、二、三。
特派员　倒下了吧？
胡连长　站直了。
特派员　难道她就没有求生的本能？
刘胡兰　活，要像村长、玉嫂那样去活。
特派员　小小的年纪，她真不怕死吗？
刘胡兰　死也要像村长、玉嫂那样去死。
特派员　寒冬正挑战你生命的极限。
刘胡兰　胡兰子，你不是要接受党的考验吗？风雪呀，再下得猛点，让敌人开开眼吧！
特派员　这穿堂风……（胡拿衣给特）算了，算了，你没看见我正在流汗吗？
胡连长　你那是虚汗。
特派员　胡连长，把火烧得旺旺的，水烧得开开的，准备迎接刘胡兰，我就不信她不回来。

　　　　（唱）大庙内，炭火融融。
刘胡兰　（唱）分明是阎王殿，大庙外，冰天雪地。
特派员　（唱）那可是鬼门关；我这里香茶美酒。
刘胡兰　（唱）诱人的鸦片，我这里风刀雪箭。
特派员　（唱）是催命的判官！哎，催命的判官！
特派员
刘胡兰　（二重唱）时间，分分秒秒，滴滴答答将无情地宣判，

　　　　　　　　刘胡兰。
　　　　　　　失败者是你
　　　　　　　　特派员。

胡连长　弟兄们，都来喝这热腾腾的姜汤啊！
刘胡兰　（唱）风萧萧似听到哨声不断，
　　　　　　　伙伴们红缨翻飞杀声震天。

团　　员　　报告团长，集合完毕。

刘胡兰　　立正，花妮，袖箍咋戴咧？

花　　妮　　就这样戴。

刘胡兰　　戴反了。

众团员　　（笑）哈……

刘胡兰　　别笑，各小队注意了，一定要提高警惕，严防敌特！

众团员　　是！提高警惕，严防敌特！

刘胡兰　　要是发现那些歪鼻、斜眼、耷拉眉的人，一定要严加盘查。哎……还有，一定要注意路条！

众团员　　是。

刘胡兰　　上岗，出发。

〔爱兰子边喊边跑上：姐——姐——

刘胡兰　　站好。

爱兰子　　我不是站好了吗？

刘胡兰　　立正站好。（用枪指脚）脚，脚，迟到了知道吗？

爱兰子　　哎呀。我知道了。姐——

刘胡兰　　姐啥姐，你是谁，我是谁，没规矩。

爱兰子　　哦，团长……

刘胡兰　　对了。

爱兰子　　姐！

刘胡兰　　噫——

爱兰子　　奶奶，奶奶要给你相亲啦！

刘胡兰　　啥，给我相亲？

爱兰子　　听说你女婿……

刘胡兰　　我哪来的女婿呀！

爱兰子　　嘿，就是那个小男人，姐，来了！

〔刘胡兰招呼儿童团员上。

万甫仁　　（唱）想亲亲想得我手腕那个软，

———豫剧《铡刀下的红梅》

拿起个筷子我端不起个碗……

众团员　不许动。

爱兰子　不许动。

万甫仁　没，没动。

众团员　不许乱看。

万甫仁　我看哪？

爱兰子　看着我。

众团员，爱兰子　拿来！

万甫仁　啥？

众团员
爱兰子　路条，路条。

万甫仁　没，没有……

众团员
爱兰子　啥呀?!

万甫仁　哎，没有，还行吗？

刘胡兰　过来。

万甫仁　哇，好长咧辫、辫子呀！你是胡兰同志吧？

刘胡兰　啥湖南湖北的，姓啥？

众团员　姓啥？

万甫仁　姓……

刘胡兰　叫啥？

众团员　叫啥？

万甫仁　叫……

刘胡兰　来干啥？

众团员　来干啥？

万甫仁　来、来……

爱兰子　咋结巴了？

刘胡兰　刚才唱歌你还不结巴。

万甫仁　我唱歌不结巴。

刘胡兰　那你就唱，唱吧！

众团员　唱吧！

万甫仁　唱、唱、唱吧！

　　　　（唱）我名叫，万甫仁——

刘胡兰　不仁，你还不义呢！

万甫仁　不是不仁，是甫仁。

爱兰子　啥仆人主人的？

万甫仁　哎呀，是杜的甫，仁义的仁。

刘胡兰　真啰嗦，往下唱！

万甫仁　（唱）家住县城小南门，

　　　　　　　今天要走桃花运，

　　　　　　　特备彩礼来相亲。

众团员　谁的媒人？

万甫仁　（唱）媒婆是咱二大婶，俺媳妇叫、叫刘胡兰——

众团员
爱兰子　放你娘的屁！

万甫仁　（唱）啊恁，恁，恁咋骂人？

爱兰子
众团员　骂你，俺还揍你咧！

万甫仁　你、你，你是谁！

爱兰子　我是刘胡兰——

万甫仁　啊！

众团员　她妹妹。

万甫仁　唉哟，我的妈呀，我还以为是她咧，吓我一跳，哎，咋不结巴了？

爱兰子　拿咧啥？

万甫仁　一包点心一包糖，布料送给俺新娘，娶个媳妇拜花堂，半夜三

——豫剧《铡刀下的红梅》

更……

众团员
爱兰子　说！

万甫仁　不好意思说……

众团员
爱兰子　快说！

万甫仁　给俺叫床。

众团员
爱兰子　啥叫床呀！

万甫仁　我有个毛病不好讲，常把床上当茅房，半夜三更漏了水，大水冲走老龙王。

〔众笑。

团员甲乙　（对万甫仁）这么大的个子了。

团员丙丁　（对万甫仁）你还尿床。

众团员　不羞！不羞！

万甫仁　羞啥，羞啥，俺爹和俺娘办喜事那天，还尿床咧！

众团员
爱兰子　万甫仁！

〔万甫仁惊坐。

众团员
爱兰子　走！

万甫仁　去，去哪儿？

爱兰子　儿童团团部！

万甫仁　我，我犯啥法了？

爱兰子　犯啥法了，她，我姐，儿童团团长。

众团员　儿童团团长。

爱兰子　干革命的，你不让她干革命，要娶她回家叫床，你不叫干革命，就是反对革命，乖乖，你反革命呀！

万甫仁　俺不要了还不行？

爱兰子　真咧！

万甫仁　打死俺俺也不要了。

爱兰子　为啥？

万甫仁　俺不当反革命。

爱兰子　走！（将彩礼扔给万甫仁）

万甫仁　我，我走不了啦！

爱兰子　你想耍赖？

万甫仁　尿，尿裤子啦！

爱兰子　尿裤子也得走。

刘胡兰　不走，扎你的屁股。

众队员　扎……

万甫仁　二婶，扎我屁股，扎我屁股，二婶……

刘胡兰　爱兰子你今天立了一大功，姐姐我要奖励你。

爱兰子　奖啥？

货　郎　哎，琉璃蛋（儿）、花毛巾（儿）、小梳子（儿）、小镜子（儿）、雪花膏、香胰子（儿）、红头绳、花卡子（儿）、能长能短的橡皮筋（儿），都来买吧！

爱兰子　花卡子，姐，我要花卡子。

刘胡兰　货郎，俺要花卡子。

货　郎　俩铜板一个，咳，够本卖，仨铜板给你俩，咋样？

刘胡兰　爱兰子，咱还是要头绳吧。

爱兰子　姐，我要花卡子。

刘胡兰　姐姐只有一个铜板。

货　郎　没事，半卖半送，挑一个吧！

刘胡兰　你不赔本？

货　郎　啥话，这是啥地方，恁村长石大川，那是俺表哥，自己人，快挑一个吧。

〔姐妹俩挑发卡：看，这个，这个！

——豫剧《铡刀下的红梅》

爱兰子　姐，真好看，姐，快给我戴上。

〔刘胡兰欲给妹妹戴，又戴在自己头上。

刘胡兰　爱兰子，爱兰子。

爱兰子　姐，美死了，美死了，姐，快给我戴上吧！

刘胡兰　姐戴一会。

爱兰子　姐！

刘胡兰　好，给你戴，给你戴。

爱兰子　姐，我昨天晚上做梦，还梦见戴花卡子咧。

刘胡兰　还没给人家钱呢。货郎呢？

爱兰子　走了。

刘胡兰　坏了，咱没看他的路条。

爱兰子　姐，不用看。

刘胡兰　咋了？

爱兰子　他不是坏人。

刘胡兰　为啥？

爱兰子　姐，你没看人家长的又不是歪鼻、斜眼、耷拉眉，再说，人家还是村长的表弟呢。

刘胡兰　不行，一定要看路条。追！（二人欲下，突然发现奶奶）奶奶？！

爱兰子　一定是二寡妇告的状。

刘胡兰　撤。

奶　奶　我知道，回去吧！回去吧！

刘胡兰
爱兰子　奶奶——

〔奶奶亮出剪子，放在石头上，爱兰子偷偷欲取。

奶　奶　别动！

爱兰子　哎哟，啥硌住我了？

奶　奶　拿来！

爱兰子　奶奶，你拿剪子干啥？
奶　奶　干啥？剪辫子。
爱兰子　奶奶，你要剪我的辫子？
奶　奶　你那两根黄毛，留着吧。
刘胡兰　剪谁咧？
奶　奶　剪你咧！

　　　　（唱）小胡兰你把奶奶气坏，
　　　　　　　气得我眼斜脖子歪。
　　　　　　　你不学乖巧作古怪，
　　　　　　　我的姑奶奶，你叫奶奶我咋下台？
　　　　　　　恁大的姑娘不自爱，
　　　　　　　狗儿爷上轿不受抬。
　　　　　　　都是这辫子把你娇宠坏，
　　　　　　　奶奶我今天狠狠心，咬咬牙，
　　　　　　　我给你，咔嚓一声绞下来！
　　　　　　　让你变成丑八怪，
　　　　　　　我看你还怎么摇？怎么摆？
　　　　　　　大门不敢出，
　　　　　　　二门不敢迈，
　　　　　　　乖乖地给我在那炕上呆——
　　　　　　　看你还敢不敢气奶奶！

　　　　〔祖孙三人追逐，奶奶险些摔倒。刘胡兰主动站在奶奶面前。

奶　奶　不跑了？
刘胡兰　不跑了。
奶　奶　咋不跑了？
刘胡兰　怕奶奶摔着。
奶　奶　那你就不怕剪辫子？
刘胡兰　奶奶要剪，我有啥法。

奶　　奶　那好，蹲下，我可剪了。

爱兰子　妈呀！

奶　　奶　叫啥叫，又没剪你的，（对刘胡兰）我可真剪了。

刘胡兰　（唱）小白菜呀，地里黄啊，

　　　　　　　两三岁上死了娘啊，

　　　　　　　两三岁上死了娘……

奶　　奶　唱，唱，唱恁娘那脚……

刘胡兰
奶　　奶　（唱）奶奶奶奶呀，我的好奶奶，

　　　　　　　胡兰子我惹你生气太不该。

　　　　　　　胡兰和辫子，一样被奶奶爱，

　　　　　　　这根根发梢都在奶奶的心上栽。

　　　　　　　奶奶你梳梳理理十几载，

　　　　　　　这辫子多轻多重奶奶最明白。

　　　　　　　发脾气分明是对兰子的疼和爱，

　　　　　　　我的奶奶呀，我的好奶奶，

　　　　　　　你剪刀高举怎舍得把它剪下来！

　　　　　　　求奶奶莫把你的身体气坏，

　　　　　　　胡兰子，我这里，赔礼道歉，鞠躬把你拜，

　　　　　　　从今后学乖听话再不气奶奶！

　　　　　　　我的好奶奶呀……

奶　　奶　真咧？

刘胡兰　啊。

奶　　奶　那好，以后你这个儿童团长就别当了，就当个儿童团员吧！

石大川　我不同意，老奶奶，这儿童团长，可是选出来的。

奶　　奶　选她干啥？

石大川　她要求进步，觉悟高啊！

石二旦　你这个儿童团长是怎么当的？

石大川　带上来，这个人是你放过去的？

刘胡兰　是啊！他不是恁表弟吗？

石大川　什么表弟，他是汉奸特务。押往区政府！

刘胡兰　他是特务？

石二旦　你现在才知道他是特务？

刘胡兰　我买了个发卡。

石二旦　就知道臭美。

石大川　好了，好了，石主席的批评也是爱护嘛！

刘胡兰　俺错了。

石大川　错了就改嘛。

奶　奶　胡兰子，要当就当好，可别给奶奶我丢人啊！

石大川　老奶奶，这就对了。儿童团长同志，告诉大家要提高警惕，加强操练！

刘胡兰　是。

〔石大川扶奶奶边说边下。

刘胡兰　爱兰子，儿童团集合。

爱兰子　是，儿童团集合啦！

众团员　集合啦，集合啦……（边喊边跑上）

爱兰子　集合完毕。

刘胡兰　狗特务，狗特务。

团　员　团长，你咋啦？团长，你别哭了。

刘胡兰　恁哭啥咧？

团　员　你哭俺也哭。（和刘一起哭）

刘胡兰　（猛吹哨）都别哭了，各就各位。我，爱臭美，为了一个发卡，放跑了一个狗特务，爱兰子，把狗特务的发卡摘下来！

爱兰子　姐——

刘胡兰　摘，过来，扔地上！

爱兰子　姐，叫我拿着吧！

刘胡兰　扔！

〔爱兰子将发卡轻轻放在地上。

刘胡兰　爱兰子，踩一脚。

爱兰子　姐，我踩不下去。（跑到一边）

刘胡兰　没出息，你不踩，我踩，来，大家一个人踩一脚。

众团员　踩……

刘胡兰　爱兰子，踩一脚。

爱兰子　姐，都踩成这样了，还踩呀！

刘胡兰　踩！

爱兰子　踩……

刘胡兰　爱兰子，好妹妹，别哭了，赶明儿姐姐一定给你买个好的。

爱兰子　说话算数。

刘胡兰　算数。

爱兰子　好，我再多踩几脚，踩……

刘胡兰　村长说了，一定要提高警惕，加强操练。

众团员　是，提高警惕，加强操练。

刘胡兰　操练开始。

〔音乐起，儿童团列队操练。

众团员　杀……

六

匪兵甲　这哪是风哇，

匪兵乙　这是刀呀！

匪兵甲　刘胡兰，刘胡兰！

匪兵乙　姑奶奶，我的小姑奶奶，你快转生吧！

匪兵甲　糟了，糟了，她完了。

匪兵乙　啥，完了？哎，没完，没完，好像还有口热气咧！

匪兵甲　快叫，快叫。

匪兵乙　刘胡兰，刘胡兰！

匪兵甲　我的小姑奶奶，你可不敢死呀！

匪兵乙　你死了俺俩咋交差呀！

匪兵甲乙　刘胡兰，刘胡兰！

匪兵甲　哎，动了，动了……

刘胡兰　几……几更天了？

匪兵甲乙　啥，几更天了？

耿　伯　二更天了。

刘胡兰　特……

匪兵甲乙　特派员？

刘胡兰　二更天了，我还活着，特派员输了。

匪兵甲乙　对，特派员输了。

刘胡兰　不，是国民党输了！

匪兵甲乙　国民党输了。

匪兵乙　你说啥？

匪兵甲　我说啥了？

匪兵乙　你说国民党输了。

匪兵甲　你也说国民党输了。

耿　伯　孩子，你千万不能睡呀！

刘胡兰　耿伯……

耿　伯　孩子，你要坚持住，咱云周西村的男女老少全都没睡，他们都在隔着窗户、门缝看着你呀！

刘胡兰　谢谢，谢谢乡亲们惦记着我。

〔胡连长内喊："谁在外面讲话？"

匪兵甲　没人讲话，没人讲话。

刘胡兰　（唱）冰天雪地北风狂，

　　　　　　　撕心裂肺想亲娘，

————豫剧《铡刀下的红梅》

      我的亲娘啊，我的党。

      玉嫂、村长恁在何方，党在何方……

      玉嫂、村长、顾县长，恁快带我走吧。

玉　嫂　（唱）兰子兰子啊，

      你紧跟党旗走，

      前赴后继真理求，

      生为工农去战斗，

      死为工农争自由。

石大川　（唱）兰子兰子啊，

      紧跟党旗走，

      自有明灯在心头，

      革命路上多坎坷，

      心明眼亮壮志酬。

刘胡兰　（唱）亲人放心吧，

      兰子我跟党走，

      红心向党不回头，

      要学红梅傲冰雪，

      碧血丹心写春秋。

顾长河　我——

刘胡兰　我——

顾长河　刘胡兰，

刘胡兰　刘胡兰，

顾长河　志愿加入中国共产党！

刘胡兰　志愿加入中国共产党！

   〔合唱：亲人放心吧，

      紧跟党旗走，

      前赴后继真理求，

      生为工农去战斗，

死为工农争自由。

七

特派员　你去，把刘胡兰带回庙里来吧！
胡连长　把那个丫头片子冻死算了。
特派员　冻死她上哪儿找顾长河？冻死她，怎么向阎长官交代？去，把她带回来吧！
胡连长　她一进庙，你可就输了。
特派员　输惨啦。不过，反败为胜，是我的绝招。
胡连长　噢，你还有绝招？
特派员　你去，把刘胡兰她奶奶抓来。
胡连长　抓一个老婆子有什么用？
特派员　我要用刘胡兰她奶奶做赌注，把刘胡兰赢过来，用刘胡兰把人心赢过来，不能再输了，党国不能再输了，更不能输给一个孩子。
　　　　〔切光。

八

奶　奶　胡兰子！
刘胡兰　奶奶
　　　　（唱）好奶奶，亲奶奶，
　　　　　　　莫痛哭，莫嚎啕，
　　　　　　　你看一看，瞧一瞧，
　　　　　　　豺狼在嚎叫，魔鬼在狞笑，
　　　　　　　咱祖孙有泪可不能在敌人面前抛！
奶　奶　（唱）紧紧将儿怀中抱，
　　　　　　　滚滚热泪涌如潮。

———豫剧《铡刀下的红梅》 〉〉〉〉〉

     我的兰子啊，奶奶的好宝宝，
     儿受折磨如同把奶奶的五脏掏！
     别怪奶奶我见你把泪掉，
     我的好兰子，你可知晓，
     咱全村家家户户，老老少少，
     一个个眼泪巴巴都为你把心操。
     胡兰子你落入魔掌进了这阎王庙，
     奶奶我分明是黄泉路口把儿来瞧。
     我怎能不落泪？我怎能不嚎啕？
     我的兰子兰子啊，
     儿还是刚出巢的黄嘴幼鸟，
     儿还是乳嗅未干的绒毛羊羔；
     儿还是刚刚拔节的一棵嫩草，
     儿还是正在抽枝的一棵树苗。
     怎忍见黄叶未落青叶掉，
     怎忍见老树未枯新枝凋。
     我的好兰子，我的好宝宝，
     你还太小太小，
     奶奶我怎忍见儿血染铡刀……
刘胡兰 （唱）奶奶奶奶呀，你莫再把泪掉，
     胡兰子有多少心事要对奶奶聊……
     奶奶你疼儿爱儿兰子我忘不了，
     奶奶的养育恩兰子我记得牢——
     奶奶奶奶呀，兰子我忘不了，
     那一年雪大风狂冰挂柳树梢。
     奶奶你为俺，赶做新棉袄，
     花布面料新棉絮又暖又泡。
     俺姐妹穿上它雪地里追着闹，

我的好奶奶，你站在墙角缩身把俺瞧。
奶奶你穿着一件破棉袄，补丁多、棉絮少，
前后心窜风透气像个百衲袍；
奶奶奶奶呀，兰子我忘不了，
那一年天遭大旱又遇冰雹。
俺饿得嗷嗷叫，奶奶的泪花飘，
你为俺沟沟坎坎去把那野菜薅。
你一步没走好，奶奶你摔倒了，
回家后脚脖上肿了个大核桃。
奶奶你忍着疼把野菜蒸好，
俺姐妹争着抢着像馋猫。
奶奶你不声不响炕角边上靠，
你看着俺俩抢，看着俺俩笑，
你笑、你笑、你笑着笑着饿倒在土炕角。
奶奶奶奶呀，兰子我忘不了，
那一年兰子得病无钱抓药。
你紧紧将儿抱，声声唤宝宝，
抱着喊着、喊着抱着几个通宵。
我的奶好奶奶，你嘴上起了泡，俩眼像红桃，
你硬是用爱心捡回兰子命一条；
我的奶奶呀，儿更是忘不了，
你送我参加儿童团，为我擦亮红梭标。
夏日站岗给儿送草帽，冬日放哨给儿加棉袍。
你为儿担惊受怕不睡觉，你为儿等门听户熬通宵。
常言说寸草春晖儿当报——
我的好奶奶，莫怪儿不孝，
咱祖孙在敌人面前绝不能弯下腰！
儿坚信乌云将尽天欲放晓，

———豫剧《铡刀下的红梅》 〉〉〉〉〉

儿坚信红旗猎猎在咱云周村上飘。
儿求你自己把自己照顾好,
爱兰子她年纪小还要奶奶多把心操。
兰子有一件事,求奶奶你办到,
买一个发卡要让妹妹自己挑。
让她戴在头上,别把姐忘掉,
长大后侍奉奶奶替姐把担子挑。
拜托她为奶奶送终养老,拜托她替兰子尽孝辛劳。
只要奶奶你的身体好,儿在九泉下——
含笑祝愿好奶奶福大寿高,祝愿你福大寿高!

奶　奶　(唱)　我的儿你命薄,自幼儿苦水里泡,
懂事早脾气犟可从来也不撒娇。
奶奶我做饭儿燎灶,奶奶我洗衣儿把水来浇。
奶喂牲口儿去拌料,我的乖宝宝,
你踮起脚跟双手刚刚够着槽。
奶奶夜里把花纺,你争着抢着给奶奶搓棉条。
奶奶催你睡,你说你睡不着,
让我讲故事,你给我唱童谣。
兰子你自幼手巧心孝道,
分明是心疼奶奶陪着我把夜熬。
奶奶我盼哪盼,奶奶我瞧呀瞧,
盼着儿长大,瞧着儿长高。
你参加了儿童团,扛起了红梭标,
跟着妇救会,把公家的担子挑。
全村人谁不夸赞我的兰子好,
却不料风云突变,我的儿啊,你把劫难遭。
兰子的倔强脾气奶奶我知道,
咱祖孙生离死别在今朝………

刘胡兰　（唱）求奶奶再莫把伤心话儿讲，
　　　　　　　兰子我献身革命决不彷徨。
　　　　　　　打从小奶奶对我常说常讲，
　　　　　　　从前清到民国都是民遭殃。
　　　　　　　勾子军日本鬼没有啥两样，
　　　　　　　对穷人一样凶狠一样猖狂。
　　　　　　　你还说救穷人闹翻身是中国共产党，
　　　　　　　建苏区求解放才有好时光。
　　　　　　　眼看看黑夜将尽儿却要赴刑场，
　　　　　　　我的奶奶奶奶呀，临别时拜托奶奶大事两桩。
　　　　　　　第一桩——奶奶把这枚铜板快快藏身上，
　　　　　　　你把它带回咱家妥善保藏。
　　　　　　　日后云周得解放，奶奶你亲手交给顾县长。
　　　　　　　对他说，对他讲，拜托他，帮帮忙，
　　　　　　　这是我第一次党费求他交给党，
　　　　　　　代兰子诉一诉未了情肠。
　　　　　　　儿还有第二桩事要对奶奶讲，
　　　　　　　儿求奶奶，儿求奶奶呀，求奶奶把我的辫子你剪……
　　　　　　　剪下来我的辫子奶奶你收藏！
　　　　　　　想儿把它贴在心上，
　　　　　　　就好像儿替奶奶抚胸膛；
　　　　　　　想儿把它捧在手掌，
　　　　　　　就如同儿陪奶奶拉家常。
　　　　　　　孩儿我要学战士上战场，
　　　　　　　短发齐肩头高昂。
　　　　　　　为咱党站好最后一班岗，
　　　　　　　我的奶奶呀，你让我，
　　　　　　　含笑赴九泉，壮志迎朝阳！

　　　　　　　含笑赴九泉，壮志迎朝阳！
众　　（合唱）含笑赴九泉，壮志迎朝阳！
　　　　　　　含笑赴九泉，壮志迎朝阳！
　　　〔刘胡兰将辫子高高举起跪在奶奶面前。
　　　〔切光。

九

特派员　乡亲们，安静，听我说，听我说。
　　　（唱）莫道隆冬草木稀，
　　　　　　自有柳暗花明时。
　　　　　　少女无知皆幼稚，
　　　　　　而今醒悟不为迟。
　　　　　　"自白转生"告乡梓，
　　　　　　终以精诚开金石。
　　　乡亲们，告诉大家一个好消息，刘胡兰，终于要自白转生了。
胡连长　特派员，阎长官胜利了。
特派员　你就跪三天吧。准备好了吗？
胡连长　准备好了，带刘胡兰！
特派员　不，请刘胡兰。
胡连长　加强保卫，请刘胡兰！
刘胡兰　（唱）奶奶为我整戎装，
　　　　　　　步履从容出庙堂，
　　　　　　　且把刑场当战场，
　　　　　　　红梅笑傲抗严霜。
特派员　胡兰子，请吧！
刘胡兰　我，刘胡兰，中国共产党的女儿，儿童团团长。
特派员　好，好，这就叫自白。往下讲啊！

刘胡兰　完了。

特派员　完了？

刘胡兰　完了！

特派员　你这个玩笑开得太大了吧？刘胡兰，你不是要告诉我顾长河在哪吗？

刘胡兰　说话算数。

特派员　在哪里？

刘胡兰　在我心里！

　　　　（唱）共产党在我心中生了根，
　　　　　　　要我叛党枉费心！
　　　　　　　刘胡兰，甘愿为党献生命，
　　　　　　　下辈子我还做共党人。

　　　　你输了。

特派员　我是输了，而且输给了一个孩子，可这个世界上永远都不会有你了！

刘胡兰　我虽然死了，可我是胜利者。你还活着，可你是失败者。连一个小丫头都斗不过，你不觉得脸红吗？

特派员　你……胡连长！

胡连长　到。

特派员　你看着办吧。

胡连长　铡刀侍候！

勾子兵　啊！

　　　　〔勾子兵托起铡刀。

　　　　〔刘胡兰大义凛然，慷慨赴死。切光。

　　　　〔一簇簇梅花昂首怒放，笑傲苍穹。

　　　　〔起光。天幕上出现"生的伟大，死的光荣"八个大字，映衬着少年英雄刘胡兰的塑像。

　　　　〔剧终。

精品剧目·川剧

易胆大

编剧　魏明伦

时间

昏昏浊浊之年，渺渺茫茫之月，麻麻杂杂之时。

地点

堂堂天府之国，巍巍水陆码头，雅号龙门镇，别名扯谎坝。

人物

易胆大　传说中的著名川剧艺人。
花想容　女伶，三和班台柱。
九龄童　花想容之夫，三和班当家文武小生。
易大嫂　易胆大的妻子，女伶。
骆善人　仕绅，官宦世家，清水袍哥，五老七贤之类。
麻大胆　恶棍，土匪出身，浑水袍哥，八大金刚之流。
麻五娘　麻大胆的老婆，龙门镇特产"宝贝"。
麻老幺　麻大胆的兄弟，麻家二掌柜。
打杂师、花脸、小丑、琴师、锣鼓匠、龙头大爷、圣贤二爷、桓侯三爷、红旗管事、骆府家丁、麻家狗腿、轿夫、堂倌、小贩

——川剧《易胆大》 〉〉〉〉〉

〔序曲：满台荒唐戏，

　　　一把辛酸泪！

　　　破涕为笑脸，

　　　乐极复生悲……

第一场　名优之死

〔大幕前。打杂师站到台口，向观众抱拳施礼。

打杂师　列位来宾，本来该开戏了，对不起，镇上达官贵人尚未光临。骆府老太爷还在做诗，麻家大五爷还在打牌。请来宾稍等片刻。我三和班初到贵龙码头，列位麻布口袋装盐巴——包涵包涵。

〔花脸急上。

花　脸　打杂师，打杂师，骆老太爷来了！

〔小丑急上。

小　丑　打杂师，打杂师，麻五爷来了！

打杂师　（向内）吹哥，唢呐接客。（向观众）马上开戏。

〔打杂师与花脸、小丑随下。

〔三吹三打。大幕启："万年戏台，上下马门"。一副对联："戏台小天地，天地大戏台"。横额："梨园三和班在此作场"。锣鼓匠们坐在三星壁前敲锣打鼓。

〔演出《萧方杀船》，花想容扮演"庚娘"。

〔台上演到"藏刀"之后，忽然，台下有人摔茶杯。麻大胆带人在观众席中出现。

麻大胆　搁倒，唱的啥子戏？

小　　丑　（答话）《打红台·萧方杀船》。

麻大胆　码头上点的《八阵图》，你们唱《萧方杀船》。老子不看。弟兄伙，打上台去！（带人上台大打出手）

〔锣鼓匠们纷纷保护花想容躲进马门。打杂师和小丑被麻家狗腿抓住。骆善人飘然而出，劝阻麻大胆。

骆善人　老弟息怒，动不得武。

麻大胆　骆老，戏班子无理，休怪麻某无情。

打杂师　骆老太爷做个好事，把麻五爷劝住。打不得呀！

骆善人　老弟拳头一挥，焉有人乎？有话好商量。（和颜悦色）打杂师，今天麻五爷早就点唱《八阵图》，你们为何临时改戏？

打杂师　回骆老太爷话：九龄童劳累过度，昨夜吐了几口血。《八阵图》实在不敢上。

骆善人　难怪难怪，跟麻五爷说几句好话，我才好帮你们调解。

打杂师　是，是。

小　　丑　（向打杂师）骆老太爷才是善人伯伯呀。（进马门）

骆善人　人吃五谷生百病。诚然，诚然。秦叔宝也怕害病……（与麻耳语）尉迟恭惯于装疯。

麻大胆　明白了！

　　　　（唱）九龄童，九龄童装疯迷窍，

　　　　　　　花想容，花想容自命清高。

　　　　　　　戏班子不受八抬轿，

　　　　　　　核桃性只服钉锤敲。

　　　　　　　大吼一声刀出鞘，

　　　　　　　各人码头各人"毛"！

骆善人　（唱）稍安勿躁，

　　　　　　　老弟心事我明了。

　　　　　　　醉翁不在杯杯酒，

　　　　　　　意在佳人步步娇。

——川剧《易胆大》 〉〉〉〉〉

和事老儿，微微笑，

鹅毛扇，轻轻摇。

如此这般好好好，

何必耍刀？（与麻大胆耳语）

麻大胆　高见，高见。

骆善人　总而言之，做事要盖脚背。还有许多修桥铺路之事，等我前去料理。这台《八阵图》，让你老弟捧场罢了。

麻大胆　送骆老。

骆善人　留步。（飘然下）

〔红旗管事随下。

麻老幺　哼，倚老卖老，阴阳怪气。五哥，他想提你的上股子啊！

麻大胆　笑话，哥子们凭着一身胆量，占了龙门镇半边地盘。姓骆的只会"之乎也者"，想同我麻大胆掰手劲吗？请他陪老子上舍身崖！

麻老幺　哈，亮出这张天牌，扫他骆府的面子。

麻大胆　莫忙，哥子们今天另有心事。暂且陪老头打和牌，摆开《八阵图》，先整九龄童。

〔打杂师引花想容上。

花想容　麻五爷。

麻大胆　小旦还没下妆吗？五爷今天不看你的"庚娘上吊"，要看你男人的《八阵图》。

花想容　他在吐血，不敢上啊。

麻大胆　那就把东家请出来，退包袱。

花想容　我们是艺人打伙经营的班子，莫得东家。

麻大胆　你男人是当家小生，吃了五爷的泡糖，就得出来给五爷做点过场！

花想容　五爷呀！

（唱）病卧龙门，

　　劳累过度难起身。

　　　　　　九龄童连唱几本，

　　　　　　本本是文武小生——

　　　　　　《红梅阁》、《黄金印》、

　　　　　　《盗冠袍》、《盗银瓶》……

　　　　　　前天唱落魄英雄遇万岁，

　　　　　　昨天唱落难公子遇千金。

　　　　　　看今朝落难戏子无人问。

　　　　　　马门内名优呕血困风尘。

　　　　　　秦琼病了有马卖，

　　　　　　艺人病了无分文，

　　　　　　空呻吟。

　　　　　　陆逊困阵有人救，

　　　　　　九龄童困阵求谁人？（饮泣）

麻大胆　小旦一哭，五爷的心就软了。好。你男人的《八阵图》，免了，免了。

花想容　多谢五爷。

麻大胆　不过，要请你帮他唱个戏。

花想容　我唱我唱。随便五爷点啥子戏，我来。

麻大胆　来嘛，随五爷回到麻记茶馆，陪我唱个《游龙戏凤》！（动手调戏）

九龄童　（撩开马门，大呼）住手！（挣扎上前，保护妻子）麻五爷，戏班子人穷骨头硬，卖艺不卖身。

麻大胆　英雄，硬汉。我说你不出来，出来就好，弟兄伙等着看你的拿手好戏。

打杂师　五爷，你看他这一身病，咋个唱得？

麻大胆　用了钱就要唱，不唱退包袱。弟兄伙，把全班人抓出来，一个一个还老子的钱。

九龄童　何苦逼迫全班人，有事找我九龄童。

——川剧《易胆大》

麻大胆　名角既然承担子，就请一担承到底。

九龄童　麻五爷，你究竟要看哪本戏？

麻大胆　早就点了，《八阵图》。

九龄童　等我师兄一到就开戏。

麻大胆　你师兄？

九龄童　他来唱。

麻大胆　唱得下来？

九龄童　包打包唱。

麻老幺　一根翎子凤点头啊？

九龄童　有！

麻老幺　"滚地变脸"？

九龄童　有！

狗　腿　"倒硬人"？

九龄童　有，有，有！

麻大胆　嘿，半天云杀出个师兄来？

麻老幺　管你师兄师妹，我们今天不看别人，专门看你。

九龄童　岂有此理。你们点的《八阵图》，我们唱个《八阵图》。不管谁人上场，只要绝技到家，手手亮来，来宾叫好，内行点头，就算是还够了你们的价钱。

麻大胆　（语塞，试探）时辰不早，你师兄何在？

九龄童　稍候片刻，自会赶来。

麻大胆　过了片刻，他若不来？

九龄童　这个……（决然）我就唱。

麻大胆　临阵莫拉稀。

九龄童　拼命也出场。

麻老幺　一根翎子凤点头？

九龄童　有！

麻老幺　"滚地变脸"？

九龄童　有！

狗　腿　"倒硬人"？

九龄童　有，有，有！

麻大胆　名角，值价，五爷端把椅子，坐在台门口捧场。唱得好，码头上给你放火炮。（带人下）

花想容　易师兄该要来哟？

小　丑　他在四喜班，离此百里之遥，今天恐怕赶不上啊！

花　脸　有饭大家吃，有祸大家当。易师兄远水难救近火，这台《八阵图》你来唱吧！（指扮演萧方的小生）

小　生　（为难）《八阵图》三手绝技，我没有学过啊！

花　脸　罢罢罢，《八阵图》我来唱！

小　丑　你唱不如我唱！

打杂师　你唱不如不唱！

九龄童　隔行如隔山，老少师傅不用争了。易师兄不来，只有我亲自出场，大家才能解围。走，我扮起妆等候罢了。（踉跄几步）

花想容　（急状）你不能冒险啦！

九龄童　不必为我担心，要为全班着想。懂事些！（进马门）

〔花脸、小丑、打杂师随下。

花想容　（望眼欲穿）师兄，你还不来哟！（下）

〔易胆大应声："来啰！"易胆大背一双靴子，从台下穿过人丛，跃上舞台。麻家狗腿急上，卡住两边马门，不准进出。麻老幺带人挡住易胆大。

麻老幺　此路不通！

易胆大　好狗不挡路。借光借光。

麻老幺　搞啥子纲的？

易胆大　（指靴子）搭班子的。

麻老幺　唱哪一行的？

易胆大　生旦净末丑，昆高胡弹灯，五皮齐的先生。

——川剧《易胆大》 〉〉〉〉〉

麻老幺　出门人灯笼高照。眼下什么时候？

易胆大　昏昏浊浊之年，渺渺茫茫之月，麻麻杂杂之时。

麻老幺　隔场五里，先问盐米。脚下什么地方？

易胆大　堂堂天府之国，巍巍水陆码头，雅号龙门镇，别名扯谎坝！

麻老幺　可知本码头的水性？

易胆大　久闻。隆昌出猪儿，松潘出狗儿，贵龙码头出了几个大头猫儿——骆太爷的面子，麻五爷的胆子，麻五娘的镜子，舍身崖的鬼影子，外搭一帮狗腿子！

麻老幺　哟，指着山寨骂贼子，好大胆的戏班子。

易胆大　麻布洗脸初（粗）相会，言语失敬。少时下妆之后，街口子上喝茶……

麻老幺　站到，朝哪里拱？

易胆大　噫，你们要看《八阵图》，师弟身体欠安，我来帮唱。

麻老幺　你这副打扮，敢登大雅之堂吗？

易胆大　好先生不在穿着上。撩开马门，浑身都是戏。

麻老幺　你分明是个跑滩卖膏药的。滚！开外找事。

易胆大　（正色）赶快让路，我要帮师弟"倒硬人"！（拨开麻老幺等）

麻老幺　不听招呼。弟兄伙，抬他的"硬人"！

〔狗腿们抬起易胆大。

易胆大　扯谎坝的生意，好烫啊！（被抬下）

〔狗腿们放天马门。打杂师和锣鼓匠们出。

麻大胆　时辰已到，开戏。

狗腿们　开戏！打鼓匠，打响。

〔锣鼓匠被迫打响。麻大胆、麻老幺分坐两边台口看戏。狗腿望风打哨。

〔九龄童扮陆逊上，演唱《八阵图》。

〔趟马，困阵，一根翎子凤点头。

〔麻大胆等怪叫声叫好，鼓掌"捧杀"。

〔九龄童豁出命来，摔"背壳"、"变黑脸"、"倒硬人"；再也爬不起来。

麻大胆　（狞笑）唱得好，放火炮！（带人下）

〔场上一片混乱。花想容奔出马门，扑到丈夫身边。

〔易胆大内呼："师弟！"从马门冲出，抱起九龄童。

九龄童　师兄，弟媳拜托你了……（气绝）

〔花想容抚尸大哭。

易胆大　（悲愤疾呼）啥子世道，我走拢就唱【哭皇天】啦！

〔【哭皇天】牌子凄厉地吹起，火炮也欢快地爆着……

〔幕落。

第二场　立志复仇

〔二幕外。麻大胆、骆善人分头上，各打各的主意。

麻大胆　（唱）台上戏子哭皇天，

骆善人　（唱）台下爆竹庆丰年。

麻大胆　（唱）九龄童三魂已进阎王殿，

骆善人　（唱）花想容孤衾不耐五更寒。

麻大胆　（唱）袍哥正好嫖小旦，

骆善人　（唱）白发何妨伴红颜。

麻大胆　（唱）下一步？

骆善人　（唱）如何办？

麻大胆　（唱）下毒手！

骆善人　（唱）打算盘……

骆善人
麻大胆　（绕台思忖，计上心来）有了！

麻大胆　（唱）先逼她卖淫供我看，

　　　　　　点她唱《吊孝思春》、《大劈棺》！

——川剧《易胆大》

骆善人　（唱）用小恩去把新寡骗，
　　　　　　　做一个假泣颜回送挽联。
麻大胆　（唱）霸王硬上弓拉满，
骆善人　（唱）太公稳垂钓鱼竿。
麻大胆　（唱）快，肝子下锅七八铲，
骆善人　（唱）慢，老僧久坐必有禅。
麻大胆　（唱）妙！
骆善人　（唱）善！
麻大胆　（唱）艳！
骆善人　（唱）鲜！
　　　　〔帮腔：果真是英雄好汉，菩萨圣贤。
　　　　〔麻大胆、骆善人分下。
　　　　〔二幕启：戏园后台，堆放着衣箱头帽和刀枪把子，设有九龄童的素帷灵位，寒伧萧瑟，与前台花花绿绿形成对照。
　　　　〔哀乐声中，易胆大心情沉重，徐徐踱上，抬头望见灵牌，不禁悲从中来。
易胆大　九龄童，好师弟，若不为你报仇，为兄枉称易胆大！
　　　　（唱）报仇怒涌三江浪，
　　　　　　　哭灵哀转九回肠……
　　　　　　　抱灵牌，诙谐人儿变苦相，
　　　　　　　情不自禁泪盈眶。
　　　　　　　世人只看前台戏，
　　　　　　　谁知台后备凄凉。
　　　　　　　世人见我哈哈笑，
　　　　　　　谁解笑声是佯狂！
　　　　　　　唱戏生涯，
　　　　　　　到处流浪，
　　　　　　　少年子弟江湖老，

　　　　　　　红粉女伶两鬓霜，

　　　　　　　荆棘满途知音少，

　　　　　　　空将笙歌供虎狼。

　　　　　　　多少师友死台上，

　　　　　　　你方去罢我登场。

　　　　　　　又见师弟含冤丧，

　　　　　　　只留下：

　　　　　　　几张当票，

　　　　　　　一副靴网；

　　　　　　　苦口的药渣，

　　　　　　　苦命的孤孀。

　　　　　　　人间何处呼冤枉？

　　　　　　　这就是身怀绝技的好下场！

　　　　〔帮腔：地茫茫，天苍苍！

易胆大　（唱）天苍苍，地茫茫，

　　　　　　　艺人复仇自主张。

　　　　　　　五马六道我会闯，

　　　　　　　嘻笑怒骂皆文章。

　　　　　　　要臊陪他臊个够，

　　　　　　　要狂拉起大家狂。

　　　　　　　艺高人胆大，

　　　　　　　妙计藏锦囊。

　　　　　　　脑壳拴在腰杆上，

　　　　　　　闹、闹、闹，

　　　　　　　闹它个狼奔豕窜狗跳墙。（恢复其嘻怒骂常态）

　　　　〔小丑上。

小　丑　易师兄，易大嫂从四喜班赶来了。

　　　　〔易大嫂风尘仆仆上。小丑暗下。

————川剧《易胆大》 〉〉〉〉〉

易胆大　（接过妻子行李）娘子，你来迟一步，竟与师弟永别了！

易大嫂　师弟呀，师弟！（扑向灵位，泣）你人是人才，戏有戏德。我们梨园行道，一笼鸡叫不倒几个啊。师弟，你死得好可惜，死得好冤枉啊……（哽咽）

易胆大　娘子，这阵不是哭的时候。把弟妹引伤心了，大家哭一伙咋个"么台"？

易大嫂　我那苦命的弟妹呢？

易胆大　倒床三天，水米未沾。

易大嫂　你快点设法，替她分忧解愁嘛！

易胆大　有件大事，要同弟妹商量。你去说，最合适。附耳过来——（耳语）

易大嫂　（愕然）呸哟，想精想怪，劝弟妹去拜干爹！

易胆大　捞起半截就跑。我问你，师弟死得打不出喷嚏，难道就是一个字——罢？

易大嫂　弯刀把、锄头把，你罢我不罢。恨不得找麻家，以命偿命，以牙还牙。

易胆大　麻家是地头太岁，你我几个江湖艺人，空手打老虎，四两拨千斤。若不用点"腾挪闪战，擒拿短打"，哼，要想报仇？连路都走不到！

易大嫂　是咧，倒是啊。

易胆大　依我之见，暂时借房子躲雨。用骆府招牌，钳制麻家，使其不敢乱动抓扯，我才好挽下圈圈，把仇人引进"八阵图"。如此如此，这般这般。叫他也打不出喷嚏！

易大嫂　妙、妙、妙，这台戏你唱上角，我打帮锤。

〔花想容一身孝服暗上，闻声止步。

易胆大　有言在先，我是提起脑壳耍，娘子妻要担风险。万一翻船，准备守寡哟！

易大嫂　这……（决然）为师弟报仇，两肋插刀，干。惹下包天大祸，你

　　　　　　坐班房，我来送饭；你砍脑壳，我会收尸。

花想容　（失声）兄嫂千万不可！

易胆大
易大嫂　（回头）啊，弟妹！

花想容　师兄师嫂一片热忱，小妹心领了。这场风波因我而起，怎能连累兄嫂前去冒险？你们快回四喜班，龙门镇的戏，由小妹自己唱下去吧。

易大嫂　弟妹，你打算怎样唱呢？

花想容　（凄然）生在这种世道，落在这个行道，听天安命，有死而已。

易大嫂　哎呀，天老爷靠不住，你咋个尽想短路啊？

易胆大　（循循开导）生在这种世道，落在这个行道，梨园戏子有劲道，江湖艺人反霸道！弟妹，你来看！

　　　　（唱）戏园台柱肩并肩，
　　　　　　　忍辱负重几多年？
　　　　　　　经风经雨经雷电，
　　　　　　　经受龙门大水淹。
　　　　　　　累累伤痕皮已绽，
　　　　　　　苦苦撑持身未偏。

易大嫂　（唱）台柱不偏人不软，
　　　　　　　英雄儿女出梨园。
　　　　　　　千锤百炼艺人胆，
　　　　　　　千姿百态抗强权。

易胆大　（唱）笑吟吟，优孟衣冠闹金殿，
　　　　　　　响当当，天宝乐工讽宦官，
　　　　　　　光闪闪，公孙大娘舞宝剑，
　　　　　　　秋瑟瑟，琵琶女儿诉辛酸，
　　　　　　　雷海清，忧国忧民化孤雁，
　　　　　　　李龟年，落花时节飘江南，

———川剧《易胆大》 >>>>>

       王实甫巧改《莺莺传》，
       关汉卿怒写《窦娥冤》，
       李香君血染桃花扇，
       郑妥娘撕毁燕子笺，

易大嫂　（唱）红娘子绳伎敢造反，
       李文茂艺人勇揭竿，

易胆大　（唱）凤阳花鼓骂皇帝，
       秦淮丝竹羞汉奸，
       马伶誓把严嵩演，
       柳湘莲挥拳打薛蟠……

易大嫂　（唱）一桩桩，一件件，
       本行本道好祖先。
       可树碑，可立传，
       一脉九派往下传。

易胆大　（唱）传与为兄称大胆，
       打虎斗狼谈笑间。

易大嫂　（唱）传与为嫂泼辣旦，
       七星海椒敢朝天。

易胆大　（唱）劝弟妹，休哀怨，

易大嫂　（唱）昂起头来紧握拳。

易胆大　（唱）对恶人要用恶手段！

易大嫂　（唱）挽圈圈陪他挽圈圈！

易胆大　（唱）暂借骆府，

易大嫂　（唱）檐前站，

易胆大　（唱）好与麻家，

易大搜　（唱）巧周旋。

易胆大　（唱）《八阵图》，

易大嫂　（唱）重新演，

易胆大　（唱）引仇人，

易大嫂　（唱）上高山。

易胆大　（唱）智斗！

易大嫂　（唱）巧干！

易胆大　（唱）报仇！

易大嫂　（唱）伸冤！

花想容　（逐渐振奋，唱）

　　　　　　　一阵阵暖风扑人面，

　　　　　　　半池静水起波澜。

　　　　　　　一根根台柱壮人胆，

　　　　　　　万念成灰灰又燃。

　　　　　　　燃起复仇火，

　　　　　　　捏起雪恨拳，

　　　　　　　阴云渐驱散，

　　　　　　　伤痕快结瘢。

　　　　　　　弱女对天立志愿，

　　　　　　　跟随兄嫂斗霸天！

　　　　〔打杂师上。

打杂师　骆善人亲自送挽联来了！

易胆大　嘿，才说借房子躲雨……

易大嫂　房子自己走来了

易胆大　大家听着，看我眼色行事，当成戏来唱。请——

　　　　〔吹打。骆府家丁送祭幛、挽联上。祭幛："广陵散绝"。挽联："功盖三和班，名成八阵图。"

　　　　〔骆善人上。易胆大接待。彼此打量，归座。花想容欠身一礼。

易胆大　（不卑不亢）我弟妹扶病起床，不敢全礼。骆老太爷八月中秋望明月——原谅，原谅（"圆亮"）。

骆善人　你是？

———川剧《易胆大》 >>>>>

易胆大　贵人头上多忘事。那些年辰，骆老在外做官，在叙府？在泸州？在自流井？对！是自流井。大公二公做生酒，品仙台上唱会戏。你坐的上把位，我唱的《花子骂相》。

骆善人　似曾相识，面善面善。

易胆大　一日不见，如隔三秋。本人初到贵龙码头，只见麻五爷摆来摆去，骆老太爷龙不现爪。少会少会。

骆善人　老朽偶感小疾，谢门未出。本镇那位暴发户提劲打靶，惹是生非，致使九龄童壮年夭折，惜哉，痛乎！

易胆大　死者含冤，新寡孤伶。麻家虎视眈眈，骆老太爷理应济困扶危哟！

骆善人　老夫本欲主持公道，惜乎师出无名……

易大嫂　骆老太爷话都递到嘴边上了，干脆，我弟妹就认你为义父，保她清静平安！

骆善人　那，那就不敢当了……

易胆大　过场戏就不消做了，一言为定。

〔花想容欠身施礼。

骆善人　哈哈……从此情同骨肉。麻家再敢欺我女儿，为父帮你扎起！

易大嫂　噫，你老人家斯文呆呆的，对方是赫赫有名的麻大胆，你恐怕不是他的下饭菜吧？

骆善人　（激怒）咹！老夫官宦出身，门前桃李遍布川南，何惧一个小小浑水乌棒！哼，什么"麻大胆"？何许人也？你们可知他的来历？

易胆大　早有所闻，粗知梗概。要向骆老从头请教。

骆善人　搌座，听我道来——（移座，唱）

　　　　　　云雾深处舍身崖，
　　　　　　乱坟丛中牡丹开。
　　　　　　牡丹虽好出鬼怪，
　　　　　　夜雨秋灯摆"聊斋"！
　　　　　　那年官兵追匪首，

391

　　　　　匪首亡命逃上崖。
　　　　　官兵怕鬼实无奈，
　　　　　重赏之下卖客来。
　　　　　麻老五反水手脚快，
　　　　　酷似"萧方打红台"。
　　　　　暗杀匪首把花采，
　　　　　两手血腥下山来。
　　　　　披红又挂彩，
　　　　　领赏游长街。
　　　　　从此人称"麻大胆"，
　　　　　依仗衙门作后台。
　　　　　小人得志成大害，
　　　　　唉，祸及乡里百姓哀。

易胆大　细听骆老金言，可见传闻不谬。麻大胆果然是靠舍身崖起家。

骆善人　小人沐猴而冠，炫耀匹夫之勇，威胁正人君子。老夫久欲与他决一雌雄，奈无契机。如今他逼死名优，引起公愤，老夫正好约集仁、义、礼、智、信几堂贤达，鸣鼓而攻之！

〔打杂师上。

打杂师　麻五爷赏示下来，明天那本戏不唱了，改到麻记茶馆打围鼓。指名点了花想容唱一个戏。

众　人　啥子戏？

打杂师　《吊孝思春》！

易大嫂　（勃然发怒）好刮毒！人家的男人才死，他偏要点唱《吊孝思春》，分明是谋夫霸妻，逼人当众卖淫嘛！

骆善人　谁家没有姐儿妹子？他自己屋头还有个麻五娘嘛！胡闹！（向花想容）干女，这场围鼓，你就断然拒绝，看他又将如何？

易大嫂　对，就是不去唱！

易胆大　不，就是该去唱！

———川剧《易胆大》 >>>>>

花想容　师兄?……
易胆大　（微妙地）戏，是戏班子的儿，唱嘛，陪他唱上舍身崖！
　　　　〔易胆大向骆善人密语献计……
　　　　〔幕落。

第三场　一闹茶馆

　　　　〔二道幕外。麻五娘乘小轿上。
轿夫甲　高照！
轿夫乙　两靠！
轿夫甲　天上明晃晃，
轿夫乙　地下水凼凼！
麻五娘　（突吼）住轿！
轿夫甲　麻五娘，啥子事？
麻五娘　（出轿，无缘无故地斗气）我想骂人！
　　　　（唱）三天不骂人，
　　　　　　　走路没精神。
　　　　　　　五爷招牌硬，
　　　　　　　五娘年纪轻。
　　　　　　　丈夫胆盖世，
　　　　　　　娇妻貌倾城。
　　　　　　　叫大班：快拿梳妆镜，
　　　　　　　中途照美人！
轿夫甲　麻五娘，这舍身崖下，照不得镜子。山上不清静，谨防照出鬼影子！
麻五娘　青天白日，麻大胆的婆娘还怕鬼吗？
轿夫乙　五娘，不要在半路上提劲儿，快点回去看易胆大亮采。
麻五娘　你两个一路上把易胆大越吹越神，是他教起你来吹的吗？

轿夫乙　（与轿夫甲背白）哈哈，只有这句话还算伶醒。

轿夫甲　（转向五娘）不是我吹，你在娘屋头不晓得，龙门镇上，易胆大硬是打昂了。今天在你茶馆唱围鼓，麻大胆遇上易胆大，棋逢对手。麻五爷该不得虚哟？

麻五娘　打嘴。普天之下，胆子数我男人大。麻五爷都会虚，麻五娘手板心煎鱼！

轿夫乙　那就快回去打气助威，请麻五爷亮一手。

麻五娘　走，把麻五娘抬起走！（上轿）

轿夫甲　（唱）抬轿子，巧安排，

　　　　　　　八阵图，已摆开。

　　　　　　　请君入瓮还血债，

　　　　　　　麻五爷：

　　　　　　　催命婆娘抬回来！（下）

〔二幕启：麻记茶馆，雅座一角。黑漆楹联，流露俗气："渴时饮茶开水烫，醉后品茗味道鲜。"

〔茶馆呼声："沱茶、毛尖、开水……""张大爷茶钱，王大爷开了。"小贩们呼声："瓜子，纸烟，椒盐花生米，五香豆腐干……"四川大茶馆风味十足。

〔高朋满座。骆善人与龙头大爷、圣贤二爷、桓侯三爷等前来"捧场"，间或暗递眼色。

〔麻大胆蒙在鼓中，以为"众星拱月"，不禁心花怒放，发泄变态兽欲。

麻老幺　哑静，哑静。今天是本堂口麻五爷点三和班名角花想容唱《吊孝思春》，承蒙仁、义、礼、智、信五堂龙头大爷、圣贤二爷、桓侯三爷前来捧场。围鼓散后，对门馆子的酒席，麻五爷包了！

袍哥们　（拱手）叨扰、叨扰！

麻大胆　打鼓匠打响！（向花想容）小旦，风风流流地唱给五爷听啊，哈哈……

————川剧《易胆大》 〉〉〉〉〉

易胆大　听嘛。打响,"南华堂"吊孝。

〔围鼓响起,易胆大司鼓。骆善人手弄茶碟,敲着拍节。麻大胆也得意地念着鼓点。

花想容　(念诗)正是:

何必当年南华堂,

且看眼前小孤孀。

吊孝满目皆秋景,

夫啊,人间黑暗无春光!

麻大胆　(挥手打断)慢着!你唱的,好像不是《吊孝思春》的词儿?

易胆大　麻五爷没有见到。河道不同,我们唱的是弹戏路子。

骆善人　好哇。开头词章不错,文采动人,不知出自哪位名家手笔?

易胆大　此乃无名氏所编。他是上坝一个五皮齐的艺人。

麻大胆　(将信将疑)无名氏?

龙头大爷　麻五弟,我等兴致勃勃来听围鼓,戏才开头,你就打断,未免有些煞风景!

贤二爷　麻五弟,我等久居穷乡僻壤,孤陋寡闻。缸钵头的鱼鳅——只要团转。正好听听弹戏路子,开开眼界啊!

麻大胆　这个……

桓侯三爷　(虎声虎气)麻老五,不要打岔。听人家唱啊!

骆府家丁　(纷纷不满)听人家唱下去嘛。

麻大胆　(将信将疑,不懂装懂)好,弹戏路子好。唱!

易胆大　出了钱慢慢听嘛。

花想容　(接唱)风萧萧,望夫招魂魂不返,

雨绵绵,抛妻别戏戏未完。

夫妻上台扮笑脸,

哀丝苦弦跑四川。

浪急船摇川江险,

山高路窄蜀道难。

　　　　　上台扮笑脸，

　　　　　下妆泪偷弹。

　　　　　口唱《红鸾袄》，

　　　　　身上《脱布衫》！

　　　　　分明遇的《下山虎》，

　　　　　强颜参拜《菩萨蛮》！

　　　　　艺高难谋三餐饭，

　　　　　名优不值半文钱。

　　　　　沟死沟埋葬，

　　　　　路死插标签。

　　　　　病卧高台夫遇难，

　　　　　月冷黄昏鬼喊冤！

易胆大　（边打边唱）

　　　　　冤、冤、冤！

　　　　　惨、惨、惨！

　　　　　半支残烛，

　　　　　几片纸钱，

　　　　　一抔黄土，

　　　　　七尺黑棺，

　　　　　千行血泪红斑斑……

　　〔花想容泣不成声。易胆大悲歌慷慨。三和班艺人及堂倌、小贩等随之呜咽。麻大胆如坐针毡，几欲打断，又被骆善人等劝阻，骑虎难下。

花想容　（唱）夫去也，妻孤单，

　　　　　茶馆清唱吐真言。

　　　　　说什么声声燕语明如剪，

　　　　　道什么呖呖莺歌溜得圆？

易胆大　（唱）这都是达官贵人闲消遣，

――――川剧《易胆大》 〉〉〉〉〉

    哪里有良辰美景奈何天？

花想容 （唱）倒不如，

    毁了花容，

    破了喉管，

易胆大 （唱）砸了锣鼓，

    断了琴弦。

花想容
易胆大 （合唱）空留下：

    无廉无耻，

    无道无理，

    无诗无画，

    无歌无舞的万恶人间！

  〔三和班群起应和。听众掌声如雷。

麻大胆 （暴跳起来）不准唱了！不准叫好！啥子无名氏的巫教戏？（指易胆大）明明是你娃乱编的。弟兄伙，把女的抓了，把男的"毛"了！

  〔麻老幺上前抓人。红旗管事和骆府家丁涌出保护。

红旗管事 打明叫响——（指易胆大）他是骆府请来的客伙！（指花想容）她是骆老新收的干女！

麻大胆 啊！（恍然大悟）像官老，好开宝。原来才是骆老太爷扎起的哩！

骆善人 济围扶危，圣人之教；平风息浪，中庸之道。骆某倒要看看，光天化日之下，谁敢动我干女儿一根毫毛！

麻大胆 袍哥人，月亮坝耍刀——明砍！这个女人，小弟早就看上了。她不是骆老干女，我要讨；是骆府千金，我也要搞！

骆善人 老夫好打不平，她不是骆府螟蛉，我要保；是老夫义女，非保不可！

麻大胆 小弟输不下去！好嘛，三个钱一手的糖罗汉——拼了！（蠢蠢欲动）

骆善人　骆某奉陪到底！（拍案而起）

龙头大爷　慢仗些！（假装中人，一副袍哥评理腔调）袍哥不开花，开花就分家。高抬龙头，赦个左右。双方坐下来，"叫言语"，断公道。（行袍哥"江湖"礼）

骆善人　龙归龙台！

麻大胆　虎归虎位！

众袍哥　得位！

〔互行"江湖"礼，归座。艺人护送花想容暗下。

龙头大爷　（急口令）你是鹰，他是鹞；你是来龙，他是坐豹。一方要讨，一方要保；相持不下，如何是好？

圣贤二爷　龙头大爷！（按预谋步骤进行）古人先例，抛球择婿，比武招亲。依我愚见，双方赌个彩头，凭天而断罢了。

桓侯三爷　（粗野地配合）圣贤二爷金言，发财就在今年。我看就抽签？

红旗管事　划拳？

骆府家丁　估"神仙"？

麻家狗腿　画"鸡脚杆"……

龙头大爷　（训斥）俗了！

〔麻家狗腿龟缩。圣贤二爷故作思索之状。

圣贤二爷　诸位，赌个什么彩头为佳呢？……

麻老幺　（向麻大胆献计）五哥，亮"天牌"！

麻大胆　（正中下怀）对，现成彩头——上舍身崖！

骆善人　这……（故作惧怯）比招牌，比家财，比道德，比文才，哪个陪你比爬崖哟？

麻大胆　袍哥不比假斯文，上崖才见真功夫！（得意地）诸位拜兄，骆老要保花想容，这也不难，今夜三更，陪小弟上崖抢摘牡丹，凭天而断。（向骆善人）对红星，走，走，走！

骆善人　这个……

易胆大　（应声而出）好，好，好。冤有头，债有主，我来奉陪！

――――川剧《易胆大》 >>>>>

麻大胆　　你？（不屑地）五爷与骆老打赌，戏班子敢来插嘴。泗水关的刘备——哑坐！

骆善人　　此人乃我骆府宾客。毛遂自荐，必有一得之愚。讲！

龙头大爷　赏他个面子，说！

易胆大　　多承抬举。请问麻五爷，打赌为了谁人？

麻大胆　　花想容！

易胆大　　好道！九龄童与我同师学艺，情长谊深，临终之时，托我照看弟妹。我受人之托，忠人之事，理应拼命相保。五爷拉人上崖，自然而然该我出马！

圣贤二爷　有理，有理。

桓侯三爷　落教，落教。

麻大胆　　无名小卒，敢与五爷较量？

易胆大　　略有虚名，斗胆登门领教。

麻大胆　　来将通名！

易胆大　　梨园怪杰易——胆——大！

麻老幺　　啊！原来你是易胆大！

易胆大　　岂敢，岂敢。

圣贤二爷　失敬，失敬。

麻大胆　　哟，你来者不善？

易胆大　　我善者不来。

麻大胆　　山东鹞子山西来，鸟为食亡人为财。

易胆大　　不求吃喝不贪财，为保弟妹闯柜台。

麻大胆　　茶馆门前一树槐，

易胆大　　手攀槐枝下招牌。

麻大胆　　舍身崖上牡丹开，

易胆大　　陪你深夜登悬崖。

麻大胆　　你有摘星手？

易胆大　　我有降龙拐！

麻大胆　你有上天梯?

易胆大　我有腾云鞋!(亮"独脚式口")

麻老幺　哈哈,穿的一双补疤鞋!

麻大胆　去哟!(指骆善人)要比胆我找对红星。(轻蔑地)穷戏班子,够不上资格。船靠下码头!

易胆大　麻五爷是何言也?(嘻笑怒骂,有理有节)我辈梨园子弟,穷得志气,饿得新鲜,凭手艺吃饭,靠胆子跑滩。七十二行,行行出状元。想你麻五爷,文不能挑葱卖蒜,武不能修脚剃头。号称大胆,其实不然。欺压女伶孤孀,胆在哪里?逼唱《吊孝思春》,胆在何方?岂只我三和班咬牙切齿,龙门镇上,穷苦百姓,他,他、他——恨不能将你砍成段段,切成片片,烧成灰灰,磨成面面。麻五爷民愤太大,作贼心虚,只好把舍身崖挂在嘴上,威胁文人学士。今有易先生登门请教,你又巧言推辞。算了,你除了捏起一副腔子吓娃儿之外,其他莫得取方了。大家说,麻五爷的胆子是不是假的?

桓侯三爷　假的!

易胆大　是不是虚的?

骆府家丁　虚的!

麻大胆　(恼羞成怒)住口!(欲动武)

麻老幺　(急拉)五哥,出不得手……

红旗管事　要出手大家出手!

易胆大　(幸灾乐祸)好看!麻五爷要打烂自己的茶馆,好笑,好笑啊!

　　〔锣鼓起【霸王鞭】。易胆大甩着发辫嘲笑。骆府家丁控制麻氏弟兄。麻大胆暴跳如雷,被麻老幺强行拉下。

　　〔麻五娘挤进茶馆,一掌推开易胆大,叉腰大吼。

麻五娘　做啥子?做啥子?叫花子朝王,吃大户吗?(寻找)哪个叫易胆大?拈出来老娘看一下!

龙头大爷　(正色)袍哥面礼有规矩,泼妇骂街,成何体统?

———川剧《易胆大》 〉〉〉〉〉

麻五娘　（横不讲理）啥子巫规矩？老娘是骂人的大王！

龙头大爷　（叹息）俗了，俗了。龙门镇是个"臊堂子"哩！

圣贤二爷　男不与女斗。对手一家，可有女将否？

〔易大嫂内应声："来了！"

〔麻五娘闻声，脱下一只鞋子，举鞋欲打。易大嫂上，扯个亮相式口。

易大嫂　要打吗？幼而学，鲍金花打擂！（起腿，比出武打架式）

堂　倌　（向五娘夸张地）她操过几手，鞋尖下有铁钩钩，谨防把五娘的眼睛钩瞎！

骆善人　（微妙地招呼）麻五娘，你的秋波要紧，请勿出手，女面礼罢了。

麻五娘　（回了一个媚眼）骆老说的是正教，正教！（穿鞋）武辣小旦，君子动口不动手，女面礼！

易大嫂　面礼更好，我有理走遍天下。

麻五娘　穷人话多，瘦狗筋多；抱鸡婆打摆子，咯多咯多！

易大嫂　穷人气大，烟锅巴劲大；孙猴儿闹天空，胆大胆大！

麻五娘　哪个胆大？

易大嫂　我男人易胆大。

麻五娘　好大点胆胆啰！掉头观看：（炫耀地拉麻大胆上）麻五爷胆比斗大！

易大嫂　易先生浑身是胆！

麻五娘　我男人胆大吃雷！

易大嫂　我男人胆大包天！

麻五娘　胆大杀人不眨眼！

易大嫂　大胆救人出深渊！

麻五娘　（指易）他算啥子胆？

易大嫂　艺高人大胆！（指麻大胆）五爷呢？

麻五娘　（冲口而出）色胆大如天！

众　人　（哄堂大笑）哈哈，哈哈……

麻大胆　（急拉五娘）哎呀，你失口丢丑了……

麻五娘　（不服输）不要紧，我去捞转来！（威胁地）武辣小旦，话是粑的，脚是硬的。要比胆量，请你男人上舍身崖！

易大嫂　易胆大敢去，麻五爷呢？

麻五娘　哈哈，那个地方是麻五爷的本钱。

易大嫂　他怕输了老本，不敢再去了。

麻五娘　笑话，麻五爷都会输吗？输了"矮起"，叩响头！

易大嫂　君子一言，

麻五娘　驷马难追。

众　人　大家见证，

麻五娘　当众击掌！（三击掌）

龙头大爷　（立即拍板定局）五娘当众击掌，生米已成熟饭。立刻封山！

圣贤二爷　今夜三更，麻五爷与易胆大各显神通，看谁采回牡丹？

易胆大　五爷输了怎么办？

桓侯三爷　"矮起"，当众叩响头！

麻大胆　（指易胆大）你娃输了呢？

圣贤二爷　易胆大输了，骆老就把花想容规规矩矩送上麻家，任凭五爷施为！

骆善人　（故作迟疑）这个……

龙头大爷　口说无凭，立下字约！

骆善人　（摇头）玩笑开大了……

麻大胆　你打缩脚锤了吗？不行，拿纸来，写——

〔唢呐长鸣。

〔幕落。

第四场　二闹坟山

〔幕启，舍身崖。

——川剧《易胆大》

〔黑压压一片乱坟，磷火眨着鬼眼，阴风飒飒，满台昏暗。

〔打杂师一身短打从乱坟堆里跃出，"轻跳"，焦灼地遥望山下。

打杂师　（唱）荒坟鬼火飞流萤，

　　　　　　　封山之前捷足登。

　　　　　　　神龙见首不见尾，

　　　　　　　出奇制胜惩仇人。

　　　　三更已过，易师兄还不到来呀？（下）

〔少顷，麻大胆一身短打，探路而上。

麻大胆　（唱）怪风扑面夜沉沉，

　　　　　　　浑身是胆铁铮铮。

　　　　　　　舍得宝来宝掉宝，

　　　　　　　舍得罗汉换观音。

　　　　（绕场）呀，崖上牡丹尚在，易胆大还未到来，待五爷抢先下手。

　　　　（绊着石碑，定睛一看）九龄童之墓！哟，他埋在这里呀！

〔坟后轰然一声，冒出一团青烟。九龄童头戴紫金冠，雉尾飘飘，花枪闪闪，《八阵图》重现。

〔麻大胆大惊失色，惨叫倒地。

〔九龄童翎子一摆，粉面朱唇变为一脸漆黑！麻大胆狭路遇鬼，魂不附体。九龄童挺枪刺去。麻大胆只有招架，正欲拔刀反击，九龄童翎子一摆，黑脸又变朱砂红脸。麻大胆惊呼"有鬼"，夺路奔下。九龄童追下。

〔打杂师手执烟火用具，从坟后跃出。

打杂师　嘿嘿！麻五爷平时力大如牛，今夜遇鬼，四肢如绵。烟火助威，要他狗命！（打烟火，追下）

〔麻大胆内呼"有鬼呀！"赤脚逃上，手提一只鞋子，当做武器，乱扑乱打。

〔九龄童追上，抓住麻大胆的后襟。麻大胆死命挣扎，急中生智，卸了上衣。九龄童用力太猛，倒退几步。麻大胆乘机跳下悬崖逃命。九龄童摇身一变——易胆大也！打杂师追上，俯视悬崖。

易胆大　（有些遗憾）麻贼命长，跳崖而逃！
打杂师　他浑身带伤，滚下悬崖，就算爬回去，也只剩一口气了！
易胆大　死了也打不出喷嚏。
打杂师　没有死么，就看他叩响头。
易胆大　（对墓碑）九龄童，为兄替你报仇了！

　　〔易胆大登上崖顶，珍珠倒卷帘采下牡丹。打杂师在壁上题名。易胆大举花含笑。壁上闪耀大字——"易胆大到此"。
　　〔幕落。

第五场　三闹灵堂

　　〔二幕外。麻家后院。
　　〔拂晓，鸡鸣。麻老幺上。

麻老幺　（唱）二里坳上陪五嫂，
　　　　　　　红中白板闹通宵。
　　　　　　　哥哥没得嫂嫂好，
　　　　　　　五爷不及幺爸高。
　　　　（进院，绊着麻大胆）啥东西？（俯下细看）哎呀，是五哥！
　　　　（呼之不醒）五哥，五哥……完了，五哥归天了！
　　　　〔幕后人声鼎沸，堂倌喊着急上。
堂　倌　幺爸，幺爸，易胆大披红挂彩，举花游街。仁义几堂提着蒲团儿，请五爷出去"矮起"，叩响头！
麻老幺　他都死硬了，看——
堂　倌　哎呀，满脸血污，断气了吗？咋个办？
麻老幺　关大门。草纸贴在门口，报丧嘛。
　　　　〔麻老幺同堂倌急下。
　　　　〔麻大胆徐徐蠕动，回过气来，挣扎坐起。麻老幺复上，见状大

———— 川剧《易胆大》

惊。

麻老幺　惊尸了！

麻大胆　九，九龄童找我索命了……

麻老幺　你撞鬼了？哎呀，我以为你已经归天，哪晓得打个喝嗨又还阳。霉了，草纸都贴在大门口，报丧了！

〔堂倌暗上，见状躲进耳幕偷听。

麻大胆　快，快把草纸撕下来，搀我出去……

麻老幺　出去，出去该你叩响头！

麻大胆　（呻吟）天哪，咋个有脸见人呢？

麻老幺　（忙中无计）好汉不吃眼前亏。你暂且躺下装死，我三言两句把他们打发走了，躲过叩头这一关，再说下文。

麻大胆　（咬牙切齿）过了这一关，老子要血洗三和班！

〔二幕启。麻家内室。麻老幺急扶麻大胆上床躺下。

〔骆善人及仁义几堂涌上。圣贤二爷手捧打赌文约，桓侯三爷手提蒲团儿，麻老幺连忙应付。

骆善人　生要见人，死要见尸！

麻老幺　请来观看——（指床上）

桓侯三爷　啊嚯，麻五爷叩不成响头了！

麻老幺　蒲团儿提回去。人死仇散，送客。

骆善人　且慢！（怀疑）红旗管事，有请易胆大！

红旗管事　有请易胆大！

〔唢呐吹【将军令】。三和班拥挂红挂彩的易胆大上。打杂师高举牡丹，群起舞蹈。

易胆大　（唱）麻家恶霸哭皇天，

　　　　　　　三和戏班笑开颜。

　　　　　　　八阵图昨夜山上演，

　　　　　　　九龄童泉下心可安？

　　　　　　　易胆大斗垮麻大胆！

〔三和班应和狂欢……

〔帮腔（仿麻大胆声）：下一回，血洗三和班！

易胆大　（警觉，验尸）麻五爷真的死了吗？

麻老幺　死硬了，打赌打得好，打出人命了！

圣贤二爷　（指文约）亲笔文约！

龙头大爷　生死由命！

桓侯三爷　自作自受！

易大嫂　五爷自己乱想汤元吃，上崖撞鬼，与我们屁相干！

〔堂倌暗中向易胆大摆手示意麻是装死。

易胆大　（暗拉易大嫂）娘子，不要信以为真，麻五爷他是装死躺下！

（唱）扯谎坝上弥天谎，

　　　百足之虫死不僵。

　　　打狼须用无情棒——

〔堂倌上。

堂　倌　麻五娘回来了！

易胆大　（计上心来）来得好！

（接唱）催命还须麻五娘。

骆善人　（背白）胆子适可而止吧，真要催其命乎？

易胆大　（背白）麻五爷不还命债，九龄童死不瞑目！（急下）

〔骆善人与仁义几堂低语。

骆善人　梨园怪杰复仇心切，你我借他之手，除去码头隐患，何乐不为？

圣贤二爷　大家睁只眼……

众袍哥　闭只眼吧！哈哈……（同下）

〔众艺人引麻五娘上，轿夫随后。麻五娘直奔床前一看，嚎叫。

麻五娘　我的五爷，你当真死硬了！

〔麻老幺急上，暗向麻五娘摇头摆手，示意五哥未死，奈何麻五娘毫不懂窍。

麻五娘　老幺，你莫劝我。为嫂与你五哥夫妻情重，咋个不伤心啊……

———川剧《易胆大》 >>>>>

〔麻老幺正待设法告知真情，堂倌牵制麻老幺。

堂　　倌　幺爸，幺爸！五爷手下的兄弟伙，树倒猢狲散，正在商量改换门庭，投靠骆府！

麻老幺　啊！（气急败坏）狗东西，有奶就是娘！走，找他们算账！（被堂倌引下）

麻五娘　（嚷）我的呀，我的……（忽然寻找）我的镜子、烟杆呢？

轿　　夫　（呈上）在这里。

麻五娘　（接过水烟杆）唉，我在二里坳打麻将熬了个穿夜，不晓得瘦成啥子样儿了？（一边顾影自怜，一连吸烟嚎丧）

　　　　　（唱）我这样年轻这样美，

　　　　　　　　空房守寡去靠谁？

　　　　　　　　夫妻本是同林鸟，

　　　　　　　　大限来时各自……（吹燃纸捻）

　　　　　　　　飞！

〔艺人大笑，易大嫂拉一人掩袖上，到台口收袖——乃是易胆大改扮的"刘媒婆"！

易大嫂　（向观众）看，《拾玉镯》的刘媒婆来了啊！（暗笑，与众艺人退下）

易胆大　（唱）梨园怪杰十八变，

　　　　　　　　媒婆飘然到堂前。

　　　　　　　　徐娘半老爱打扮，

　　　　　　　　风韵犹存步翩翩。

　　　　　　　　边鱼上水耍眉眼——

　　　　　（一手耍长烟杆，一手耍帕子，仿女角身法眉眼，与前判若两人）

〔麻五娘被吸引，打量来客。

〔三和班幕内帮唱：

　　　　　　　　妙在似与不似间！

麻五娘　嘿！你好像戏上那个刘媒婆哟！

易胆大　戏上有，世上就有嘛。我也姓刘，家住无影坡，专门帮太太小姐跑腿效劳。今天受了贵人之托，特来替五娘分忧解闷。

麻五娘　刘妈妈，快来陪我哭灵嚎丧啊。

易胆大　（欲嚎，转笑）五娘，不用做戏了。刘妈妈见多识广，隔土能看花生。你此刻在打什么主意，瞒不过我这双金睛火眼啦！

（唱）龙门镇上双哭灵，
　　　谁家做戏谁家真？
　　　贫贱夫妻生死恋，
　　　除却巫山不是云。
　　　豪门夫妇两冰冷，
　　　蒙着鼻子哄眼睛。
　　　五爷贪花丢性命，
　　　五娘怎会守孤灯？
　　　嚎丧不落泪，
　　　无情空有声。
　　　明哭暗高兴，
　　　另有意中人！
　　　那人托我把线引——（穿针引线舞蹈，带着五娘团团转）
　　　恭喜五娘又迎新。

麻五娘　哈哈，我的心事硬是被她看穿了！（信赖地）刘妈妈，既然是我意中人托你来穿针引线，我们就打拢来说！（招手，与易胆大耳语）我的意中人是他——

易胆大　（大声）啊，幺爸！

〔床上"尸体"蠕动一下。

麻五娘　是他嘛！老幺又年轻，又殷勤，比他五哥好得多。

易胆大　哈哈，五娘猜错了，托我说媒的贵人，比老幺更强十倍！

麻五娘　（意外）哪一个？

〔易胆大招手，与五娘耳语。

麻五娘　（失声）啊，是骆老太爷！

〔床上"尸体"又蠕动。

易胆大　实话给你说，骆老派我出来打赌，千方百计捶平五爷，还不都是为了五娘你呀！

麻五娘　（恍然）啊哟，怪不得，平时骆老总爱暗中对我挤眉眨眼，原来他硬是在迷我的窍！

易胆大　骆老有钱有势有名声，比五爷、比幺爸更高几篾片。龙门镇上几个子，鬼影子拈了麻五爷的胆子，你麻五娘的镜子去配骆老的面子，硬是享福一辈子。

麻五娘　（喜出望外）这才巴实嘞！（指床上）哎，死人咋个办呢？

易胆大　管他的哟，明天抬出去埋了，后天你就过门。

麻五娘　要得，粑粑要吃得热烙！

易胆大　我去给骆老回声信。

麻五娘　麻烦你了。

易胆大　（说给"尸体"听）麻五娘吊孝思春，要改嫁了！（出外窥测）

麻五娘　麻五爷，我对你不起了。不过，刘妈妈说得好，你平常奸淫占霸，我又何苦为你守寡？报应报应，活该活该！好啊，明天就抬你去安埋，我最后看你一眼……

〔麻大胆霍地跳起。麻五娘怪叫跌倒。

麻大胆　耶！《吊孝思春》，才是你在唱啊！

麻五娘　打，打鬼呀！

易胆大　（高呼）惊尸了！

〔麻大胆扑向麻五娘。麻五娘呼救，躲入桌下。麻老幺闻声赶来。麻大胆忽见其弟，勃然大怒，迎面一耳光，扑向麻老幺。麻老幺莫名其妙，被迫招架。两弟兄扭在一起。

〔花想容执短棒上，复仇心切，欲打麻大胆，却又紧张过度，迟迟打不下去！易胆大夺过花想容短棒，递给麻五娘，连呼"打鬼"！麻五娘接过短棒，劈头猛击麻大胆！麻大胆惨叫一声，身子直了,眼睛定了。

易胆大　(仿麻大胆逼九龄童之状)倒硬人,倒硬人!

〔麻大胆"倒硬人"死去。花想容见状解恨,软瘫在椅上喘息。

麻老幺　(逼视花想容),哇,花想容,你执棒行凶,人命案关天关地,走,打官司!(抓花想容)

〔骆善人闪出。

骆善人　(护花想容)岂有此理!

麻老幺　你?

骆善人　(振振有词)你麻家停尸在前,惊尸在后,丧是你幺爸亲口报的!鬼是你五娘亲手打的!打官司到你自己头上,该你两叔嫂挨板子!

麻老幺　(语塞)这个……

易胆大　这个那个!幺爸,你五哥死了是一场喜宴。偌大一份家业,该你两叔嫂打伙享受。二掌柜升成大掌柜,恭喜发财!

麻老幺　(被点醒,傻笑)嘿嘿!

麻五娘　(傻笑)嘿嘿!

易胆大　(命令式的)傻笑干啥?快去嚎丧嘛!

麻五娘　我的五爷呀!

麻老幺　我的五哥啊!

〔叔嫂俩做戏似的伏尸抽泣。

易胆大　(向花想容)弟妹,大仇已报,随兄快走!

骆善人　(凝视花想容,旁白)走?(阴阳怪气)谢都不道一声,就想走吗?摆这一摊祸事交给哪个?知趣点,谨防乐极生悲!

〔奇峰陡起,危机四伏。

〔幕落。

第六场　乐极生悲

〔二幕外。唢呐急吹。

〔桓侯三爷急上，到台口传令。

桓侯三爷　龙门镇袍哥听着：分头把守水旱路口，无有骆老大红名片，不准放走戏班子！（下）

〔锣鼓急促。骆府家丁引骆善人上。

骆善人　（念）借刀除去麻大胆，

　　　　　　反手威胁三和班。

　　　　　　善人坐收渔人利，

　　　　　　时机成熟摘"牡丹"！

〔二幕启。戏园，花想容寝室。布帷里是花想容床榻，桌上摆有女伶私和妆头镜匣，易胆大正在用其脂粉装扮"刘妈妈"。

骆善人　（进内）"刘妈妈"装得好像啊！

易胆大　骆老驾到，请坐。（边化妆，边应酬）我正说唱了早台，就上骆府辞行……

骆善人　何必如此匆忙？老夫挽留贵班再唱一个夜台，有意点你一出好戏。

易胆大　骆老喜欢哪出戏呢？

骆善人　《嫁妹》！

易胆大　啊，《钟馗嫁妹》吗？

骆善人　（试探地）钟馗深明大义，送妹从夫，嫁与富贵人家，了却一桩心事，值得效法啊！……

易胆大　（装疯）抱歉，师傅没教过我这出戏哩！

骆善人　真的不会？

易胆大　不会！

骆善人　果然要走？

易胆大　要走！

骆善人　恐怕走不了啊！风闻麻家惊尸之事，官府已在追查！

易胆大　啊！（无所谓）不怕，天垮下来有长汉！

骆善人　事闹大了，长汉也无能为力。倘若盘根究底，有些人恰如俗话所说——脱不了爪爪吧？

易胆大　（笑笑）哈哈……凡事总有来龙去脉。倘若谁来打破砂锅问到底，也如俗话所说——牵着藤藤叶叶动啊！

骆善人　（一愣，随即圆滑地）哈哈……你们戏班子有句行话——站得拢来走得开！

易胆大　（略露愤慨）你们达官贵人有句雅词儿——人而无信，不知其可也！

骆善人　这……（翻脸无情）此一时也，彼一时也。万一官府铁面无情，老夫也只好挥泪斩马谡！

易胆大　（狂笑）哈哈……（内心悲愤，表面玩世不恭）官有一问，民有一答。骆府麻家打赌之内幕，小人只好如实拉开。你骆老太爷家财万贯，儿孙满堂，尚且不怕连累；我辈穷戏班子，两个肩头搭一个嘴巴，叫花子贬了讨口子在，又何惧舍命陪君子呢？

骆善人　这个……

〔小丑上。

小　丑　易师兄，该上场了！

易胆大　（微笑向骆善人）失陪，失陪！（扬长而去）

骆善人　（威胁不成，低沉地）怪杰，怪杰，好大的胆量！

〔花想容从另一方向上，进寝室。忽见骆善人，戒备地欲退回。

骆善人　干女！

花想容　（应酬）我，我正说下妆之后，来向义父辞行……

骆善人　走？（冷笑）实话告诉你，上面在催官司。无有老夫大红名片，麻雀也飞不出龙门！

花想容　（惊问）请问什么官司？

————川剧《易胆大》 >>>>>

骆善人　我倒要问问你：活板活跳一个麻五爷，是怎么被易胆大整死的？

花想容　啊！（紧张地辩白）幺爸自己报丧，五娘自己打鬼，我师兄罪犯何条？

骆善人　干女耶，条条款款是人编的。只要哪尊菩萨的刀头没有敬到，上面随便添上一条，踩死了菜花蛇都要犯法！

花想容　（惊，委屈地）师兄替我复仇，是你老人家在抱膀子啊？

骆善人　干女耶，抱膀子不嫌注大，中间人怎会赔钱？

花想容　赔多赔少？

骆善人　你师兄顶到！

花想容　事大事小？

骆善人　见官就了！

花想容　（纯真地）老天保佑，我师兄该要遇上一个清官啊！

骆善人　清官？台子上多，世间上不好找！上得公堂，只有他言，哪有你语？上面丢签，下面啃砖。主犯易胆大。从犯花想容。朱笔一点，易胆大撕衣上绑，脸朝河对门，二世变好人，刽子手屠刀一举，咔嚓——易胆大人头落地！

花想容　天啦！

　　（唱）霹雳惊破平安梦，
　　　　乱棒敲响幽冥钟。
　　　　连累师兄把命送，
　　　　断头台上屠刀红。
　　　　花想容罪孽如山重，
　　　　干爹呀！（膝行）
　　　　不救小女救师兄。

骆善人　唉，偏偏我又是个糍粑心。罢，骆某再当一次救星，拼着倾家荡产，塞包袱，托人情，也要保你师兄满身无罪。

花想容　（感激涕零）千谢干爹，万谢干爹。

骆善人　（趋势）你又拿啥来谢我呢？

花想容　我变牛变马报答……

骆善人　用不着！（声调忽变，露出色相）骆某千般好，万般好，这也保，那也保，究意图个啥呢？想容，难道你我之间，就不能改个称呼吗？

花想容　（后退）不能，不能。我是一小，你是一老……

骆善人　老？哈哈！老夫聊发少年狂啊！（挥扇调戏，唱）

　　　　　　老夫聊发少年狂，

　　　　　　笑问佳人去何方？

　　　　　　一条路绿油油桑间濮上，

　　　　　　一条路黑沉沉监狱公堂。

　　　　　　快伴老爷调风月，

　　　　　　莫随师兄赴刑场！

花想容　啊！

　　　　（唱）左边一碗辣子汤，

　　　　　　右边一碗砒霜糖。

　　　　　　雅词儿，更显他肮脏本相，

　　　　　　纸扇儿，逼得我进退仓惶……

　　　　　　罢罢罢，救师兄逃出魔掌，

　　　　　　花想容舍身顺从笑面狼！

骆善人　可愿顺从？

花想容　要我顺从，也须依我三件。

骆善人　快说。

花想容　不准伤害易师兄一根毫毛！

骆善人　依你依你。二？

花想容　要你大红名片一叠，保我三和班老少师傅一路平安。

骆善人　使得使得。三？

花想容　三……待我告别亡夫，守孝三日，再进骆府。

骆善人　三日？（迫不及待地）骆某连一刻都等不得了，今夜就想"游龙

——川剧《易胆大》

	戏凤"!
花想容	（无奈）既然如此，今夜三更，在这寝室等你！
骆善人	痛快！（流氓腔脱颖而出）老夫先尝后买，三更幽会。
花想容	少说袍哥黑话，快拿大红名片。
骆善人	拿去。你要明白，此片人人可行，单单对你本人无效。
花想容	（强作嫣然一笑）从此就是你的人了，我还舍得走吗？
骆善人	（利令智昏）值得的。哎呀，我醉了！（下）
花想容	（扑到灵牌前抽泣，手执小行装，取出一把剪刀，忽然异样地笑了）哈哈，哈哈……

〔易胆大夫妇上，见状愕然。

易胆大 易大嫂	弟妹！
花想容	兄嫂！

〔吹打，花想容向兄嫂哭诉。

易胆大	弟妹，你无意之中，助了为兄一臂之力。好个"三更幽会"，我就来个"移花接麻"！
花想容	师兄不可再去冒险。你们快走吧！（交片子）
易大嫂	你师兄早有安排，弟妹不要固执了！

〔打杂师上。

打杂师	码口我安起了，不知灵不灵？
易大嫂	（估计）我看只有五成把握。
易胆大	只要有三成把握，易胆大都要干！

〔轿夫内呼："高照，两靠！"

| 易胆大 | 麻五娘来了。头道码口，上！ |

〔众人退入帷内。麻五娘乘轿上。坝前住轿，轿夫下。

易胆大	（殷勤接待）麻五娘硬是守信用。
麻五娘	（四顾）骆老呢？
易胆大	（指帷内）骆老盼咐，防备麻幺爸出来打破锣，今夜三更，先在

|||这里与你幽会。生米煮成熟饭，麻老幺也就莫奈何了。
麻五娘　（乐了）这才好呀，热炒热卖！
易胆大　五娘，先到书楼上去吃杯喜酒。
　　　　〔伴麻五娘下。堂倌引麻老幺跟踪暗上。
堂　倌　看，嘻哈打笑进去了。
麻老幺　哟，她硬是朝姓骆的怀内飞吗！
堂　倌　（挑动）老头子心肠凶，谋夫霸妻占家财！
麻老幺　好歹毒。谋死五哥，我麻家打不出喷嚏，忍了。他再来抢走五嫂，霸占家财，我麻老幺再忍是虾蛙！
堂　倌　我帮你出个绝点子，幺爸带得有亮的吗？
麻老幺　（指腰间匕首）有！
堂　倌　老头啥都不怕，就怕下黄手！（引麻老幺下）
　　　　〔幕内更鼓声。
　　　　〔易胆大引花想容出帏。轿夫、堂倌分头急上。
易胆大　（交片子）好朋友，片子开路。我这弟妹，拜托诸位送走了。
花想容　师兄受小妹一拜！
易大嫂　快上轿！
轿夫甲　（向内吆喝）骆老太爷的片子！
轿夫乙　（向内吆喝）麻五娘的轿子！开路——（抬花想容下）
易胆大　嘿嘿，花的走了，留下一个麻的。骆善人，你该不得天亮才醒啊！
　　　　〔骆善人内应："醒了！"易胆大暗下，骆善人带几分酒意上。
骆善人　（念）三杯酒下了肚反转清醒，
　　　　　　　　要防备易胆大釜底抽薪！
　　　　〔红旗管事上。
红旗管事　禀骆老，麻五娘坐轿子出场去了。
骆善人　可曾查看轿内？
红旗管事　（摇头）麻家堂倌引路，麻家轿夫抬轿，亮了你的片子……

骆善人　那三人都是易胆大的朋友，轿内坐的定是花想容！（急问）走了多久？

红旗管事　才走片刻！

骆善人　哪个方向？

红旗管事　舍身崖下！

骆善人　（狂笑）哈哈！已有防范。早就派桓侯三爷坐镇舍身崖下，花想容插翅难飞。红旗管事！

红旗管事　在！

骆善人　带人火速追赶，两边夹住，瓮中捉鳖。给我抬回来！

〔红旗管事带人急下。

骆善人　（绕场前室）易胆大移花接麻。花的走了，给我留下个麻的！（撕开布帷）

〔佳人搭着盖头，坐在帷内。

骆善人　（向观众）如何？打扮酷似花想容！而那双脚呢，我一看就知道是麻五娘！哼，花的跑不掉，麻的送上来。花的有姿色，麻的有家财。花的麻的一把抓！（揭开盖头，却见不是五娘，正是麻老幺）啊，是你？

麻老幺　是我！

骆善人　（窘迫）我，我以为是移花接麻！

麻老幺　是接麻，麻幺爸！（进逼）五嫂灌醉了。我来听你现身说法。

骆善人　误会，误会！（欲溜）

麻老幺　（挡路）姓骆的，果然你是谋夫霸妻占家财！（兜胸抓住，拔出匕首）

骆善人　（魂不附体）幺爸，下，下不得黄手啊……

〔麻老幺刺死骆善人，欲走。幕后人声。麻老幺缩回，躲进帷内。

〔桓侯三爷急上。骆府家丁抬轿上。

桓侯三爷　（指轿内）花想容，天罩着的，你跑脱了是马虾蛙！弟兄伙守着轿子。（进室）骆老，花想容抬回来了……（见骆善人尸体）

哎呀，骆老被刺，搜！

〔麻老幺躲不住了，出帷逃走。黑暗之中，你碰我，我碰你，狗咬狗，鬼打鬼。一场混战，各有伤亡，东躺西倒。

〔易胆大闪出。

易胆大　（捧腹而笑）哈哈，狗咬狗来鬼打鬼！易胆大赢了！（向轿内呼）弟妹，快出来，随兄走！（轿内无动静）弟妹，快出来，喜剧收场，好人大团圆……（撩开轿帘）

〔一声霹雳，闪电照亮轿内——花想容衣领解开，一手抱着灵牌，一手提着剪刀，直插咽喉！

〔易胆大惊呼倒地，膝行扑轿，取下剪刀，发现白绫血书。

易胆大　（念血书，唱）

　　　　插翅难飞陷火坑，

　　　　人间到处有"善人"。

　　　　这座码头兄保驾，

　　　　下座码头怎防身？

　　　　师兄师嫂快逃命，

　　　　小妹随夫葬龙门。

　　　　来年春暖花开日，

　　　　舍身崖上吊冤魂！

　　　　吊冤魂……

　　　（惨呼）啊！什么世道？我们艺人哪天活得出来哟！

〔雷电交加，暴雨倾盆。易胆大扑到轿前，悲愤欲绝……

〔剧终。

精品提名剧目·粤剧

驼哥的旗

编剧 刘云程 郑继锋 萧柱荣

关注小人物的生存状态。只有小人物的觉醒,才是全民族的最终觉醒。谨以此剧献给世界反法西斯战争和抗日战争胜利六十周年。

——题记

时间
抗日战争相持阶段。

地点
岭南某路口。

布景
全剧发生在同一地点,后面为山林、东江,前面为驼哥饭店。但随着时间和天气的变化,舞台呈现的气象应有所不同。

人物
驼　哥　男,三十岁左右。
金　兰　女,二十岁左右,后与驼哥婚配。
赵大朋　男,二十五岁左右,东江纵队小队长,金兰的表哥,与金兰曾有恋情。
季维成　男,三十岁左右,蒋军连长,赵大朋同学。
胡建国　男,三十岁左右,日伪军连长。
龟　田　男,四十岁左右,日本侵华军少佐。
小　春　男,十四岁左右,孤儿。
小　秋　女,十岁左右,小春的妹妹。
东江纵队战士、日伪军、蒋军、百姓若干人

————粤剧《驼哥的旗》 〉〉〉〉〉

第一场

〔舒缓与山区天籁相吻合的音乐声中幕启。日暮。晚霞斜照,山林尽染。幽静中有草虫鸣和。驼哥饭店门前挂着灯箱招牌。驼哥坐在吊脚凳上自嘲自慰地拉南胡。先是凸显驼背,然后随着吊脚凳慢慢转动,现出正面。

驼　　哥　（唱）身材矮,背如锅,
　　　　　　　　从小生下是驼驼,
　　　　　　　　爹娘教我应知短,
　　　　　　　　遇事忍让避风波。
　　　　　　　　好似灶膛泼湿熄了火,
　　　　　　　　忍来忍去背更驼……

〔天色渐暗。驼哥站到吊脚凳上,划火柴点亮招牌灯。灯光在夜色中现出一个亮圈,驼哥很有点安逸的喜悦感。

〔突然枪响,一颗流弹击中灯箱,灯破灭。舞台光暗淡,飞舞着流弹的火光。驼哥一个跟头从高脚吊凳上摔下,矮步绕场一圈,逃入店内,半掩门窥视。

〔枪声益紧,蒋军败退上。一颗炮弹打在远景的房片上,房塌。

〔蒋军与日伪军继续交战。日伪方火力愈打愈猛。蒋军顶不住了,一人倒地,青天白日旗被打飞。

蒋军甲　　（对季维成）季连长,不能再打了!
季维成　　（咬咬牙）打!

〔又有一颗敌炮弹爆炸,数蒋军伤亡。

蒋军甲　（哭喊）季连长，再打下去，我们就完了！

季维成　（咬咬牙）妈的，君子报仇，十年不晚。撤！

蒋军甲　（对兵卒）撤！

〔蒋军边打边退下。

〔日伪军追百姓上，小春、小秋亦在其中。暗淡的灯光中小春、小秋父亲被杀。

小　春
小　秋　（哭喊）阿爸！……（欲扑向前）

〔日伪军举膏药旗挡住。小秋惊恐。小春拉小秋下。

日伪军　（大笑）哈哈哈……（追下）

〔赵大朋、金兰和赵母上，枪声再起，赵母中弹。

赵大朋　（哭喊）妈——

金　兰　（亦哭喊）姨妈——

〔赵母无力地将手镯摘下交与金兰，示意作为金兰与赵大朋订婚礼，闭目。

赵大朋　（哭喊）妈！

金　兰　（亦哭喊）姨妈！

〔枪声益紧。赵大朋抱母亲尸体下。

〔金兰欲下，被日伪军堵住。日伪军调戏金兰，金兰反抗无力，高声呼救。赵大朋上，与日伪军搏斗。胡建国上，对赵大朋开了一枪。

赵大朋　（负伤，对金兰）表妹，你快逃！

〔金兰逃下。

〔赵大朋跳入东江。

〔胡建国追至江边连射几枪。

〔龟田上。

龟　田　（似褒奖又似嘲弄地）嘿嘿，胡连长，你的大大的了不起，大大的了不起呀！

胡建国　（连连躬身）太君过奖。

———— 粤剧《驼哥的旗》 〉〉〉〉〉

〔日伪军上。

日伪军　（对胡建国）报告连长，前面有一家路边店！

胡建国　（不假思索地）烧！

〔日伪军甲欲下。

龟　田　（摆手制止）慢！

胡建国　太君的意思是……

龟　田　（唱）皇军征讨大东亚，

　　　　　　　为的是东亚人臣服帝国效忠天皇。

　　　　　　　这一片土地既已攻下，

　　　　　　　就应该安抚人心免得百姓尽逃亡。

胡建国　（又躬身）太君高见！

龟　田　（示意部分日伪军去周边警戒，对胡建国）路边店的开路！

日伪军　是！

〔驼哥赶紧逃入店房，取包裹出大门欲逃。日伪军至店房敲门，驼哥见四下都是日伪军，无处可逃，只得钻入桌底。

日伪军　（自店房走出）报告少佐，人都跑光了！

龟　田　啊！

〔驼哥在桌底下颤抖，桌上的碗盏发出磕碰的响声。

日伪军　（惊呼）有埋伏！

龟　田　卧倒！

〔日伪军扑地。碗盏磕碰声继续。

龟　田　（对日伪军）嗯！

〔日伪军爬起，怯怯地用枪挑起桌子。

胡建国　（抓起驼哥）报告太君，他是个驼背。

龟　田　（舒了口气）嘿嘿，驼背的好，驼背的没有骨头的大大的好。

驼　哥　（忙辩解）我有骨头，我有骨头。

龟　田　念过书吗？

驼　哥　没念过。

龟　田　知道什么是炎黄吗？

驼　哥　知……知道，炎（盐）就是吃的盐。

龟　田　（笑）那么黄呢？

驼　哥　黄（皇）不就是你们皇军吗？

龟　田　（蔑视地大笑）哈哈哈……（拍拍驼哥肩膀）中国人个个都像你就好啰！你的愿和我们帝国的共荣吗？

驼　哥　（仰视胡建国）他说什么我听不懂。

胡建国　太君说的帝国，就是日本大帝国，共荣就是与日本大帝国一起过好日子。

驼　哥　一起过好日子，不杀我？

胡建国　可以不杀。

驼　哥　那我愿意共荣，愿意共荣！

龟　田　不过共荣的是有条件的。

驼　哥　什……什么条件？

龟　田　第一条，你要挂起太阳旗。

胡建国　笑脸迎皇军。

　　　　〔递膏药旗。

驼　哥　（接过，有意将膏药旗朝下）明白，明白。欢迎，欢迎……

龟　田　你的不是这样！

胡建国　（猛拉驼哥的手）要这样！

驼　哥　（又摇旗）欢迎，欢迎。（随之将膏药旗擦手）

龟　田　嗯——

驼　哥　（赔笑）啊，我是开饭店的，习惯了，习惯了。（将膏药旗塞进口袋）

龟　田　第二条，国军，共军来打听……

胡建国　皇军的行踪不准吐露半分。

驼　哥　叫我装聋扮哑？

龟　田　嗯。

驼　　哥　做得到，这我做得到。

龟　　田　第三条，过往行人你的要多留意。

胡建国　有疑点及时送信报皇军。

驼　　哥　又叫我别装聋扮哑？

〔龟田示意胡建国给驼哥施压，自己坐到凳子上。

胡建国　怎么，第三条你做不到吗？

（唱）做不到就将你劈成两半，

先剐心，后割胆，

送你进地狱鬼门关！

〔刷地拔出军刀，日伪军亦将军刀拔出，同时架在驼哥脖子上。

驼　　哥　（唱）钢刀架颈寒光闪，

前是悬崖后是渊。

我若不允他的条件，

剐心割胆在眼前；

我若允了他的条件，

愧对乡亲与祖先。

〔伴唱：国虚弱，民遭难，

驼哥投石砸不了天！

驼　　哥　（唱）口不对心念经骗鬼暂敷衍，

随机应变送走瘟神求保全。

太君，你这么看得起我，我怎敢不听你的，你要怎办就怎办。

龟　　田　好，你的答应的好。（站起，摘下白手套）从现在起，你的我的就是朋友了，握个手吧。

驼　　哥　不不不，我们中国人习惯这个。（拱手）

龟　　田　再见。记住，有情况你的要快快地向皇军报告。要不我的就不和你的共荣共荣啰！（举刀相胁）

驼　　哥　（惊恐地）是是。

龟　　田　（转对日伪军）开路！

〔龟田与胡建国、日伪军下。

驼　哥　（呆立一会，又自慰地笑笑）唉！

（唱）世人莫笑我软骨头，

　　　　鬼子面前蔫了头，

　　　　两头只能顾一头，

　　　　鸡蛋怎能碰石头，

　　　　吞声忍气为保头。

　　　　早有先例在前头：

　　　　杨志卖刀不低头，

　　　　上了梁山吃苦头。

　　　　韩信胯下低了头，

　　　　后来领兵当头头。

　　　　我驼哥强压怒火在心头，

　　　　总有一天熬出头！

呸！（欲下，发现国民党兵扔下的青天白日旗，拾起，与膏药旗对比）

唉，膏药旗鲜鲜亮亮，青天白日旗破破烂烂，这世道到底怎么啦！（入店）

〔起音乐。日泻清辉。山野复归于寂静。金兰丧魂失魄上。

金　兰　（唱）血染江流哥丧命——

〔驼哥暗上。

〔伴唱：星不亮，月不明，

　　　　唯闻那江涛阵阵似哭声。

金　兰　（接唱）表哥哇，你我自小形随影，

　　　　邻里们都说你我一对是天生。

　　　　如今你已投江死，

　　　　我活在世上也孤清，

　　　　金兰愿随表哥去，

　　　　　　　了却恩爱一世情。

　　　　　　（哭喊）表哥——我来了！（纵身欲跳东江）

驼　　哥　（急忙挡住）呃，不能跳江，不能跳江！

金　　兰　你——你是什么人？

驼　　哥　我是驼哥饭店的店主。

金　　兰　为什么不让我跳江？

驼　　哥　唉，你这么年轻，又是靓女，跳江不是太可惜了吗？

金　　兰　（凝视，突然大声地）你给我让开！（又纵身）

驼　　哥　（又挡住，只好用激将法）姑娘，你一定要跳江，那就让我先跳。

金　　兰　为什么让你先跳？

驼　　哥　我连一个跳江的人都救不了，活着还有什么意思哟！（见金兰不语，便虚张声势地）我跳江了！我投水了！

金　　兰　（下意识地）呃呃，你也不能跳江？

驼　　哥　（窃喜）为什么我也不能跳江？

金　　兰　你在我面前跳江，我能见死不救吗？

驼　　哥　（得理反问）是呀，那你在我面前跳江，我能见死不救吗？

金　　兰　（顿了一会）大哥，我和你不一样啊！

驼　　哥　是不一样，你长得太靓，我长得太丑了。

金　　兰　不不不，不是这个意思。我是说——你好歹还有个饭店，我没有了家，没有了亲人，什么都没有了哇！（哭）

驼　　哥　唉！姑娘！

　　　　　（唱）这年头大家都在受折磨，
　　　　　　　还分什么你和我？
　　　　　　　莫轻生，苦难的日子撑着过。

金　　兰　（唱）撑着过，大小也得有个窝，
　　　　　　　表哥他已投江死，
　　　　　　　父母双亡葬荒坡。
　　　　　　　姨表两家只剩下一个我，

　　　　　　　食无粮，居无所，
　　　　　　　今后的日子没奈何！
驼　哥　（唱）说什么食无粮、居无所，
　　　　　　　驼哥我仗义讲人和，
　　　　　　　只要你不嫌小店破，
　　　　　　　就请进去度坎坷。
　　　　　　　我有一钵汤，你饮过后再轮到我，
　　　　　　　我有一碗饭，分成两份我吃少来你吃多。
金　兰　（迟疑一会）那——嫂子她会答应吗？
驼　哥　进店再说，进店再说！
　　　　〔驼哥领金兰进店。
驼　哥　坐，你坐。（递上饭碗）先喝碗粥。
　　　　〔金兰接过喝。
驼　哥　好喝吗？
金　兰　好喝，香。
驼　哥　就是嘛，还是活着好啊，要是你投江死了，这粥不就喝不到了。
金　兰　大哥，阿嫂呢？
　　　　〔驼哥百感交集。起音乐。驼哥取南胡坐下拉，胡声哀怨凄凉。
金　兰　（奇怪，又问）阿嫂呢？
驼　哥　（苦笑）这南胡就是你阿嫂，只有它肯陪我，心里有什么话，我也只有跟它说。
金　兰　（惊）啊?！大哥，谢谢你，我走了！（欲下）
驼　哥　走？这兵荒马乱的，你往哪儿走啊？
　　　　〔金兰痛哭。
驼　哥　姑娘。
　　　　（唱）驼哥我只为救人如救火，
　　　　　　　姑娘你莫把心多，
　　　　　　　留店中我供你淡饭粗茶免饥饿，

你帮我洗洗碗筷刷刷锅,

相厮相守无乱错,

胸有汉界与楚河。

阿妹若是肯赏脸,

就把我当你的亲哥哥。

〔金兰无语。

驼　哥　将就将就吧!你也累了,睡觉吧。

金　兰　(四顾)睡觉?怎么睡?

驼　哥　你自己去房里睡。

金　兰　那你呢?

驼　哥　我睡店堂。

金　兰　店堂和内房也只隔着一个布帘哪!

驼　哥　那……那我就睡到店外。

金　兰　这跟外人还是说不清楚啊!

驼　哥　唉!这个世道,什么事能说得清楚啊,只要我清楚你清楚就行了。

〔灯暗。

第二场

〔三个月后。午夜,驼哥饭店内。远处时有闪光。

〔灯亮,驼哥烦躁不安地睡在木板上,蚊虫叮咬。

驼　哥　(拍打蚊虫)这蚊虫和鬼子一样讨厌,搅得人连觉也睡不安!

〔远处响起枪声。驼哥赶忙拿膏药旗挥舞。

〔枪声又息。

驼　哥　(放下旗)一场虚惊,鬼子又缩回去了!

〔远处有电闪和闷雷。

驼　哥　(唱)黑如墨,夜沉沉,

枪声惊梦震耳膜。

听惯了枪声也就这么过,

想金兰我是又馋又燥,犹如蚂蚁爬热锅。

进店三月,她只是洗菜劈柴与烧火,

脸上无笑话不多。

我虽然亲口对她有许诺,

可心中总是痒爬爬,爬爬痒,

睡梦里常常越过汉界与楚河。

我已是三十多岁的大男人啦!

是男人,哪能没有情与火?

更何况靓女就在身边,

我怎能不动心思像佛陀?

几番欲说,话到嘴边舌又短,

吐不出,吞不下,

夜夜门外苦受折磨。

唉,我想到哪里去了,人家是天仙,能看上我吗?睡觉,睡觉。

〔刚躺下,雷声起,风雨骤至。

驼　哥　(再爬起)啊?!下雨了!(作与风雨搏斗舞蹈)

〔金兰惊爬起,只穿着内衣。

金　兰　(唱)雷震耳,

驼　哥　(唱)雨淋头,

金　兰　他,

　　　　(唱)还有半夜怎么过?

驼　哥　我,

〔金兰点灯。

驼　哥　(唱)店里边,金兰终于亮了灯火。

金　兰　(唱)店门外,只怕淋坏了我……哎,他驼哥!

驼　哥　(唱)欲敲门,手又缩,

——粤剧《驼哥的旗》

金　兰　（唱）欲开门，又后挪。
驼　哥　（唱）她若有心，自会开门来叫我。
金　兰　（唱）他被雨淋，自会敲门入寮窝。
　　　　〔雨越下越大。一声炸雷吓得驼哥抱头惊叫。金兰慌乱地急取雨伞走出，将伞罩在驼哥头上。
驼　哥　啊！不下雨了？！
金　兰　还在下着呢！
驼　哥　（回身见金兰，一喜，又故作吃惊地）哎呀！你怎么出来了？！
　　　　〔金兰不语。
驼　哥　（推金兰）快进店。
金　兰　不！要进店我俩一起进。
驼　哥　（暗喜）那……你不是说过，怕跟外人说不清楚吗？
金　兰　你不是也说过，只要你清楚，我清楚，就行了吗？
　　　　〔金兰将雨伞偏向驼哥一边。
驼　哥　看你，衣服都淋湿了。（推伞）
金　兰　（又将伞罩过去）你不也淋湿了吗？
驼　哥　那我俩就……
　　　　〔二人贴近。
　　　　〔伴唱：面对面，身贴身，
　　　　　　　　一把伞下两个人，
　　　　　　　　电闪雷鸣天作美，
　　　　　　　　此时唯闻心跳声。
金　兰　雨停了。
驼　哥　（背白）怎么不多下一会！（打了一个很响的喷嚏）
金　兰　看你都伤风了！（提着驼哥的睡褥）你呀！（进店）
驼　哥　（仿效金兰）你呀！（跟着进店）
　　　　〔枪声突响。
金　兰　（扑向驼哥）我怕！

431

驼　哥　（搂着金兰）别怕！别怕！

　　　　〔枪声渐渐远去。

金　兰　走了？

驼　哥　走远了！（忽然意识到抱着金兰，立即松开手）

　　　　〔金兰也赶忙后退。

驼　哥　我不是有意的，我不是有意的！

　　　　〔金兰羞涩地低下头。

驼　哥　（发现金兰的内衣被雨淋湿，赶忙捂住双眼）啊？！

　　　　〔金兰自视，惊惶地向内房跑去。

驼　哥　我没看见，我什么都没看见！（见金兰进房，又乐了）我全都看见了！

　　　　（唱）今晚上驼哥走了个大鸿运，

　　　　　　　好事不断连连发生，

　　　　　　　先是做了个花好月圆的鸳鸯梦，

　　　　　　　后又与金兰共打一伞亲（呀么）亲又亲，

　　　　　　　刚才她薄衫湿透现出了真风景，

　　　　　　　我是第一回真真切切、切切真真看到了女儿身！

　　　　　　　莫非她……

　　　　　别乱想。

　　　　　　　稳稳神，收收心，

　　　　　　　掀早了锅盖饭要夹生。

金　兰　（换衣走出）驼哥，你的衣服也湿了，去换件干的吧。

驼　哥　不用，换了又要你洗。

金　兰　小心着凉。

驼　哥　我心里热乎着哩！（又打了一个喷嚏）

金　兰　还说热乎着哩，快去换吧！

驼　哥　呃。（欲下又转身）不行，平日我站在房门口，闻到你的香味，脚都软了，这一进去，我出得来吗？

———粤剧《驼哥的旗》 〉〉〉〉〉

金　兰　没正经,去换吧!

〔驼哥笑着进内房。

金　兰　驼哥,床上有件新衣服,你就换那件吧!

驼　哥　嗯!(掀开布帘)金兰,你这房里真香!

〔金兰一笑。驼哥放下布帘。

金　兰　(唱)驼哥他人好心眼慈,

　　　　　　忠厚老实情更痴。

　　　　　　数月来,夜不同床朝同起,

　　　　　　不是夫妻也像夫妻。

　　　　　　我有心捅破这张纸——(取手镯)

　　　　　　表哥哇,休怪金兰把情移,

　　　　　　你若有灵在天上,

　　　　　　今晚的事情你应知。

　　　　　　大男大女住一起,

　　　　　　日久邻里也生疑。

　　　　　　此身已是不由己,

　　　　　　也只有与驼哥两相依。

驼　哥　(穿新衣服走出)嘿嘿,合身,正合身。

金　兰　(稳住神)转过来给我看看。

〔驼哥转了一圈。

金　兰　把背对着我。

驼　哥　嘿嘿,我的背不好看。

金　兰　看惯了就好看了。(端详)后面还是短了一点。

〔驼哥假意取睡榻欲出门。

金　兰　你还要出去?

驼　哥　遵守规矩,让你放心。

金　兰　你呀!(夺睡榻)坐下,我有话要跟你说。

驼　哥　嗯!(坐下)

433

金　兰　（随之坐下）驼哥，你年纪也不小了，该找个女人了。

驼　哥　我不想找。

金　兰　为什么？

驼　哥　靓女看不上我，丑八怪我又看不上她。

金　兰　那你就打一辈子光棍？

驼　哥　（猛想起）金兰，你是不是要走？

金　兰　不走鱼吊臭了，猫吊瘦了，你我都为难！

驼　哥　不为难，我只想天天看到你，就心满意足了。

金　兰　唉，你怎么这样糊涂！

　　　　（唱）孤男寡女住一起，

　　　　　　　天长日久不相宜。

驼　哥　（唱）清清白白如兄妹，

　　　　　　　有什么相宜不相宜！

金　兰　（唱）兄妹也难常相守，

　　　　　　　倒不如……

驼　哥　（装傻）不如什么？

金　兰　（唱）倒不如……

驼　哥　不如什么？

金　兰　（着急地）你怎么还不明白呀？

驼　哥　（仍装傻）我明白什么？

　　　　〔金兰生气地坐下。

驼　哥　（唱）你是说你我不如做夫妻？

　　　　〔金兰点头。

驼　哥　（忘形地）啊！我有老婆啰！我有老婆啰！

金　兰　（站起）嚷什么嚷，丑死人了。

驼　哥　老婆！（欲抱金兰）

金　兰　（推开驼哥）我还有一个要求。

驼　哥　什么要求？

金　兰　把我表哥的牌位供在饭店里。

驼　哥　应该，应该。

金　兰　那我俩就……

驼　哥　就……

〔相推着向内房走去。枪声突响。

金　兰　（惊呼）鬼子来了！

驼　哥　老虎来了也不怕！（背金兰入内房）

〔伴唱：风雨中，枪声下，
　　　　乱世姻缘没商量，
　　　　靓女驼哥无浪漫，
　　　　凑凑合合配鸳鸯。

〔枪炮声大作，火花如同礼花。灯渐暗。

〔灯亮。驼哥饭店内外。

〔驼哥上。

驼　哥　（唱）鬼子来，天降祸，
　　　　原以为是祸躲不过，
　　　　哪知阎王不收我，
　　　　喝令小鬼熄了油锅，
　　　　保住性命已不错，
　　　　还捡个娇娇滴滴的好老婆。

〔伴唱：好老婆，靓老婆，
　　　　胜过月里一嫦娥。

驼　哥　（接唱）这日子我要好好过，
　　　　旗备三面巧张罗。

　　　　（进店）老婆！

〔金兰内应："哎"——！走出。

驼　哥　（取出一段布）这是给你买的。

金　兰　嗨，小店又没有多少收入，你花这钱干什么？

驼　哥　再苦也不能委屈你呀。（取出红旗）看！

金　兰　红旗?！

驼　哥　（轻声地）我在街上听人说,东江纵队昨晚打到山那边来了,那可是抗日的队伍呀！

金　兰　耳闻为虚,眼见为实。

驼　哥　对,不过总得早做准备。呃,膏药旗和青天白日旗呢？

〔金兰取出递上。

驼　哥　（苦笑）嘿！（舞旗,唱）

　　　　　　膏药旗,可将鬼子骗。

　　　　欢迎！欢迎！

　　　　　　青天白日旗,国军来了好周旋。

　　　　欢迎！欢迎！

　　　　　　大红旗,我虽不知东江纵队到底怎么样,

　　　　　　有备无患免得他们来了惹麻烦。

　　　　欢迎！欢迎！（舞旗,唱）

　　　　　　三面旗,迎三面,

　　　　　　夹缝里求生保平安。

金　兰　你呀,把心都想空了！

驼　哥　没办法,他们都是带枪的人,谁都不能得罪呀！

金　兰　好了,缸里没水,要挑水了。

驼　哥　我去挑。（取水桶出）

金　兰　（拦住）我去挑！

驼　哥　你这细皮嫩肉的,我怎么舍得哟！

金　兰　可你是……我更舍不得呀！

驼　哥　这么说,你是真心疼我？

金　兰　嫁鸡随鸡,嫁狗随狗,我能不疼你？

驼　哥　老婆,有你这句话我比吃什么都舒坦,挑水也更有劲了。（取旧布带系腰）

———— 粤剧《驼哥的旗》 〉〉〉〉〉

金　兰　我给你做了一条腰带。（取腰带给驼哥系上）

驼　哥　嘿嘿，有老婆跟没老婆就是不一样，你给我这么一打扮，可是靓多了！（挑起水桶又放下）嘿嘿，老婆。

金　兰　怎么还不去挑水？

驼　哥　我想……我想……

金　兰　你想什么？

驼　哥　想亲你一口。

金　兰　（挺胸昂首）想亲你就亲吧！

驼　哥　（几次都够不着）差一点！等等！（搬过凳子）

金　兰　（轻推驼哥）给你三分颜色你就开染坊，去挑水吧！

〔驼哥做了个鬼脸，快活地哼着小曲下。

〔小秋啃着野果上，小春追上。

小　春　（急喊）小秋，不要跑，那野果不能吃！

〔小秋不理。

小　春　（夺野果）你不听话，想死呀！快吐出来！（抠小秋嘴里的毒果）

金　兰　呃，别打架，别打架！

〔二小住手。

小　春　姐姐，我们不是打架，是我不让她吃那野果。

金　兰　快吐出来，哎呀，有毒的，这野果怎么能吃？

小　秋　（吐出野果）姐姐，我饿，给我一点吃的吧！（哭着跪下）

小　春　（随之跪下）姐姐！求你给她一点吃的吧！

金　兰　唉，都是日本鬼子害的！起来，姐姐给你们饭吃。

〔二小随金兰入店。

小　秋　（见膏药旗，拉小春）我怕！

金　兰　怕什么，不就是一块烂布吗？（把膏药旗扔在地上，入内）

小　秋　哥哥，我恨那膏药旗，我想把它扔到东江里去。

小　春　你扔吧！

〔小秋拿膏药旗出店。

金　兰　（端饭出）吃饭，吃饭。呃，你妹妹呢？
小　春　小秋，快来吃饭！
　　　　〔小秋入店，与小春狼吞虎咽地吃。
　　　　〔驼哥哼着小曲挑水上。
驼　哥　老婆，你来看！
　　　　〔金兰走至门口，驼哥耍水桶。
金　兰　别耍了，看把水耍泼了一半！
驼　哥　嘿嘿嘿……（挑水进店）
金　兰　（递毛巾给驼哥）擦擦汗。
驼　哥　（跟着进店）哟，今天生意不错嘛，一大早就有人来光顾。
金　兰　快叫人！
小　春
小　秋　（放下碗筷）驼背大哥。
驼　哥　你们叫什么名？
小　春　我叫小春。
小　秋　我叫小秋。
金　兰　家住哪里？
小　春
小　秋　（哭）我们没有家。
驼　哥　你们的父母呢？
　　　　〔二小摇头不语。
驼　哥　哦，孤儿，孤儿，怪可怜的。别哭了，吃饱了没有？
小　春
小　秋　吃饱了。
驼　哥　吃饱了你们就走吧，我不收你们钱。
小　春
小　秋　多谢大姐！多谢大哥！（慢慢走向门口）
小　秋　哥哥，我们去哪里呀？

———粤剧《驼哥的旗》 >>>>>

小　春　（哭）我也不知道。

金　兰　等等！驼哥，我……我想把他俩留下来。

驼　哥　留下来?!

金　兰　我知道你也挺为难，可是……

驼　哥　老婆哇！
　　　　（唱）留下就添两张口，
　　　　　　　柴米油盐哪里寻？

金　兰　（唱）不留于心又何忍，
　　　　　　　他俩奔走已无门。

驼　哥　（唱）你可知喉咙深似海，
　　　　　　　日久吃尽斗量金？

金　兰　（唱）苦日子一起熬着过，
　　　　　　　两碗饭加点野菜四碗分。

驼　哥　给他们一些茶果。
　　　　〔金兰迟疑。

驼　哥　去拿呀！
　　　　〔金兰取茶果给二小。

小　春
小　秋　多谢大哥大姐。

驼　哥　（拿起大红旗和青天白日旗，却不见膏药旗）金兰，那面膏药旗呢？

金　兰　我刚才扔在地上呢！（帮助寻找）

驼　哥　怎么没有哇？

小　秋　别找了！膏药旗，我……我把它扔到东江里了。

驼　哥　啊？！这可怎么得了，鬼子来了会要命的！（举拳）你——

金　兰　（急拦）驼哥！

小　秋　（倔强地）你打吧，你打吧，打死了我也不愿见到膏药旗！

小　春　（哭着跪下）大哥，我们的家被日本鬼子烧了，我爸爸妈妈都被

　　　　　　日本鬼子杀死了……
小　春
小　秋　　我们恨死了日本鬼子！
驼　哥　（举起的拳头又慢慢放下，喃喃地）扔得好！扔得好！
　　　　〔小秋站起。
小　春　大哥，给你添麻烦了，对不起。小秋，我们走吧！
驼　哥　（高声地）你们哪里也别去，这儿就是你们的家，有我驼哥吃的，
　　　　就有你们吃的。
小　春
小　秋　（感激地跪下）大哥！
金　兰　（激动地）驼哥！（亲驼哥一口）
驼　哥　呃，大白天的！
金　兰　小春、小秋，快给你大哥倒茶。
　　　　〔小春倒茶，后又与小秋给驼哥捶背。
驼　哥　（眯着眼）嗯，舒服，舒服。好了。（站起）老婆，膏药旗没有了
　　　　怎么办？
金　兰　（解下驼哥的白围兜）外边有红土，你用这白兜重做一面就是了。
驼　哥　那你帮我去做。
金　兰　我不！
　　　　〔领二小入内。
驼　哥　（走出）唉！
　　　　（念）旗呀旗，旗三面，
　　　　　　　孩子面前我无颜，
　　　　　　　天天心惊胆又颤，
　　　　（唱）这日子熬到哪一年！
　　　　发牢骚有什么用，膏药旗还是要做喂！（蹲下抠红土画旗）
　　　　　　　第一圈，不着色，
　　　　　　　红土烂布两不沾。

> 第二圈，画得扁，
>
> 像个狗卵子两头尖。
>
> 第三圈，左右两边补一点，
>
> 还像个猪啃的西瓜不太圆。
>
> 画得我头痛气也喘，
>
> 我操他祖宗八百年！

搞掂了！

〔收光。

第三场

〔灯亮。晨。驼哥饭店内外。金兰、小春、小秋在山坡上晒被单。

驼　哥　（满面春风地拿着小人衣自房里走出）嘿！

（唱）女人家，秘密多，

有话不说埋心窝，

再瞒她也瞒不过我，

驼哥就要有小驼哥。

〔伴唱：小驼哥，花结果，

但愿他背直不再驼。

驼　哥　（唱）从此我就要把父亲做，

传宗接代在山窝。

〔赵大朋化装成商人上。赵大朋　老板！

驼　哥　你是……

赵大朋　我是做买卖的。

驼　哥　要吃饭吗？

赵大朋　借贵店会个朋友。（走进，掏出一块银圆）给。

驼　哥　银圆？

赵大朋　给我备点酒菜。

驼　　哥　　好！（吹银圆）是真银！

赵大朋　　够吗？

驼　　哥　　够！够！（端详）老板，你不像是做买卖的。

赵大朋　　那你说我像是干什么的？

驼　　哥　　（指着大朋腰间的枪）做买卖的哪有这个，如果我猜得不错的话，你是东江纵队的。

赵大朋　　我要是日本人的便衣呢？

驼　　哥　　不像不像，日伪军吃饭从来都是不给钱的。

赵大朋　　老板好眼力。

驼　　哥　　（驼哥入内拿旗走出）欢迎，欢迎！

赵大朋　　老板，你这是干什么？

驼　　哥　　表表我对东江纵队的一片心意。

赵大朋　　老板，你的心意我领了，可要是撞上鬼子，会给你带来麻烦的。

驼　　哥　　（感激地）到底是东江纵队，体谅我们老百姓的难处。长官……

赵大朋　　别叫长官，叫我同志。

驼　　哥　　（觉得新鲜）同——志！（递还银圆）同志，这钱我不能收。

赵大朋　　一定要收！

驼　　哥　　不能收！

赵大朋　　这是我们的纪律，如果你不收，这顿饭我就吃不成了。

驼　　哥　　那……实在不好意思，我只好收下了。同志，你坐一会，我去屋后摘点菜。（走出）老婆，东江纵队来人了！（下）

金　　兰　　啊，我就来！（对二小）快去路边望风！

〔二小下。

赵大朋　　（走出）老板娘，你在晒被单呀！（惊）啊，金兰？！

金　　兰　　这人怎么面熟？客官，你是从哪里来的？（从被单那边钻过来）

赵大朋　　（钻过被单那边去）我……我是从山那边来的。

金　　兰　　（又钻到被单那边去）听口音，你好像一个人。

赵大朋　（又从被单那边钻过来）天下同口音的人多得很。

金　兰　（再从被单那边钻过来）你贵姓？

赵大朋　（又从被单这边钻进去）我姓赵，不不不，我姓李。

金　兰　（冲向被单那边去）你到底姓赵还是姓李？

〔赵大朋慌乱无语，钻到被单这边来。

金　兰　（又钻到被单这边来）你是不是赵大朋？

〔赵大朋低下头，又缓缓抬起头摘下黑眼镜。

赵大朋　金兰！

〔驼哥上，惊。

金　兰　大朋！

赵大朋　表妹！

〔相拥。

驼　哥　完了！（瘫软地蹲下）

金　兰　（唱）原以为你负伤投江已经死！

驼　哥　（唱）他怎么死去又回生！

赵大朋　（唱）多亏了东江纵队救了我的命。

驼　哥　（唱）压住惊慌我得笑相迎。

〔咳嗽一声。金兰、赵大朋赶忙分开。

金　兰　（慌乱地）驼哥，他……

驼　哥　不要说了，我知道了。（强笑）嘿嘿，表哥，你是稀客。

　　　　（唱）表哥难得来一趟，

　　　　　　快去灶房备酒茶，

　　　　　　成婚时未请表哥赴婚宴，

　　　　　　今日里我要好好款待他。

　　　　请！请！

〔进店。赵大朋、金兰迟疑。

驼　哥　进店呀！表哥，你进店呀！

〔赵大朋只得走进，金兰随之走进。

驼　　哥　　坐坐坐，表哥请喝茶。

〔金兰啜泣。

驼　　哥　　嗨，你哭什么？表哥来了你我都应该高兴嘛！去，快去备酒菜。（推金兰）

〔金兰只得缓步走向灶房。

驼　　哥　　表哥，我和金兰都以为你……（指牌位）看。

〔赵大朋惊视。起音乐。

赵大朋　　嗨！

驼　　哥　　（摘下牌位）表哥，别伤心，都过去了。嗨，前些日子我一直担心受怕。

赵大朋　　怕什么？

驼　　哥　　你想想，我这么个丑人，娶了你这么靓的表妹，别人能不红眼？现在好了，有你这位带枪的表哥，别人就不敢欺负我了。其实我也不怎么丑，就是背驼了点。

〔赵大朋无语。

金　　兰　　（猛回身，哭喊）驼——哥——（跪下）

驼　　哥　　（惊）你……你这是干什么？！

金　　兰　　（唱）你是我的救命人，

　　　　　　　　　　金兰永远记大恩。

　　　　　　　　　　但因为……

驼　　哥　　因为什么？

金　　兰　　（唱）欲说又止心里乱纷纷。〔又啜泣）

驼　　哥　　（唱）金兰她话到嘴边又强忍，

赵大朋　　（唱）我也是心在问口口问心，

　　　　　　　　　　她已嫁……

驼　　哥　　（唱）我已娶……

金　　兰　　（唱）旧情新爱，舍谁弃谁，

——粤剧《驼哥的旗》 >>>>>

赵大朋

金　兰　（同唱）都是做了两难人。

驼　哥

金　兰　（唱）驼哥啊，这手镯是我和表哥的订婚物——
　　　　　　　　求求你，来生我再报你的恩。

驼　哥　（昏厥欲倒，唱）
　　　　　　　　五雷轰顶站立不稳，
　　　　　　　　担心的事儿终发生。
　　　　　　　　留已留不住，
　　　　　　　　争又不能争，
　　　　　　　　一生最怕带枪的人！（蹲下痛哭）

赵大朋　老板。

金　兰　驼哥。

驼　哥　别说了，都别说！（站起抹泪入内房）

赵大朋　金兰……

金　兰　天啊！（哭）
　　　　　　（唱）你为何将我来作弄，
　　　　　　　　怎不让金兰分分身！

驼　哥　（拿包袱上）老婆，金兰，阿妹。
　　　　　（唱）叫声阿妹热泪淌，
　　　　　　　　委屈你乱世与我结成双，
　　　　　　　　今生能有你的爱，
　　　　　　　　不枉人间走一场。
　　　　　　　　你俩天生是一对，
　　　　　　　　驼哥配你不相当，
　　　　　　　　流泪只有我流泪，
　　　　　　　　断肠就让我断肠。
　　　　　　　　你若还恋情和义，

445

求你答应事一桩。

金　兰　什……什么事？

驼　哥　你们要善待我的孩子呀！（举着小人服跪下）

金　兰　驼——哥——（亦哭着跪下）

〔赵大朋惊。

〔伴唱：啊……

　　　留难留，分难分，

　　　无语唯有泪沾襟。

赵　大　朋　嗨！（唱）

　　　患难之交令人敬，

　　　驼哥爱她是真心。

　　　表妹。

　　　莫再犹豫心不定，

　　　你已是有孕怀在身。

　　　人生哪能尽如意，

　　　你不幸之中遇上大好人。（对驼哥）

　　　表妹夫，拜托你将我表妹好好照应，

　　　祝你们幸福美满永相亲！

驼　哥　（惊喜，唱）

　　　眼前事叫我实难信，

　　　自古来哪有当兵的不欺民，

　　　他却是为民割爱自忍痛，

　　　东江纵队才是我们老百姓的兵！（举起红旗挥舞）

〔小春上。

小　春　大哥！大姐！又有当兵的来了！

驼　哥　哪一方面的？

小　春　没看清。

驼　哥　快拿旗！

〔小春下。赵大朋与金兰随下。季维成上。小春拿三面旗上。

驼　　哥　（拿过青天白日旗）欢迎！欢迎！……

季维成　（抢过膏药旗）哼！（掼枪）

驼　　哥　（赔笑）长官，误会，误会。

季维成　什么误会！

　　　　　（唱）别以为国军战败已撤离，

　　　　　　　　明侦暗察心有底，

　　　　　　　　拉锯地带百事知，

　　　　　　　　你不仅迎过共产党，

　　　　　　　　还敢媚敌卖国挂过膏药旗！

　　　　　老子最恨的就是汉奸！（拔枪）

赵大朋　（出，护住驼哥）长官，他是开饭店的，你不要难为他！

季维成　你是……

赵大朋　（很平静地坐下）我是做买卖的。

　　　　〔端起茶杯作暗号。季维成也作暗号回应。赵大朋笑。

季维成　到此有何贵干？

赵大朋　我有一批盐（炎），想从这里运到黄家铺。

季维成　我有一批黄豆，想从这里运往严（炎）家村。

赵大朋
李维成　（二人对牌）炎黄？！哈哈哈……

驼　　哥　（走出）表哥，炎黄是什么意思？

赵大朋　炎黄是我们的老祖宗，我们都是炎黄的子孙。

驼　　哥　啊！

赵大朋　（摘下眼镜）维成兄！

季维成　赵大朋！

赵大朋　老同学，没想到我们又坐到一条船上合作抗日了！

驼　　哥　（挥动红旗和青天白日旗）欢迎！欢迎！

　　　　〔灯暗。

第四场

〔日。驼哥饭店内外。

〔灯亮。天气阴霾。恐怖音乐声中,赵大朋率东江纵队队员上。

〔驼哥站在吊脚凳上。小春站在驼哥身后。

驼　　哥　（挥红旗）欢迎！欢迎！

〔赵大朋和东江纵队队员下,季维成和国民党军上。

驼　　哥　（又从小春手里拿过青天白日旗）欢迎！欢迎！

〔季维成和国民党军下。

驼　　哥　（下吊脚凳）今天是怎么回事,除了日伪,东江纵队和国军都来了?！（和小春进店）

〔日伪军搜索上。

〔龟田满脸杀气上,胡建国随上。

一日军　　（上）报告少佐,搜索的没有！

龟　　田　（对胡建国）你的情报有误？

胡建国　　报告太君,情报都是乡保长提供的,千真万确。

龟　　田　（又对胡建国）去驼哥饭店的问话。

胡建国　　是！

驼　　哥　（举膏药旗上）欢迎！欢迎！……

龟　　田　老朋友,我们又见面了！

驼　　哥　太君请,太君请。

龟　　田　（进店）老朋友,你的看见东江纵队和国民党军的没有？

驼　　哥　有。

龟　　田　在哪里？

驼　　哥　一会儿来,一会儿走,神出鬼没。

龟　　田　太可怕了,东江纵队与国民党联手,就更加可怕。

胡建国　　（看见膏药旗颜色不对,怒问驼哥）你这是什么旗？（夺过膏药

———— 粤剧《驼哥的旗》 >>>>>

    旗，打驼哥一耳光，将旗掷地用脚踩）

龟　　田　（打了胡建国两个耳光）这是什么？

胡建国　（莫名地）报告太君，是一块烂布。

龟　　田　（又打了胡建国两个耳光）这是什么？

胡建国　（恍然大悟）大日本帝国国旗。

   〔全体日伪军立正。

龟　　田　（问驼哥）我的给你的太阳旗呢？

驼　　哥　挂在门外，叫……叫人家拿走了。

龟　　田　八格！（抽刀架到驼哥的脖子上）你的不是顺民！

驼　　哥　（惊恐地）我是顺民，我是顺民，要不太阳旗丢了，我怎会又做一面旗呢？

龟　　田　嗯。（收刀，对日军）再给他的一面太阳旗。（又对驼哥）饶你这一回，下次太阳旗再丢，我的可就不再饶你了。

驼　　哥　（接旗）是是。

   〔远处枪响。

胡建国　有情况！

龟　　田　开路！

驼　　哥　（挥舞膏药旗）欢迎！欢迎！

   〔日伪军下，龟田、胡建国随下。

驼　　哥　这地方太危险，赶快叫金兰去告诉她表哥，找个安全的地方躲一躲。

   〔灯暗。

   〔灯亮。驼哥饭店内外。

   〔金兰内唱：雨住云开天渐好！自山林中走出。

  （接唱）枝添新绿花添娇。

     表哥带兵在山坳，

     要与鬼子过过招。

     他说是三岔路口太险要，

叫我和驼哥走为高。

（进店）驼哥！

驼　哥　（自内房走出）金兰，你回来了。

金　兰　回来了。

驼　哥　表哥怎么说？

金　兰　表哥讲，这一带要打恶战。

驼　哥　那我们赶快逃！

〔季维成负伤强作镇定上。

驼　哥　长官！你——你这是怎么了？

季维成　我……嗨，和日伪军遭遇上了，负了点轻伤。

金　兰　快倒点热水给长官洗洗。

季维成　不用，你们要去哪里？

金　兰　我……

驼　哥　不是说要打恶战吗？找个地方躲一躲。

季维成　唉，不打了。

驼　哥　怎么又不打了？

季维成　鬼子发现了我们的行动计划，我要和赵大朋重新商讨作战方案。赵大朋呢？

金　兰　他……

驼　哥　他不在，有什么话你跟金兰说，叫金兰去找他表哥。

季维成　我现在就要见他。

驼　哥
金　兰　现在就要见他？！

驼　哥　（与金兰对眼色）长官，你这样急，是不是……

季维成　什么是不是，有话我要和赵大朋当面说。

驼　哥　那我这就和金兰去找。（欲走出）

季维成　（失口）门外有人！

驼　哥　（惊）什么人？

———— 粤剧《驼哥的旗》 〉〉〉〉〉

〔季维成不语。

驼　　哥　是不是日伪军？

〔季维成垂下头。

驼　　哥　（拉金兰）走啊！

季维成　（挡住）我都走不了，你们还走得了吗？

驼　　哥　（又冲）走啊！

〔胡建国率二伪军冲入，拔手枪。

胡建国　一个都不准动！（进店，奸笑）你们想逃生？要想逃生容易，快把赵大朋交出来，他一人能换你们一家人的命。

驼　　哥　（强笑）嘿嘿，长官，赵大朋是东江纵队的，我怎么知道他在哪里呀！

胡建国　（举枪）你不说我就撬了你的牙！

季维成　胡连长，有话好好说，我们都是中国人。

胡建国　（推季维成）谁和你是中国人，老子现在是皇军！（又举枪对驼哥）快说，不说老子就打死你！

季维成　胡连长，不能开枪，东江纵队就在这附近！

胡建国　那我就抓走你的老婆，给皇军做慰安妇！（抓金兰）

金　　兰　（哭喊）驼哥！驼哥！……

驼　　哥　（对胡建国拱手作揖）长官，你不能抓她，她身上怀有孩子呀！

胡建国　有孩子更好，老子叫你断子绝孙！（一脚踢金兰的腹部）

〔金兰惨叫一声倒地。季维成溜下。

伪军甲　（对伪军乙）快追！（下）

驼　　哥　（急忙搀扶）金兰！

伪　　军　胡连长，季维成跑了！

胡建国　追！

〔二伪军追下。

胡建国　快说，不说我就……（又举脚欲踢金兰）

451

驼　哥　（回头怒视胡建国，咬牙站起）你——你这条狗！

　　　　（唱）无人性，不知羞与耻，

　　　　　　　做汉奸，当狗去求荣，

　　　　　　　鬼子面前卑躬屈膝，

　　　　　　　残害同胞冷酷无情。

　　　　　　　让已无可让，忍已无可忍，

　　　　　　　我要与你把命拼！

　　　　〔一头向胡建国撞去。搏斗。金兰忍痛爬起拿砍刀，小春举凳在胡建国背上猛击，驼哥接过金兰的刀，朝胡建国捅去，连捅三刀，把胡建国送上西天。

　　　　〔静场。

小　春　大哥，恶狗被你杀死了！

驼　哥　（惊恐地）啊？！是我杀死的？

众　　　是你杀死的！

驼　哥　（刀从手中掉下）啊，我杀了人了，我杀了人了！

小　春　你杀的是汉奸！

金　兰　汉奸就是该杀！

驼　哥　该杀？

众　　　该杀！

驼　哥　（傻笑）嘿嘿嘿……

　　　　〔枪响。

驼　哥　啊，鬼子来了！快走！（走几步又转身）你们先走！

金　兰　你呢？

驼　哥　我要把恶狗的尸体藏起来，要不鬼子来了一发现，必定跟在后面追，那我们一家就全完了！

金　兰　（哭）我不走！

小　春
小　秋　（哭）我们也不走！

―――粤剧《驼哥的旗》 〉〉〉〉〉

驼　哥　（哭）走吧，我杀他一个也就够本，你身上还怀有我的孩子呀！
　　　　（跪下）
　　　〔灯暗。
　　　〔灯亮。驼哥惊惶地将胡建国两条腿架在肩上拖来拖去，却无处可藏。
　　　〔日伪军从四面八方上。
　　　〔驼哥放下尸体，向西望，西边一束灯光照着日伪军。向东看，东边又有一束灯光照着日伪军。

驼　哥　跑不掉了，既然难免一死，就要死得像条汉子！（拿着南胡欲走出，转身又将腰带系上）这是金兰亲手给我做的，我死也要把它带在身边。（艰难地爬上吊脚凳，自己给自己壮胆）不要怕！（拉南胡唱）
　　　　　　送走亲人脱虎口，
　　　　　　再无牵挂想得开，
　　　　　　人生自古谁无死，
　　　　　　除死也就无大灾。
　　　〔日伪军逼近。

驼　哥　（唱）驼哥一生人前矮，
　　　　　　上不了桌面登不了台，
　　　　　　此时却要把谱摆，
　　　　　　壮起胆子等敌来……
　　　〔日伪军发现驼哥，同时举枪。龟田示意日伪军继续搜寻，自己带两名日军走向驼哥。一日军进饭店。

龟　田　（奇怪地）你的还在拉琴？
驼　哥　（唱）我拉琴与你有何碍，
　　　　　　日子虽苦也悠哉。
一日军　（跑出）报告少佐，店里发现了胡连长的尸体！
龟　田　啊？！（对驼哥咬牙切齿地）你竟敢把我的胡连长给杀了？

驼　哥　（自语）这下是死定了。

　　　　（唱）他本是到处咬人一狗仔，

　　　　　　我不杀天雷也会劈下来。

龟　田　可怕的中国人，我连一个驼背也制服不了！（对日伪军）把他拖下来！

驼　哥　别拖，别拖，我还有话要想问你呢！

龟　田　你的要问我的什么？

驼　哥　（唱）你本在东洋大海外，

　　　　　　为什么跑到我们东江来？

龟　田　这个……我的早就跟你的说过，为了和你的中国的共荣。

驼　哥　（唱）既共荣就该平等两相待，

　　　　　　为什么……为什么杀人又掠财？

龟　田　（歇斯底里地）你的不是顺民，一定是东江纵队！

驼　哥　（大笑）哈哈哈！……太君，你抬举我了，我要是东江纵队，还在这小饭店受你欺、受你压吗？

龟　田　可怕的中国人，我连一个驼哥也制服不了！把他拖下来！

驼　哥　别拖，别拖，这是我的家门口，我自己会下来。

龟　田　（揪住驼哥的领子）你的连死都不怕？

驼　哥　我不怕死，当初怎会答应你三个条件？可到了怕不掉的时候，只好不怕啰。

龟　田　中国有句古话，宁在世上挨，不在土里埋。这道理你的不懂吗？

驼　哥　可中国还有一句古话，宁愿站着死，不愿跪着生！

龟　田　（狂吼）勒——死——他——

　　　　〔日伪军解腰带套住驼哥。

驼　哥　（声泪俱下地）金兰，我走了！

　　　　〔幕后轰然一声巨响，火光冲天，接着是密集的枪声。

　　　　〔门哨兵上。

门哨兵　报告少佐,东江纵队打过来了!

龟　田　(又叫)勒——死——他——

〔日伪军拉带。激烈枪声中东江纵队冲上。灯暗。

〔灯大亮。驼哥倒在木椅上。金兰、小春、小秋围在旁边。

金　兰　(哭喊)驼哥!驼哥!

小　春
小　秋　(哭喊)大哥!大哥!

金　兰　(唱)天不讲理地也无情,

　　　　　　放出恶狗伤好人。

　　　　　　驼哥啊你快醒来你快醒,

　　　　　　妻愿与你恩恩爱爱共度一生!

小　春
小　秋　大姐,你别哭了,哭了大哥他也听不见。

驼　哥　(长长嘘口气)听见了,我都听见了!

小　春
小　秋　(惊喜)啊,大哥他没有死?!

金　兰　(热泪盈眶)是没有死,是没有死!驼哥……

驼　哥　(睁开眼,抓住金兰的手)老婆,死人面前不说假话,像这样的死,我真想多死几回。(被扶起)老婆,我的儿子呢?

金　兰　在肚子里直蹬腿呢!

驼　哥　(贴金兰肚子听)好,好。老婆,我儿子生下来起个什么名?

金　兰　你说呢?

驼　哥　就叫他阿直。

金　兰　阿直?

驼　哥　我一生直不起腰杆,儿子可要他把腰杆挺起来。(猛然想起)呃?红旗,我的红旗呢?

金　兰　小春,快去拿!

〔小春取红旗递上。

〔驼哥接过，深情地注视红旗，腰竟渐渐挺直。

小 春
小 秋　（雀跃）大哥的腰杆子直了！

金 兰　（热泪盈眶地）是直了，是直了！

〔驼哥自视，笑。灯暗。

〔灯亮。晚霞灿烂，丛林尽染。

〔驼哥坐在吊脚凳上拉南胡，吊脚凳由后方渐渐向前移动。

驼 哥　（唱）身材矮，背如锅，

　　　　　　　从小生下是驼驼，

　　　　　　　驼哥好比一棵草，

　　　　　　　只求得风调雨顺迎春送夏在山坡……

〔灯渐暗。

〔幕闭。

〔剧终。

精品提名剧目·河北梆子

钟　馗

编剧　方　辰

人物

钟　馗　终南举子。(小生、武生、老生、花脸)

钟梅英　钟馗之妹。(闺门旦)

杜　平　钟馗之友。(小生)

杨国松　老太师，皇上宠臣。(白脸)

徐伯群　大学士，主考官。(老生)

殿头官　(文丑)

驴夫鬼、大鬼、灯鬼、伞鬼、挑鬼、众鬼卒、太监、捧旨神、卫士、随从、舞女

————河北梆子《钟馗》 >>>>>

序　幕

〔音乐强烈，梆子音调。
〔幕开，场上昏暗、神秘。
〔欢快的音乐中，灯鬼、挑鬼、伞鬼等舞出。
〔乐止。驴夫鬼一路跟头腾跃而出。
〔大鼓大铙轰然作响，灯光大亮。
〔大花脸钟馗（替身）以扇遮面而出，至台口亮相。
〔众鬼簇拥，集体造型。
〔伴唱起：

　　自古钟馗有威名，
　　目光炯炯气如虹，
　　一曲嫁妹千秋诵，
　　斩妖除魔鬼神惊，
　　鬼神惊！
　　哎！——
　　方显人间有正声，
　　有——正——声！

第一场　兄妹惜别

〔古代。
〔前奏音乐，壮阔而深沉。

〔乐声中幕启，灯光渐显，露出钟馗家内景。室中陈设简朴，琴剑书画，设置有序。

〔窗外，一缕阳光映照残梅。

〔钟梅英上。

钟梅英　（唱）遭不幸父母早丧家境贫寒，
　　　　　　　兄妹间相依傍苦受熬煎。
　　　　　　　兄长他与寺院抄写经卷，
　　　　　　　梅英我也为生计缝缝连连。
　　　　　　　今逢大比开科选，
　　　　　　　众举子赴科应试就在眼前。
　　　　　　　愿哥哥榜上题名以偿夙愿，
　　　　　　　也不枉长夜苦读年复年！

〔钟馗上。

钟　馗　（唱）书剑为伴在乡井，
　　　　　　　叹只叹人生坎坷路不平。
　　　　　　　读书人都盼望高榜得中，
　　　　　　　才不负十年寒窗苦用功。
　　　　　　　大丈夫胸藏凌云志，
　　　　　　　要学那班超报国建奇功。
　　　　　　　喜逢春闱开科选，
　　　　　　　见了小妹诉衷情。

〔入室，钟梅英迎上。

钟　馗　贤妹！

钟梅英　哥哥回来了。

钟　馗　回来了。贤妹，朝廷就要开科取士。

钟梅英　小妹知道了，考期迫近哥哥就该尽早启程。

钟　馗　贤妹所言甚是，只是愚兄进京赴考留你一人在家，我实实放心不下！

——河北梆子《钟馗》 〉〉〉〉〉

钟梅英　哥哥你看小妹已长大成人，生计尚可自理，哥哥只管放心进京科考就是。

钟　馗　这个……

钟梅英　哥哥才学过人，此番赴试定能金榜题名！

钟　馗　好，有贤妹的吉言相助，今科定要金榜夺魁！

钟梅英　哥哥你来看，（取宝剑行囊）考期不可错过，看今日天气晴和，你就速速登程去吧！

钟　馗　（百感交集地）小妹……

〔音乐起，兄妹对唱。

钟梅英　（唱）哥哥你应试离家门，

钟　馗　（唱）兄妹俩乍分别痛呀痛在心。

钟梅英　（唱）山高路远多劳顿，

钟　馗　（唱）妹妹你年纪轻处处要留神。

钟梅英　（唱）一路上阴晴冷暖须谨慎，

钟　馗　（唱）遇到了为难事去问乡邻。

钟梅英　（唱）千言万语说不尽，

钟梅英　（唱）我，

　　　　　　　妹妹在家等候佳音。

钟　馗　你……

〔音乐继续着。

钟梅英　（摘下金钗）哥哥，小妹这里有金钗一支，哥哥把它带在身旁，以应急需。

钟　馗　贤妹……（沉重地）这支金钗，本是母亲留下与你定情之物，愚兄我焉能要得？

钟梅英　定情之物又有何妨，等哥哥得中回来，再与小妹打上一支好的。

钟　馗　贤妹，愚兄无能，未能让你得一温饱已是十分惭愧！

钟梅英　哥哥不要难过，小妹若无哥哥悉心照料，焉有今日？把金钗带在身旁，看到它，就像看到小妹了。

钟　馗　难得贤妹一片手足之情。愚兄收下了。

钟梅英　哥哥！

钟　馗　贤妹！

钟梅英　哥哥性情刚烈，此番赴试若遇什么不悦之事，哥哥休要睬它，前程事大，此番中与不中哥哥不要介意，小妹盼你平安归来！

钟　馗　谢贤妹，愚兄要上路了！

钟梅英　哥哥你要多多珍重！——

〔妹妹为哥哥背上行囊；哥哥为妹妹拭泪。兄妹依依惜别。

〔伴唱起：

　　一声多珍重，

　　离别泪千行。

　　明日阳关道，

　　烟水两茫茫。

　　一声多珍重，

　　离别泪千行。

　　明日阳关道，

　　烟水两茫茫。

　　烟水两茫茫！

钟梅英　哥哥……

〔歌声反复吟唱，其声不断。

〔灯光渐弱，乐声悠远。

〔幕徐徐闭。

第二场　鬼窟毁容

〔紧凑的乐声过后，音调低沉。幕开。

〔一般民间传说中的那种魔鬼的世界。

〔深山野洞。洞中幽暗，鬼火荧荧。

——河北梆子《钟馗》 >>>>>

〔古怪的音乐中，现出一群鬼怪。

〔拟人化的鬼怪，是人世上玩世不恭游戏人生者们的幽灵。专以害人为乐。他们高矮胖瘦各不相同，性格迥异，正演绎着巴结大鬼头的恶作剧。

大鬼头　（说唱）

深山野洞把身存，

昼伏夜出害行人。

鬼怪精灵有本性，

专喜夜半到更深。

黑暗之中得下手，

捉弄客商好开心。

好开心！

你们看，天色已晚，去至洞外，捉来过往行人，戏弄一番，岂不甚好？

〔杜平内唱：山路崎岖风雨猛。上。

杜　平　（接唱）避雨来到洞穴中。

洞阴暗，冷如冰，

不辨南北与西东。

恨只恨中途身染病……

〔音乐继续着。

〔杜平病态恹恹地刚要坐上石凳，忽地二小鬼从身后出现，抢夺杜平衣帽，穿戴起来。

〔杜平一阵惊怕，后振作一下，往夺衣物。

〔左右各出二小鬼相戏。

〔众鬼围住杜平戏弄，杜平左冲右突，终不得出。众鬼恐吓杜平，其情诙谐。杜平渐渐力气用尽，跌倒地上。

杜　平　（喊）救命哪！

〔钟馗幕后："呔！钟馗来也！"急上。

钟 馗 （唱）何方鬼怪在此行凶?!
〔钟馗拔剑往救杜平，众鬼迎住，开打。
〔紧张、火炽的武打。
〔钟馗击败众鬼。
钟 馗 呸！何方妖怪，竟敢在此作祟！俺钟馗从不信邪，看剑！
〔众鬼溜下。
杜 平 哎呀，吓煞人也！
钟 馗 这一相公因何落难至此？
杜 平 我乃进京赶考的举子，不幸中途染病，又遇风雨交加，正在此处避雨，忽然来了一群鬼怪，吓得我昏迷过去。适才若非公子相救，我命休矣，公子请上，受我一拜。
钟 馗 （扶住杜平）解人危难，人之常情。
杜 平 请问仁兄尊姓大名？
钟 馗 在下钟馗。
杜 平 怎么，你就是钟馗大相公？
钟 馗 正是。
杜 平 钟兄为人仗义，小弟早有所闻。
钟 馗 听你之言，莫非相识？
杜 平 我们乃是同乡啊！
钟 馗 哦，同乡？
杜 平 我乃杜家庄人氏，名唤杜平。
钟 馗 怎么？你就是人品出众名闻乡里的杜平贤弟吗？
杜 平 惭愧。
钟 馗 有道是"同声相应"。
杜 平 "同气相求"。
钟 馗 今日一见，真乃三生有幸！
杜 平 我们幸遇了……
〔二人紧握双手。

——河北梆子《钟馗》 〉〉〉〉〉

〔众鬼暗上。他们迁怒于钟馗,伺机报复。

〔一鬼撕掳杜平,钟馗往救时,众鬼朝钟馗一拥而上,毁其容。

〔钟馗回头痛苦地亮相,现出丑脸(红额头三道黑指印)。

〔无字歌骤起:啊!……

钟　馗　贤弟!……

杜　平　钟兄!……

〔暗转,幕闭。

第三场　殿试斥奸

〔景为殿试大厅。右面设立考官和监考官的公案座椅。左面矗立一根巨大的铜制厅柱,柱上的"草龙"纹饰古朴而庄严。铜柱是此一场场景的主体形象。

〔黎明之前。

〔音乐低沉。

〔乐声中杨国松手把试卷,边看边踱步。殿头官尾随其后,察颜观色,趋炎附势。

杨国松　(唱)读罢试卷暗沉吟,
　　　　　　选贤任能要称心。
　　　　　　老夫在朝掌权柄,
　　　　　　要选那言听计从心腹人!
　　　　　　钟馗小儿实可恨,
　　　　　　含沙射影辱骂我皇亲。
　　　　　　是非黑白何足论,
　　　　　　老夫的掌上定乾坤。
　　　　殿头官!

殿头官　卑职在。

杨国松　看钟馗的文章狂傲无羁,妄论朝政,日后必生祸端!

殿头官　老太师所言甚是，那钟馗含沙射影诽谤太师你，欺君罔上独霸朝纲，还是个裙带的官儿。

杨国松　状元之人选，老夫自有安排，那钟馗是断不可取。

殿头官　是是是，断不可取，断不可取。（又一想）倘若那主考官徐伯群从中作梗，这便怎么处？

杨国松　无妨！五鼓天明，万岁临朝，只要你我心中有数，那徐伯群就孤掌难鸣了。

殿头官　谨遵师命。

〔更鼓五响。

大太监　圣旨下，万岁口谕，贵妃娘娘有恙，圣上忧心不予临朝，今科点元之事命大学士徐伯群、太师杨国松代朕评点，钦此。

杨国松

徐伯群　万岁，万万岁。

殿头官

徐伯群　适才万岁传下口谕，特命我等代点三甲，少时选中良才，我等即可回复圣命了。

杨国松　状元及第，非同小可，大学士，诸生考卷之中，何人可称魁首？

徐伯群　钟馗的文章堪称奇文也！

杨国松　钟馗……

徐伯群　钟馗他体察民情，抨击时弊，胸怀社稷，可谓栋梁之才！

杨国松　非也，那钟馗虽有才情，奈何他指点江山，妄论朝政，狂傲不羁，是难成大器。

殿头官　老太师所言甚是，那钟馗恃才傲物是断不可取。

徐伯群　二位大人，何不将他宣上殿来多加开导？

杨国松　这……

徐伯群　来！

众卫士　有！

徐伯群　宣钟馗上殿！

——河北梆子《钟馗》

众卫士　钟馗上殿，钟馗上殿。

〔钟馗上。

钟　馗　来也——

（唱）喜只喜得遂平生愿！

看今朝天子门生点状元，

一飞上九天！

兴冲冲健步向前进宫殿……

殿头官　何处狂生擅闯宫殿？！

钟　馗　终南进士钟馗上殿听点。

殿头官　钟馗，你就是钟馗？怎么这般模样？原来是个丑八怪！下站。

钟　馗　是。

殿头官　下站！

钟　馗　是。

殿头官　还要下站。

钟　馗　（唱）皇家的气象好威严！

殿头官　（耳语）禀太师，钟馗是个丑八怪。

杨国松　哦，唤他近前讲话。

殿头官　是。钟馗，上面坐的杨老太师、大学士徐大人，上前回话。

钟　馗　是，钟馗拜见列位大人。

徐伯群　起过一旁。

杨国松　如此丑陋之人，轰了出去。

徐伯群　且慢！老太师，皇家选才凭的是道德文章，岂可以貌取人！

杨国松　似他这等面貌丑陋之人，怎能出入朝堂居官辖民。

徐伯群　老太师，自古相貌平平，为国建功立业者大有人在，钟馗相貌虽丑，文才出众，胸藏锦绣，如若将他轰出殿去，只恐有些不妥。

杨国松　（有意刁难）既然他胸藏锦绣，就命他当场做诗一首，老夫要亲自评点。

徐伯群　好，就依老太师！

钟　馗　但不知以何为题？

杨国松　就以梅花为题。

钟　馗　梅花……

徐伯群　看过文房。

钟　馗　（唱）一树梅花一树诗，

　　　　　　　顶风冒雪傲奇枝。

　　　　　　　留取暗香闻广陌，

　　　　　　　不以颜色媚于斯！

徐伯群　（离座欣赏诗书，兴奋地）笔迹遒劲，意态高雅，好个高才！恭请太师评点。

杨国松　（上前看诗）好个狂徒！我来问你，你那诗中"顶风冒雪"指向何来？还有这"媚于斯"又是何意？

钟　馗　忧国忧民书生本色！

杨国松　分明是含沙射影诽谤朝廷，你心怀不轨！

钟　馗　你断章取义，栽赃陷害！

杨国松　天子脚下，岂能容尔猖狂，卫士们，给我轰了出去！

徐伯群　且慢！老太师，状元及第，举国张目，如此草率行事，岂不令天下人耻笑？

徐伯群　（唱）钟馗的才学人共见。

杨国松　（唱）他相貌丑陋怎样为官。

徐伯群　（唱）他仗义执言忠心可感。

杨国松　（唱）他心怀叵测必生祸端。

徐伯群　（唱）老太师莫忘皇家法度严。

杨国松　（唱）你何必包庇狂徒一再纠缠？

徐伯群　（唱）莫叫天下人心寒。

杨国松　（唱）危言耸听你是杞人忧天。

徐伯群　老太师……

杨国松　（怒）徐大人一再包庇钟馗，莫非其中有什么私情不成？！

———河北梆子《钟馗》

钟　馗　（爆发地）着哇！有无私情老太师你自己明白！

　　　　（唱）奸臣当道事不公，

　　　　　　　不由人一阵阵怒火填膺。

　　　　　　　果然是良莠不分蒙双眼，

　　　　　　　以貌取人他不重贤能。

　　　　　　　俺钟馗生来刚烈性，

　　　　　　　岂容他昏官胡乱行！

　　　　大人！（质问）

　　　　　　　选才之法皇家定，

　　　　　　　如此评点可算公平？

杨国松　（羞恼成怒）你大胆！

　　　　（唱）小小钟馗好大胆，

　　　　　　　信口雌黄出谰言。

　　　　　　　以小犯上纲常乱，

　　　　卫士们！

卫　士　呵！

杨国松　革去他的功名！

　　　　（唱）将钟馗押送有司下南监！

徐伯群　且慢！杨老太师怎能如此地行事？

杨国松　（专横跋扈地）他咆哮宫殿就该治罪！

徐伯群　本官要后宫面君。

杨国松　后宫面君？你可知道，后宫面君的岂止是你徐伯群一人，他们一个个的下场如何？你快快面君去吧！

殿头官　（轻声地）徐大人，你怎么聪明一世糊涂一时呢？我们杨老太师是当今圣上的老岳丈，他的厉害谁人不晓，你又何必自讨无趣。

徐伯群　（怒视杨）哼！（取纱帽在手）殿头官，代本官请命，说我徐伯群有负圣恩了！

钟　馗　徐大人，徐大人……

徐伯群　皇家法度成何用？！

杨国松　纲纪不整治法难！

殿头官　（奚落地）钟馗，你呀，高才，高才。嘿，不用！

钟　馗　（怒急）你……你这无耻的狗官！（摔殿头官于地，拂袖而去）

杨国松　钟馗，小孺子，你这丑陋之人，居心不良，科场赋诗诽谤朝政，殴打朝廷命官，咆哮宫殿，岂能让你一走了之。我要晓谕乡里，告示天下，说你无君无国，大逆不道。招得世人唾骂，你若不要脸面，速速荣归故里，去吧……

钟　馗　杨国松！你栽赃陷害，断我生路，你真乃蛇蝎心肠……

杨国松　卫士们！

众卫士　有！

杨国松　将钟馗与我绑了！

钟　馗　（凛凛然）哪一个敢！

〔众卫士畏缩不前。

钟　馗　（绝望，气极）杨国松啊，好个奸贼！可恨你杨氏一门，倚仗权势，残害忠良，欺压百姓。而今又在殿试之中，专横跋扈，嫉贤妒能，欺君罔上，滥施淫威。似你这祸国殃民的狗官，我生不能索尔之命，化为厉鬼，也要将你等人间鬼怪，虎豹狼虫，一个一个斩光除尽，以谢天下！

（唱）科场痛骂杨国松！

　　　　逞权奸乱宫廷。

　　　　你皇亲国戚把主蒙，

　　　　千古留骂名！

　　　　倚仗你小狐女圣上恩宠，

　　　　压群臣害百姓恣意横行。

　　　　俺钟馗勤读诗书敬奉贤圣，

　　　　实指望矢忠苦节报效朝廷。

　　　　恨只恨鬼窟毁容遭不幸，

——河北梆子《钟馗》

　　　　有谁知人间的鬼怪更狰狞。
　　　　到如今羞见乡里众父老，
　　　　愧对殷殷兄妹情。
　　　　罢，罢，罢！
　　　　人生自古谁无死，
　　　　拼将热血抗强横。
　　　　生不为人杰，
　　　　死亦作鬼雄。
　　　　旌旗猎猎歌清正，
　　　　剑气森森舞寒星。（怒指杨国松）
　　　　把尔等，
　　　　人间狼虎鬼怪奸佞，
　　　　一个一个全除净，
　　　　方显得乾坤朗朗，
　　　　海内升平！——
　〔唱罢，直扑杨国松，杨藏身案下，众卫士一齐向前，被钟馗击倒数人。卫士们惶惶然呆若木鸡。
　〔钟馗大笑三声，然后竟向铜柱撞去……
　〔静场，全场骇然。
　〔钟馗到柱前突然站定，他面对苍天，满怀悲愤抱恨终生地向小妹诀别！

钟　馗　小妹！——
　　　　〔钟馗以死抗争，撞向铜柱。

杨国松　来！

众卫士　有！

杨国松　这亡命的钟馗，无事生端自取其祸死有余辜，吩咐下去哪个敢与钟馗收尸，与他一律同罪！
　　　　〔杜平嚎哭："钟兄，你死得好惨哪！"

〔乐起,灯光调明。

〔众云女一袭白衣裙,轻盈作舞,凭吊钟馗。

〔伴唱起,其声哀婉:

　　任它风雪猛,

　　寒梅色更浓。

　　斯人虽已殁,

　　千载有余情。

　　千载有余情!

〔画外音捧旨神宣旨:"钟馗听旨,上天知你,蒙冤受屈,敕封你为捉鬼大神,至终南山赴任去吧!——"

〔低音大锣沉重地一击,余韵悠长。

〔舞台渐暗。

〔幕徐徐闭。

第四场　金钗定亲

〔京郊的荒野。

〔乐声凄楚,如泣如诉,时而夹杂几声杜鹃的啼叫。

〔伴唱声中幕开。舞台上一片寥落景象:夕阳西下,暮色苍茫。正中一排粗大树干的剪影,树旁有一座新坟。坟前置一短碑,上书"钟馗之墓"。碑下横一小石桌,那巨大树干的剪影,俯视碑坟,似有压倒之势。

〔伴唱:

　　清明时节雨渐渐,

　　暮色沉沉草凄迷。

　　杜鹃声声催人泪,

　　何事偏向耳边啼。

　　耳边啼!

——河北梆子《钟馗》

〔杜平守护坟旁,慢慢烧化纸钱。

杜　平　(唱)千里孤坟一片静,
　　　　　　　寂寞荒野不闻声。
　　　　　　　可恨奸臣杨国松,
　　　　　　　倚仗权势欺诸生。
　　　　　　　钟兄自戕饮恨去,
　　　　　　　英魂竟赴枉死城。
　　　　　　　葬罢知己疑是梦,
　　　　　　　形只影单孤零零。
　　　　　　　满眼凄惶异乡景,
　　　　　　　悲凉最是晚来风。
　　　　　　　一捧黄土千滴泪,
　　　　　　　难酬山中助我情。
　　　　　　　满腹悲愤情难禁,
　　　　　　　水酒一杯寄哀忱。

〔杨国松幕后高喊:"卫士们。"

〔卫士:"有。"

〔杨国松:"将钟馗的坟茔团团围住了。"

〔卫士:"啊。"

〔杨国松上见杜平。

杨国松　杜平,我当何人,原来是你这个小孺子抗命不遵,竟敢为钟馗埋尸立碑,又在碑文之中诽谤本太师,你该当何罪?

杜　平　我那钟兄怀才不遇,壮志未酬,就死于非命,我为他埋尸立碑,鸣冤于世,何罪之有!

杨国松　难道你就不怕死?

杜　平　民不畏死,奈何以死相逼!

杨国松　老夫革掉你的功名。

杜　平　(大笑)死而无憾,还要的什么功名。

杨国松　卫士们！

众卫士　有！

杨国松　将碑推倒！坟墓挖开！将钟馗的尸首抛至荒郊！

杜　平　杨国松啊,老贼子！你专横跋扈,嫉贤妒能,草菅人命,惨害我钟兄,怎么还要刨坟毁尸,如此伤天害理,难道你,你就不怕世人唾骂?!

杨国松　一派胡言,将杜平拿下。速速刨坟！

杜　平　也罢！拼着我杜平这一腔热血,看你们哪个敢动我钟兄坟上的一石一土！

杨国松　还不动手！

　　　　〔众卫士动手刨坟,杜平扑在坟上以身相护,一卫士将杜平打昏。

　　　　〔天上闪闪发光。

　　　　〔钟馗在内高喊:"杨国松！你大胆！"

　　　　〔在强烈的音乐中,神相钟馗上。众鬼卒喜剧角色装扮。

　　　　〔众卫士抱头鼠窜而逃。

杨国松　你……你是何人？

钟　馗　终南举子钟馗在此！

杨国松　哎呀！打鬼,打鬼……

钟　馗　(逼问)哪一个是鬼？哪一个是鬼?!你这个人面兽心的人间鬼物,你钟大老爷要处置于你呀！

　　　　〔一鬼提杨国松摔于坟前。

　　　　〔一声炸雷直劈杨国松,杨当场身亡。众鬼拖下。

钟　馗　(感叹地)人亦鬼！鬼亦人,口蜜腹剑人面兽心者,人即鬼,枉为人;茫茫人海人鬼杂处,问湛湛青天谁与区分？(又见杜平,悲从中来)这才是"风雨途中遇知己,患难时节见真情"！贤弟……

杜　平　(醒转见钟馗惊恐地)你是……

钟　馗　贤弟！莫要害怕,吾乃钟馗在此。

杜　平　怎么,你是钟兄？……

———河北梆子《钟馗》

钟　馗　贤弟！

杜　平　（唱）钟兄啊！……

钟　馗　（唱）贤弟呀！……

伴　唱　呵！……

钟　馗　贤弟莫要悲恸。

〔二人相抱垂泪。

杜　平　钟兄，莫非你死而复生了么？

钟　馗　人死焉能复生？鼠辈奸佞，断我生路，一死了之，却也落得十分清爽。幸好上天念我，性情刚烈，蒙冤受屈，封俺为捉鬼大神，捉遍那人间的妖魔鬼怪，也是一番功业了。只是贤弟为我毁掉功名，叫愚兄于心何忍？

杜　平　钟兄，如今朝廷昏暗，报国无门，倒不如隐居乡里，持桑务农孝敬双亲，落得一身清白，吾愿足矣！

钟　馗　（打量杜平）贤弟，你为愚兄伸张正义，肝胆相照，于自己功名而不顾，为我埋葬尸骨，堪称挚友。我今一死别无牵挂，家中留下我那小妹，无人关照，我有意将她许你为妻，不知贤弟可中意否？

杜　平　且慢，多蒙仁兄救我于危难之中，小弟才得活命。埋尸立碑何足挂齿，小弟怎敢借此联姻。如今我已被毁去功名，前程无望，若将令妹许配与我，岂不要受一生贫苦，仁兄使不得！

钟　馗　贤弟说哪里话来。你人品忠厚，我那妹子贤淑达理，你二人成就百年之好，定是一桩美满姻缘。贤弟你莫要推辞了。你来看（取金钗）这支金钗是我那妹子定亲之物，还望贤弟笑纳。

杜　平　如此小弟愧领了。（取小扇）我这里有小扇一柄，权作定亲信物。

钟　馗　好好好，贤弟不知你何日还乡？

杜　平　小弟即可登程。

钟　馗　好。贤弟先行一步，待愚兄稍事准备，亲自送妹与你二人完成花烛，然后再到终南山赴任。

杜　平　小弟谨记，多多珍重。

钟　馗　后会有期！这鬼卒们！速速准备笙箫鼓乐琴剑书箱随爷嫁妹，走，走！

〔众鬼簇拥钟馗。集体亮相，造型。

〔收光。幕闭。

第五场　行路抒怀

〔夜色空濛，鬼火闪烁。色光。

〔台面上涌出一片烟雾。

〔火爆的锣鼓后，翻跳出众小鬼。

〔特技光依旧时彩火和喷火，密切配合各种身段舞姿。烘托出钟馗迎妹做亲时的欣慰心情。

〔钟馗起唱，载歌载舞。

钟　馗　（唱）摆列着破伞孤灯，

　　　　　　　对着那鼓乐箫笙，

　　　　　　　光灿烂剑吐寒星。

　　　　　　　伴书箱随绿绮，

　　　　　　　乘着这蹇驴儿圪蹬。

　　　　　　　为嫁妹千里赴行程，

　　　　　　　好一派喜气盈盈！

〔钟馗挥鞭，驴夫鬼牵引，跑圆场。在跳越山涧时，众鬼做各种特技造型。

〔象征桃红柳绿的众舞女舞上；灯光变幻，绚丽多彩。

〔钟馗接唱，伴唱应合。

钟　馗　（唱）俺只见枝头鸟语弄轻声，

　　　　　　　小桥边桃花数点红。

　　　　　　　又只见一带长堤，

　　　　　　　杨柳青青。

————河北梆子《钟馗》

>　桃花逐流水，

>　水面映花红。

>　观不尽春色美景，

>　观不尽春色美景。

>　与骚人才子添诗兴，

>　风光依旧，

>　恍如梦中情！

〔群情亢奋，集体造型。

第六场　重逢说嫁

〔第一场的"惜别音调"引出前奏。

〔景也同第一场。唯窗外梅花尽落，薄暮夕阳，是一派萧索景象。

〔幕开时，钟梅英正凭窗远眺，一阵沉思。

钟梅英　（唱）春日长雁声远暮色渐隐，

　　　　　　　　对暮色一阵阵暗自沉吟。

　　　　　　　　哥哥他去京城杳无音信，

　　　　　　　　梅英我似孤雁独守家门。

　　　　　　　　每日里盼兄长忧思难禁，

　　　　　　　　有谁能排解我满腹疑云。

　　　　　　　　昨日里杜公子前来报信，

　　　　　　　　言说是哥哥他即可来临。

　　　　　　　　欣喜间顿觉得乌云散尽，

　　　　　　　　风儿和日儿暖满室生春。

　　　　　　　　从清晨迎他到日落黄昏，

　　　　　　　　却怎么又迎来夜色沉沉？

〔焦虑、茫然、步履迟滞地下。

〔稍顷，灯光更暗，鼓打二更。

〔夜风骤起。

〔音乐强烈，钟馗内唱：一路长风伴我行。

〔烟雾中钟馗上。

钟　馗　（唱）夜色静，寂无声，
　　　　　　　故园热土一望中。
　　　　　　　物事人非倍呀倍伤情！

〔伴唱：哎！倍呀倍伤情。

钟　馗　（唱）来到家门前，
　　　　　　　门庭多清冷。
　　　　　　　有心把门叫，
　　　　　　　又恐妹受惊。
　　　　　　　未语泪先淌啊，
　　　　　　　暗呀暗吞声！

〔伴唱：哎！暗呀暗吞声。

钟　馗　（轻轻叩门）妹子开门来。

〔梅英上。舞台复明。

钟梅英　（疑虑地）何人叫门？

钟　馗　妹子不要害怕，是你哥哥钟馗回来了。

钟梅英　（惊喜地唱）
　　　　　　　忽听哥哥到门前，
　　　　　　　悲喜交加谢苍天！

〔梅英开门，钟馗进门。

钟　馗　贤妹，贤妹！

钟梅英　（惊怯地）你是何人？

钟　馗　贤妹莫要害怕，我真的是你哥钟馗，哎！回来了。

钟梅英　（唱）哥哥呀！
　　　　　　　一见哥哥变容形，

——河北梆子《钟馗》

      小妹我又心疼来又吃惊。
      离家时兄是俊雅奇男子，
      回故土声情未改貌狰狞。
      哥哥呀，
      因何变得这般样？
      快对妹妹我说分明。
钟 馗 （唱）贤妹呀莫悲声，
      愚兄对你述真情。
      那日一别赴帝京，
      中途路恰遇群鬼毁了面容。
      杨国松金殿之上多专横，
      平白地将为兄罢黜了功名。
      恼怒之下我的肝火动，
      铜柱前舍身抗暴一命倾。
      上天怜我忠烈性，
      封为捉鬼一神灵。
      纵死难忘亲骨肉，
钟梅英 哥哥！
钟 馗 妹妹呀，且喜今日又相逢！
钟梅英 （唱）听罢言来吃一惊，
      哥哥他含冤被屈赴幽冥。
      兄妹受尽千般苦，
      生离死别更伤情。
      哥哥呀，
      你今一死为神去，
      丢下妹妹苦伶仃。
钟 馗 （唱）感激杜平埋尸骨，
      又怜妹妹苦伶仃。

　　　　　金钗赠婚京城地，

　　　　　美满姻缘系赤绳。

　　　　　妹子呀，趁此良宵明月夜，

　　　　　愚兄送你把亲成！

　　　　贤妹，哥哥这里有杜平贤弟小扇一把，是你的定情之物，你要好好收起。

钟梅英　就依哥哥！

钟　馗　众鬼卒，嫁衣侍候。

　　　　〔大鬼头捧衣物上。

　　　　〔在第一场"惜别"曲中，众鬼为梅英着装。

　　　　〔热烈的乐声中幕闭。

　　　　〔音乐持续着，幕间曲不停，紧接第七场。

第七场　夤夜完婚

　　　　〔大型戏曲舞蹈。

　　　　〔夜空如洗，色光闪烁。

　　　　〔小鬼们均匀以"笑脸脸谱"，看上去十分风趣可爱。

　　　　〔所有鼓乐和嫁妆等道具，均仿古代形状，装饰华丽。

　　　　〔欢快热烈的乐曲声中幕开。

　　　　〔平地涌出一片烟雾。

　　　　〔一队手持笙、箫、管、笛、锣、鼓等乐器的小鬼舞出。

　　　　〔又一队小鬼出，手持灯、瓶、幡、伞等作舞。

　　　　〔一鬼推彩车随钟梅英上。

　　　　〔急管繁弦过后，静止。驴夫鬼引钟馗着大红冠衣执扇上作舞。

　　　　〔钟馗歌舞，伴唱应合。

钟　馗　（唱）俺只见——

　　　　　车轮马足，

———— 河北梆子《钟馗》 〉〉〉〉〉

　　　　车轮马足，

　　　　匆匆的赶路程。

　　　　看旌旗掩映，

　　　　烧绛烛引纱灯，

　　　　听鸾和凤鸣，

　　　　听鸾和凤鸣。

　　　　兴冲冲，喜盈盈，

　　　　送妹把亲成，

　　　　从今后斩妖除魔

　　　　志平生！

　〔众鬼作舞，一片欢腾。圆场。

　〔天幕打出醒目的"双喜"图案。

　〔台中两侧垂下两串大红灯笼。

　〔热烈的音乐中，众鬼簇拥梅英、杜平成亲。

　〔乐止，钟馗至一高处。

钟　馗　贤妹，你二人完成花烛，吾愿足矣，告辞了！

钟梅英　（长呼）哥哥……

钟　馗　贤妹……

杜　平　钟兄……你要多多保重了！

钟梅英　哥哥……

钟　馗　（深情地）贤妹，大喜之日，你莫要落泪，（亦哭亦笑）哈哈！哈哈！！呵哈哈！！！……

钟梅英　哥哥……

　〔钟馗惜别。

　〔杜平夫妇含泪翘望。

　〔群情激昂，悲欢交集，主题曲强烈。

　〔幕徐徐落。

　〔剧终。

精品提名剧目·蒙古剧

满都海斯琴

编剧　包·阿茹娜　包·白雅拉格其
译　　哈达奇·刚

时间

十五世纪末。

地点

蒙古民族繁衍生息的土地上。

人物

满都海斯琴　女，可汗哈屯。

满都勒　男，蒙古可汗。

博力特　男，科尔沁王。

巴图蒙克　男，蒙古可汗，勃勒呼之子，满都勒之孙。

希克日　女，济农夫人，巴图蒙克之母。后与石拉结婚。

勃勒呼　男，济农，巴图蒙克之父。

哈　达　男，宫中占卜人。

阿民泰　男，哈达之子。

石　拉　男，满都海之叔父，希克日后夫。

脱罗干　男，石拉的亲信。

卫兵、侍从、侍女、舞者、老奶奶、牧民、随从、年轻哈屯、白发老人、传令官、各部首领等若干人

――――蒙古剧《满都海斯琴》 >>>>>

〔幕前曲：
将圣主成吉思汗的苏力锭，
高高举起的是满都海；
把四分五裂的蒙古人，
重新聚拢的是满都海。
将亦真成吉思汗的圣旨，
尊为至上的满都海；
将诃额仑圣母的思想，
忠实躬行的满都海。

序　幕

〔太阳升起之时。
〔勃勒呼济农府中。
〔无伴奏合唱：
啊――
〔呼麦：喂依――

白发老人　万能长生天的恩赐，圣主成吉思汗的后裔，支撑金汤之国的栋梁，聚拢四散部众的希冀，黄金家族汗统继承者，天子长青树上新枝，大漠群雄未来之主，阴阳呈瑞之喜，父母掌上明珠。百日诞辰庆典，现在开始，呼瑞！呼瑞！呼瑞！

〔哈达自宫中出，将随身携带的弓箭及一块红布挂于宫门右侧。

哈　达　勃勒呼济农和希克日夫人到！

〔勃勒呼济农和希克日夫人在四个卫兵护卫下，怀抱婴儿上。

〔众叩首致礼。

希克日　济农诺彦！长生天保佑我们终于有了儿子。请给咱们的儿子起个名吧！

〔众欢呼。

众　　　呼瑞！呼瑞！呼瑞！

〔众人围勃勒呼起舞。

〔勃勒呼把孩子接过来，抱在怀里。

勃勒呼　名扬遐迩的满都勒可汗的孙子，皇皇千年的黄金家族后裔，我勃勒呼济农的长子，取名巴图蒙克，以祈万里江山固若金汤，金枝玉叶长命百岁。

〔勃勒呼在儿子额头上行过弥利雅礼，高高举起。

〔众欢呼。

众　　　巴图蒙克！巴图蒙克！

〔倏地从背影处飞来一支暗箭，射中勃勒呼后背。

〔希克日惊恐万状，欲将其搀扶，却自己先昏倒。

〔灯暗。众下。

〔哈达上前，试图救醒勃勒呼济农。

哈　达　勃勒呼济农！勃勒呼济农！

勃勒呼　（吃力地喘息着）哈达！你带巴图蒙克到一个那些豺狼般歹徒寻不到的地方，把他抚养成人，然后交给我叔父满都勒可汗！快，趁他们还没到来，赶快逃走！快！

哈　达　（抱起孩子）勃勒呼济农！我一定办到，请放心。

〔哈达看到昏倒的希克日夫人，欲叫醒她，同她一起走。

哈　达　希克日夫人！希克日夫人！

勃勒呼　快！抱上巴图蒙克快走！快！我在这儿掩护你们。

〔哈达抱着巴图蒙克下。匆忙中孩子头上的帽子掉在了地上。

〔台上乱箭飞舞，喧闹声由远而近。

〔勃勒呼支起身子欲同敌人拼杀，不幸再次倒下。

〔石拉、脱罗干等出，发现勃勒呼已断气，他们很得意。

石　拉　嘀、嘀、嘀！你总算死掉了。（从地上捡起小孩帽子，滴溜溜转动着双眼珠子）

〔脱罗干察看希克日是否还活着。

脱罗干　石拉诺彦！希克日夫人还有气哪。

〔石拉瞅着手中的小孩帽子，想起了什么。

石　拉　把她给我救活了！以后有用得着她的时候。

脱罗干　喳！

〔脱罗干与随从一起抬希克日下。

〔石拉狠狠地攥着手中的小孩帽子。

〔幕落。

第一场

〔一个晴朗的夏日。

〔大青山下草原。

〔花海般的原野，明镜似的湖泊。

〔远处山影连绵。

〔众女身着盛装，跳潮尔舞。

满都海　（唱）啊——

（女合）湛蓝的天空是白云的故乡，
　　　　辽阔的原野是鲜花的海洋。
　　　　萨日楞是草原最鲜艳的花朵，
　　　　满都海是草原最美丽的姑娘。

〔年轻美丽的满都海，唱着《褐色的鹰》，从花丛中走来。

满都海　（唱）我双眼望穿，
　　　　一座座山峰。
　　　　我心爱的骏马，

　　　　　　　一声声嘶鸣。
　　　　　　　我把你，
　　　　　　　日夜思念。
　　　　　　　我盼你，
　　　　　　　到我身边。
　　　　〔歌声中，科尔沁王博力特上。
博力特　（唱）在那清澈的天空，
　　　　　　　你是最明亮的启明星。
　　　　　　　在那碧绿的草原，
　　　　　　　你是最鲜艳的萨日楞。
　　　　　　　在那如云的姑娘里，
　　　　　　　我只把你一人看中。
　　　　　　　在那爱的田野里，
　　　　　　　我的心向着你驰骋。
　　　　〔众女将博力特引向满都海。
　　　　〔众女下。
满都海　博力特王！
博力特　（唱）思念你那悠扬的歌声，
　　　　　　　难忘你那火一样的真情。
满都海　（唱）渴望你那炽热的目光，
　　　　　　　期盼你那山一样的身影。
满都海
博力特　（二重唱）
　　　　　　　哈屯河水奔腾不息，
　　　　　　　汗乌拉山峰巍然耸立。
　　　　　　　相爱的人儿决不分开，
　　　　　　　相恋的心儿永远在一起。
　　　　〔女甲喜气洋洋上。

女　甲　　满都海姐姐！告诉你一个好消息。可汗宫里派来使臣，为你们祝福了。

〔满都海、博力特欣喜。

〔众边舞边唱。

众　　（唱）长生天保佑！

　　　　　　杭盖大地赐福！

　　　　　　亦真圣旨到，

　　　　　　紫气降我赞部洲！

〔幕后禀报："石拉诺彦到！"

〔石拉和希克日上。众随从在其后。

〔众女请安，一一退下。

满都海　　侄女儿给诺彦请安！

博力特　　石拉诺彦，阿穆尔！

石　拉　　阿穆尔！请起！请起！满都海，这是你婶夫人希克日。

满都海　　（请安）婶夫人，阿穆尔！

希克日　　阿穆尔！

石　拉　　喳！请看！（举手中箭）这是满都勒可汗恩赐给我侄女儿的圣箭。

满都海　　接箭！

〔满都海欣喜地从石拉手中接过箭。

石　拉　　满都海！

　　　　（唱）嘎拉巴拉查林中落下凤凰，

　　　　　　岗嘎沐沦河畔金马驹徜徉。

　　　　　　天意人遂结贵缘，

　　　　　　可汗选你进宫做妃娘。

满都海　　（惊）啊！（手中箭落地）

〔灯暗。众上。

博力特　　我的汗腾格里啊！

　　　　（唱）恰似那晴天霹雳一声响，

恰似那六月天里飘冰霜。

可汗的圣命谁奈何？

犹如心肝碎裂不在身上。

满都海　叔父，请宽恕我！我不去。

石　拉　（唱）你那月亮般的容貌，

草原上远近闻名；

你那超人的胆识，

君臣人人称颂；

你那精湛的功夫，

令敌个个心惊。

可汗的哈屯已谢世，

该你续弦入深宫，

黄金家族重子嗣，

将你推举进汗廷。

牧民甲　（唱）黄金家族若无嗣，

可汗江山将断送。

满都海，好姑娘！

斩断恋情请进宫，

进宫去，辅可汗，

生儿育女为汗廷。

众　　　（唱）满都海，好姑娘，

斩断恋情请进宫，

进宫去，辅可汗，

生儿育女为汗廷。

〔灯暗。众下。

〔幕后声音："可汗圣旨不可抗！"

满都海　（唱）一边是可汗的圣旨千斤重，

一边是百姓的重托断寸肠。

———蒙古剧《满都海斯琴》 〉〉〉〉〉

    啊，满都海，

     只有将一腔爱恋心中藏。

    啊，博力特，

     只有斩断你我相思的翅膀。

     为了天下黎民幸福，

     为了汗廷基业荣昌，

     为了黄金家族香火旺盛，

     让我们了却今生良缘，

     将那爱的苦果心中品尝。

博力特 （唱）我的泪水为你抛洒，

     我的热血为你流淌，

     我的寸心为你跳动，

     我的魂灵为你飞翔。

  〔音乐由忧伤转豪迈。

博力特 （唱）啊，我愿变匹千里马，

     为你掠地战沙场。

     我愿做把霹雳箭，

     为你斩敌灭敌邦。

     我愿做根顶梁柱，

     托起基业更辉煌。

  〔众女为满都海梳妆换新装。

  〔满都海与众女跳告别家乡舞。

  〔幕后脱罗干的声音："太师诺彦，太师夫人！送亲队伍整装待发！"

  〔幕后石拉的声音（惬意地）："出发！"

  〔老奶奶一手举奶桶，一手用木勺点洒鲜奶，为出嫁的满都海祝福。

  〔满都海告别家乡远去。

博力特　（撕心裂肝地）满都海！

〔雷鸣声。

〔幕落。

第二场

〔几年后。

〔满都勒可汗宫中。

〔满都勒可汗宫内外景。

〔宫内的哈那和御座上均有虎皮和豹皮等装饰。

〔宫门有四位卫兵守卫。

〔灯光暗淡。

〔舞台上正在跳着萨满舞。

〔身患重病的满都勒可汗，在侍女扶持下凝望远处沉思。

〔舞止。

满都勒　（唱）烽烟四起连年征战，

　　　　　　　百姓遭殃渴望平安。

　　　　　　　可叹我疾病缠身，

　　　　　　　统兵打仗不能遂愿。

〔满都勒可汗剧烈咳嗽，侍女为其拍肩，伺候服药。

〔希克日上，她手里捧着一包药。

希克日　可汗亦真！这是包祛病康复的特效药，是石拉诺彦派人专门从博格达山采撷而来。现由奴婢献给您！

满都勒　难得石拉诺彦经常想着我。唉，多谢他啦！

〔侍女接过药包。

满都勒　（对侍女）请你们好好款待太师夫人！

〔侍女引领希克日下。

〔兵甲急上。

———蒙古剧《满都海斯琴》 〉〉〉〉〉

兵　　甲　禀报可汗亦真！飞马来报卫拉特部大兵已逼近西部边界。

满都勒　（惊）已逼近西部边界？

兵　　甲　是。可汗亦真。

满都勒　请哈屯、太师、各部首领，速来宫中议事！

兵　　甲　喳！（下）

满都勒　（唱）乌云翻滚风声紧，

　　　　　　　狂风暴雨又来临。

　　　　　　　大兵压境情势迫，

　　　　　　　心焦如焚重千斤。（激动之下又气喘不已）

　　　　〔幕后声音："满都海哈屯回来了！"

　　　　〔台上灯火齐明。

　　　　〔满都海身披盔甲上。博力特王、石拉太师等紧随其后。

　　　　〔满都海上前屈膝。

满都海　亦真！哈屯满都海，向您请安！

　　　　〔博力特、石拉向前鞠躬。

博力特　可汗亦真，阿穆尔！

满都勒　我心爱的哈屯，请坐！你们都请坐！

　　　　〔满都勒可汗示意他们坐下。

满都勒　有报说，卫拉特人已逼近我西部边界。如何迎战，我想听听你们的想法。

　　　　〔满都海、博力特、石拉等惊。

博力特　立即迎战，就地消灭！

石　拉、满都海　立即消灭他们！

满都海　可汗亦真！

　　　　（唱）可汗亦真重病在身，

　　　　　　　不能带兵冲锋陷阵。

　　　　　　　卫拉特趁机来谋反，

　　　　　　　妄图动摇我人心。

满都海
博力特　（唱）黄金家族面临危机，
石　拉
　　　　　　辽阔江山将遭蹂躏。
　　　　　　举起我们手中刀，
　　　　　　斩断魔爪不留情。
满都勒　（唱）战马备好牵过来，
　　　　　　我要统领铁军去出征。
　　　　　　青铜宝剑拿将来，
　　　　　　我要亲自迎战保汗廷。
满都海　（唱）亦真龙体勿劳顿，
　　　　　　率军沙场怎能行！
　　　　　　统令宝剑赐予我，
　　　　　　哈屯满都海代君去出征！
石　拉　（唱）可汗宝剑请赐我，
　　　　　　石拉我争当杀敌英雄！
博力特　（唱）亦真宝剑若赐我，
　　　　　　我用鲜血化丹青！
满都海　（唱）为了亦真万里江山，
　　　　　　做您的哈屯我进宫。
　　　　　　为了可汗千秋伟业，
　　　　　　我献出自己纯真爱情。
　　　　　　有您的大海一样的谋略，
　　　　　　更有圣主成吉思汗的神灵。
　　　　　　为父老乡亲不受涂炭，
　　　　　　为祖先故土免遭战争，
　　　　　　为黄金家族基业永存，
　　　　　　为千秋万代幸福安宁，

————蒙古剧《满都海斯琴》

    我赴汤蹈火在所不辞,

      请可汗亦真发出君命!

   〔伴唱:请可汗亦真发出君命!

   〔满都勒思索。

满都勒　(唱)统令全军的尚方宝剑,

     须交给那忠实可靠的自己人。(看看石拉)

    石拉太师有野心,

    不能委以如此重任。(看看博力特)

    那就授给博力特王?

    可他不是黄金家族继承人。(看看满都海)

    要说对我忠贞不渝,

    只有我的满都海斯琴。

    可她出征杀逆贼,

    出生入死我担心。

   〔门外出现喧哗声。

满都海　外边为何喧哗?

   〔兵乙上。

兵　乙　有个占卜人领着个小孩,非要给可汗亦真算卦,怎么赶他都不走。

满都勒　占卜人?让他进来!我倒想让他算一算眼下的战争。

兵　乙　喳!(下)

   〔哈达领着巴图蒙克上。

满都勒　占卜人!你给我算一算这次出征之事!

   〔哈达弹一下手中的占卜用具——羊肩胛骨,放到耳边听。

哈　达　可汗亦真!关于眼下的作战,卦上是这么说的。

   〔突出剧情音乐。

满都勒　喔,怎么说的?

哈　达　黄金家族的人统领全军,便可大获全胜。

众　　　啊？让可汗亦真统军出征？

哈　达　英明的可汗亦真！您不认识占卜人哈达了吗？

满都勒　（奇异地）占卜人哈达？

哈　达　奴才正是勃勒呼济农的占卜人哈达。

〔满都海等仔细看哈达。

石　拉
博力特　占卜人哈达？

满都勒　（惊喜地）就是，就是。是我忠诚的那可尔——哈达。不是说我侄儿勃勒呼被害那次，你抱着幼小的巴图蒙克逃避敌人时从悬崖上掉下去遇难了吗？

〔哈达把巴图蒙克叫过来。

哈　达　这就是可汗亦真的侄孙儿巴图蒙克啊！巴图蒙克！快过来见你叔祖父、婶祖母！

〔巴图蒙克向前下跪请安。

巴图蒙克　叔祖父！婶祖母！

〔突出剧情音乐。

满都勒　（欣慰地）巴图蒙克，我心爱的侄孙儿！看哪，跟他父亲勃勒呼小时候一模一样啊！

〔满都勒躬身，亲昵地抱巴图蒙克。

〔哈达拿出金腰带呈上。

哈　达　喳！可汗亦真！这是黄金家族的金腰带。今天一起呈还与您！

〔哈达的目光与石拉的目光相遇。哈达怒目而视，石拉急忙躲闪。

满都勒　这正是象征黄金家族汗统的金腰带啊！

哈　达　（唱）歹徒射来暗箭，

　　　　　　　勃勒呼中矢丧命，

　　　　　　　临终留下遗嘱，

　　　　　　　托我一项重任：

——蒙古剧《满都海斯琴》

　　　　　　要将幼子养大，

　　　　　　送还可汗亦真。

　　　　　　多少年掩人耳目，

　　　　　　我把孩子抚养成人。

　　　　　　如今奉承天意，

　　　　　　将他送还给您。

满都勒　（唱）保住黄金家族血脉，

　　　　　　你功德无量要重赏！

哈　达　（唱）为了汗廷万年基业，

　　　　　　小民从不图奖赏。

满都海　可汗亦真！

　　　（唱）在您身边守多年，

　　　　　　虽然未能生一子，

　　　　　　让我常遗憾。

　　　　　　如今侄孙儿已回来，

　　　　　　我愿抚养他，

　　　　　　日夜不离您身边。

哈　达　哈，哈，哈！可汗亦真！这就是我的卦底。

满都勒　哈，哈，哈！黄金家族终于有了继承人。快把希克日夫人找来，让他们母子相见！

侍从甲　喳！（下）石　拉　（强作笑颜）呵，呵，呵！我的夫人找到儿子了。可喜！可喜！

满都勒　我侄儿勃勒呼如在九泉之下有知，也会为他儿子成为可汗继承人而高兴啊！

石　拉　噢，是啊！是啊！

满都勒　诸位诺彦！我主意已定。你们听着！

　　　（唱）真金要在火中炼，

　　　　　　英雄须在战场见。

　　　　　　交给哈屯满都海，

　　　　　　统领全军的这把剑。

　　　　　　要同心协力辅佐她，

　　　　　　打赢这场生死战。（看满都海）

　　　　　　我把侄孙交给你，

　　　　　　行军打仗莫离马背，

　　　　　　一举一动常指点，

　　　　　　教他跨马挽弓长膂力。

　　　　　　宫里宫外多提醒，

　　　　　　教他洞察秋毫明事理。

　　　　　　大事小事勤磨炼，

　　　　　　教他胸怀谋略成大器。

　　　　〔满都海跪接宝剑。

满都海　（唱）愿为可汗赴汤蹈火，

　　　　　　　誓将重托在心里记。

博力特
石　拉　（唱）将可汗圣旨化作力量，

　　　　　　　在哈屯左右用心效力。

满都勒　出征！

满都海　出征！

博力特　（唱）誓将敌人消灭干净，
石　拉　（唱）扬我汗廷赫赫神威。

满都勒　愿长生天保佑你们胜利！

　　　　愿圣主成吉思汗赐给你们力量！

　　　　〔台上旌旗猎猎，遮天蔽日。

　　　　〔满都海跳上战车，擎起哈喇·苏力锭，率浩浩荡荡的大军出
　　　　　征。

　　　　〔众男跳军人之舞。

〔满都海举刀发令。

满都海　出发！

〔台上旌旗招展，兵马如潮。

〔幕落。

第三场

〔硝烟已散，晴空万里。

〔舞台深处，全副武装的军队高举着九顶察干·苏力锭。

〔将士们在忘情地倾听白发老人说书。

〔白发老人拉着四胡，借用《阿拉泰颂》说唱形式，说唱蒙古军队战争胜利。

白发老人　嚎——统一蒙古四散的部众，建立强大的可汗朝廷，征服一切反叛的逆贼，扬我蒙古无敌的雄风。成吉思汗的神力，震撼了大地和长空。蒙古大军的铁蹄，踏遍了平川和峻岭。

〔满都海踏着说书老人的琴音缓缓上。

〔众欢呼。

众　呼瑞！呼瑞！呼瑞！

〔哈达急上。

哈　达　禀告斯琴哈屯！可汗宫有急报送来。

满都海　急报？讲！

哈　达　可汗亦真，他升天了！

满都海　什么？可汗亦真？（晕倒）

众　可汗亦真！斯琴哈屯！

〔灯暗。

〔兵勇下。民众上。

〔满都勒幕外音："我乃气数已尽，将不久于人世矣。你务将严防阴险奸诈、居心叵测的石拉和希克日觊觎君位，阴谋篡政。我把辅佐幼主巴图蒙克,平息战乱,统一诸部的希望,全寄托给你啦。"

〔突出剧情音乐。

〔台上亮起一个又一个烛光。

〔众沉默。

〔满都海心情沉重地思虑。

满都海 （唱）我心中累累伤痕,
　　　　　　　为亦真的永别而疼痛。
　　　　　　　我双眼行行泪珠,
　　　　　　　为百姓的多难而滚动。
　　　　　　　我要牢记可汗的遗训,
　　　　　　　让蒙古高原重现安宁。
　　　　　　　我将辅佐遗孤的基业,
　　　　　　　让大漠国土歌舞升平。（心情沉重地下）

石　拉 （唱）阴天露出一道阳光,
　　　　　　　苍天有眼,绝处逢生,
　　　　　　　可汗驾崩,时机已到,
　　　　　　　梦想变真,大业垂成。
　　　　　　　小小巴图蒙克是祸害,
　　　　　　　选个时机将他除根。
　　　　　　　哈屯满都海是克星,
　　　　　　　找个理由嫁往科尔沁。

〔希克日、脱罗干上。

希克日　太师诺彦!可汗亦真虽驾崩,但满都海斯琴要是抓权不放,那可怎么办?

石　拉　你是小可汗的母亲,我是小可汗的继父,凭什么要把朝政交给她呢?

脱罗干　那是,那是。看来我们的太师诺彦早就想好计谋了。

希克日　要是满都海抬出已驾崩的亦真来压我们呢？

脱罗干　那就把满都海……（做杀头动作）

石　拉　不，不，她可是我亲侄女儿啊！

脱罗干　博力特兵强马壮，满都海文武双全。您要是不当机立断，可后悔莫及了。

石　拉　我要让满都海跟博力特成亲，然后把他们一起送回科尔沁。

脱罗干　我看您是异想天开。

石　拉　爱恋是干柴和烈焰，一旦燃烧起来，就会把胆识和理智烧成灰。

〔石拉、希克日、脱罗干下。

〔博力特上。

博力特　（唱）双和尔鸟的小雏儿，

　　　　　　　在那山头上徘徊。

　　　　　　　想念心上的人儿，

　　　　　　　我在可汗宫前徘徊。

　　　　　　　青春年华的相遇，

　　　　　　　让我陷入爱的苦海。

　　　　　　　曾盼严冬快过去，

　　　　　　　今却等到春天来。

　　　　　　　但愿斯琴念旧情，

　　　　　　　重续良缘再相爱。

〔石拉上。

博力特　太师诺彦！

石　拉　（唱）与我侄女儿满都海，

　　　　　　　你曾相亲又相爱。

　　　　　　　怪我无情硬拆散，

　　　　　　　请勿抱怨该不该，

　　　　　　　悔之莫及我糊涂，

　　　　　　　抱恨终日难忘怀。

　　　　　　　我想让你们俩——

　　　　　〔哈达上，谛听。

石　拉　（接唱）听从长生天的安排，

　　　　　　　结为夫妻快离开！

博力特　不知满都海斯琴是何意？

石　拉　我们一起去劝劝她！

　　　　　〔二人下。

哈　达　趁他们的阴谋还未得逞，得赶快救小巴图蒙克离开这里。

　　　　（唱）石拉老贼心狠毒，

　　　　　　　窥伺汗位有时日，

　　　　　　　暗箭射死勃勒呼，

　　　　　　　趁机霸占了希克日。（急下）

　　　　　〔满都海上。

　　　　　〔幕外传来博力特唱长调歌《快走马》。

　　　　　〔满都海身不由己地眺望。

博力特　（唱）啊！满都海斯琴！

　　　　　　　春天的太阳出来了，

　　　　　　　山上的积雪将消融，

　　　　　　　遇到可爱的心上人，

　　　　　　　心潮澎湃难平静。

满都海　（唱）聆听你的唱歌声，

　　　　　　　遥想当年不了情，

　　　　　　　多少长夜泪成河，

　　　　　　　梦里回到你怀中。

博力特　满都海斯琴，请跟我走吧！

　　　　（唱）擦干你的潸然泪，

　　　　　　　我心依旧爱更深。

　　　　　　　勿失良机莫犹豫，

跟我回到科尔沁。

天长地久乐融融，

儿女满堂享天伦。

满都海　什么？儿女？儿女？！（突然想起巴图蒙克）来人！

〔兵丙上。

兵　丙　喳！

满都海　把巴图蒙克给我找来！

兵　丙　喳！（下）

博力特　满都海斯琴！

（唱）巴图蒙克就要继汗位，

关心他自有众臣在。

你与他并非亲骨肉，

何必自找不痛快！

满都海　（唱）天子汗位若无主，

四方黎民谁安抚？

宫中无人执朝政，

天下百姓怎能服？

巴图蒙克当新主，

是先可汗谆谆嘱咐，

辅佐他尽早登基，

是我不容推辞的义务。

先可汗遗训难违。博力特王，我一生欠你太多的情。（向博力特跪拜）

博力特　你！（扶起满都海）

（唱）哈屯河的滚滚长流，

难道真的不能挡住？

心爱的人儿满都海斯琴，

莫非咱们的缘分这样结束？

满都海　博力特王啊！

博力特　满都海斯琴啊！

〔六对男女起舞。

〔这段颂扬忠贞爱情的戏，应成为全剧最高潮。

博力特　（唱）你是我水中的月亮，

　　　　　　　你是我夜空的星光，

　　　　　　　你是我梦中走来的仙女，

　　　　　　　你是我镜中鲜花在怒放，

　　　　　　　多少次渴望见到你，

　　　　　　　我曾茶饭无味酒不香。

　　　　　　　多少个夜晚思念你，

　　　　　　　我曾辗转反侧到天亮。

　　　　　　　每到十五月亮高悬，

　　　　　　　我曾独对夜空遐想。

　　　　　　　每到明天太阳升起，

　　　　　　　我曾依偎战马眺望。（欲下）

满都海　（忧伤地）博力特啊！

　　　　（唱）紫檀树的枝桠上，

　　　　　　　硕果累累好琳琅。

　　　　　　　青春火旺的年代里，

　　　　　　　相亲相爱实难忘。

　　　　　　　成吉思汗大业当承继，

　　　　　　　你我风雨驰沙场，

　　　　　　　同饮爱情甘和苦，

　　　　　　　共沐人生风与霜。

　　　　〔舞止，众舞者下。

　　　　〔伴唱：啊！

　　　　〔石拉、希克日上。

希克日　满都海斯琴！

石　拉　满都海斯琴，叔父已决定把你远嫁科尔沁。

满都海　先可汗有遗旨，叫我辅佐侄孙儿巴图蒙克。

希克日　女嫁他乡，这是长辈的意志。

满都海　先可汗圣旨，臣民不可违。

石　拉　辅佐幼主巴图蒙克有我在。

希克日　小可汗的母亲我也在。你是一个克夫克亲人的灾星，黄金家族都让你克完了。

石　拉
希克日　（二重唱）可汗满都勒的香火，

　　　　　　你未能将其点燃。
　　　　　　满朝诺彦和臣民，
　　　　　　同声将你责难。
　　　　　　自古不留红颜孀，
　　　　　　出嫁远方理当然。

满都海　（唱）倘若因可汗驾崩，

　　　　　　倘若因国不将国，
　　　　　　哈屯满都海我，
　　　　　　远走高飞去享乐，
　　　　　　十万户蒙古部众前，
　　　　　　将头难抬罪难赦。

　　　　〔突出剧情音乐。

石　拉　敬酒不吃吃罚酒。来人！把她捆绑了嫁到科尔沁！

　　　　〔石拉随从上。
　　　　〔满都海被围。
　　　　〔博力特冲上。

博力特　你们想干什么？

　　　　〔满都海举起统令宝剑，众将士拥出。

满都海　叔父，如果您真是我的叔父——

　　　　（唱）悬崖面前请勒马，
　　　　　　　免得后悔难自拔。
　　　　　　　心狠必将烧自身，
　　　　　　　贪婪会成双眼瞎。
　　　　　　　若是背叛黄金家族，
　　　　　　　若是背弃祖宗礼法，
　　　　　　　贻害国家和子孙，
　　　　　　　自食其果遭诛杀。

石　拉　你！

　　　　〔突出剧情音乐。注意：特别重要。
　　　　〔脱罗干从暗处朝满都海投匕首。
　　　　〔博力特发现，用身体挡住飞向满都海的匕首。

博力特　满都海斯琴！（受伤倒下）

满都海　捉住脱罗干！

　　　　〔脱罗干逃去。
　　　　〔石拉向脱罗干射箭。
　　　　〔从台后传来脱罗干惨叫声："啊！"

满都海　叔父，你为什么要杀他？

石　拉　他暗害我侄女儿，不就是对我下毒手吗？

　　　　〔兵甲上。

兵　甲　斯琴哈屯！脱罗干被射中昏过去了。

石　拉　砍掉他的头！

满都海　慢！救醒了带来！

兵　甲　喳！

　　　　〔众围在博力特身边。
　　　　〔石拉带着希克日溜走。

满都海　博力特王！

众　　博力特诺彦!

〔众泣。

〔博力特渐渐苏醒。

博力特　（微弱地）不要哭，马背上的英雄们!

（唱）追风赶月的白骏马，

那是成吉思汗战马的后代。

披肝沥胆忠贞不二，

那是成吉思汗子孙的气概。

（强作笑颜）满都海斯琴! 如今我才真正把你了解。在那白云深处，我会远远地看着你。（咽气）

〔众低头哀思。

〔响起哀痛的音乐，为博力特送丧。

〔音乐持续二分三十秒。

满都海　博力特王啊! 我的博力特王!

〔人们抬起博力特遗体。

〔满都海抽出宝剑，割下自己一缕头发，放在博力特遗体上。

〔众抬着博力特遗体，悲痛而沉重地下。

〔兵甲上。

兵　甲　禀告斯琴哈屯! 脱罗干醒来了。

满都海　带上来!

〔脱罗干被押上。

满都海　如实交待，可饶你一死!

脱罗干　喳! 我交待，我交待。为了除掉汗廷继承人，我受石拉指使，曾暗箭射死勃勒呼济农。

满都海　原来是你们暗害了巴图蒙克的父亲!

脱罗干　这次石拉密谋把斯琴哈屯嫁到科尔沁，又准备寻找机会害死巴图蒙克。由于斯琴哈屯您不愿意去科尔沁，就让我飞刀杀死您。

〔兵乙上。

兵　乙　禀告斯琴哈屯！巴图蒙克不见了。

〔突出剧情音乐。此乐一直延续到本场落幕。

满都海　（惊）啊？快给我找！

兵　乙　听说哈达带着他逃走了。

〔兵丙上。

兵　丙　禀告斯琴哈屯！石拉带着随从朝哈屯河方向驰去了。

满都海　不好！他要对巴图蒙克下毒手！快去救小可汗！

〔幕落。

第四场

〔半月后。

〔哈达家门前。

〔露出一半的蒙古包。旁边停放着勒勒车以及一些日常用具。

〔巴图蒙克与阿民泰在包外席地而坐。

〔因天热，巴图蒙克解金腰带，脱蒙古袍。

阿民泰　呼咿，巴图蒙克！父亲不是说平时不让你脱衣服，敌人追来好逃脱的吗？

巴图蒙克　没事。宫里的人找不到我们。这不，半个月了，连我们马蹄扬起的尘土，他们都没有闻得到啊。

阿民泰　你教我跳摔跤舞，好不好？

巴图蒙克　好啊。

〔在众摔跤手衬托下，二人跳摔跤舞。

〔哈达急上。他腰别布鲁棒，手提野兔等猎物。

哈　达　巴图蒙克，快！宫里的追兵来了。前面洼地里有我的花马，已经鞴好鞍了。你去骑上快跑！

〔远处传来马蹄声和人叫声。

〔阿民泰上高处瞭望。

——蒙古剧《满都海斯琴》 >>>>>

阿民泰　父亲！有很多骑马的人朝我们家来了。

巴图蒙克　我，我往哪儿跑啊？

阿民泰　来，我领你跑。

〔人喊马叫声逼近。

哈　达　来不及了。阿民泰，快过来！

〔哈达拿起巴图蒙克脱下的衣服，欲给他穿，突然改变主意给阿民泰换上，然后把巴图蒙克金腰带也给阿民泰扎上。

哈　达　阿民泰，你顺着那片洼地爬过去，丛中有鞴好鞍子的花马，你骑上它直接往后山跑！记住！千万别让他们捉住。我在这儿对付他们。快！

阿民泰　喳！我知道了。

〔哈达把马鞭子交给阿民泰手中。

〔阿民泰匆匆下。

〔马蹄声已到门前。

〔幕后石拉声："这就是哈达家，快包围起来！"

〔哈达用牛粪筐把巴图蒙克扣在下面。

哈　达　记住，天塌下来也不能出来！

〔石拉、希克日带随从上。

哈　达　太师诺彦，阿穆尔！

希克日　哈达，你把我儿子藏哪儿啦？快交出来！

石　拉　占卜人哈达！我找你多日，今天终于找到了。小亦真巴图蒙克在哪儿？快交出来，我要抚养他。

〔兵马已包围蒙古包。

哈　达　嘿，嘿！太师诺彦！

（唱）豺狼岂能哺乳小羊，

　　　蟒古斯怎会怜悯人主？

　　　杀死勃勒呼济农嫌不够，

　　　还想残害巴图蒙克幼主？

希克日　什么？勃勒呼是石拉杀死？

〔石拉恼怒，打倒哈达。

石　拉　（唱）日夜更替是自然规律，

　　　　　　　人主轮流在于天数。

　　　　　　　没有济农的儿子巴图蒙克，

　　　　　　　蒙古可汗非我莫属。

　　　　嗬，嗬，嗬！哈，哈，哈！

　　　　你给我把巴图蒙克交出来！

〔希克日像疯了一样向石拉扑过去。

〔石拉举鞭，将希克日抽昏。

哈　达　（唱）可汗的金銮宝座，

　　　　　　　岂容蟒古斯占有！

　　　　　　　明知你那狼子野心，

　　　　　　　怎能把小亦真交与你手！

〔石拉命令随从搜查。

石　拉　搜！给我搜！

众　　　喳！

〔忽然有急速的马蹄声传来。

随从甲　太师诺彦！有个戴黄帽的男孩骑一匹花马往北跑了。

〔石拉遥看。

石　拉　蟒袍！金腰带！是巴图蒙克！快射！别让他跑了。

〔希克日苏醒过来。

希克日　谁？巴图蒙克？我的儿子，你在哪里？

〔石拉拉弓。

哈　达　太师诺彦，不能，不能射呀！

〔石拉放箭。

〔幕后传来阿民泰的惨叫声："啊！"

哈　达　长生天啊！

——蒙古剧《满都海斯琴》

〔石拉狂笑。

石　拉　哈，哈，哈！射中了！射中了！

〔怒火冲冠的哈达抽出腰里的布鲁棒朝石拉头部砸去。

〔石拉应声倒地。

希克日　（唱）石拉，你，你，你……

你这狼心狗肺的东西，

你是披着人皮的蟒古斯，

你是吞食人肉的魔鬼。

我双眼昏花，

未曾认清友与敌，

让他将丈夫勃勒呼暗害，

让他把儿子巴图蒙克杀死。

希克日啊，希克日！

我的心在流血，

我的牙根已咬碎。

我与你不能共戴天，

我与你不能同在世。

哈，哈，哈……（神经错乱，嘴里不停地喊着："巴图蒙克！石拉！满都海！……"）

〔希克日欲下，石拉示意随从拦住。

〔满都海带众将士上。

〔石拉呻吟而起。

石　拉　满都海斯琴！

（唱）叫声侄女儿心欲碎，

恨你吃里扒外坏我事。

只恨身受伤，

不能除掉你这眼中钉肉中刺。

你忘记了

　　　　　我怎样把你抚养，

　　　　　怎样让你双手够马鞍子，

　　　　　怎样让你双脚够马镫子。

　　　　　你让我明白了

　　　　　养只羔羊，锅里油水溢，

　　　　　养只狼崽，圈里牲畜死。

　　　　　满都海斯琴！（气急败坏地）

　　　　　你行，你能耐，

　　　　　你让我败在你手里，

　　　　　你让我毕生梦想变成灰。

　　　　　没有你，我主持朝政登汗位，

　　　　　没有你，我马踏五洲平四夷。

　　　　　今日我死，无怨也无悔，

　　　　　咱们相约来世，再决高低。

　　　可你也奈何不了我。可汗的宝座终将属于我。小亦真的母亲在我手里。

　　　〔石拉揪希克日的衣领，奸笑着，举刀逼其下。

满都海　（疯也似的）石拉，你这个蟒古斯！巴图蒙克，我的小亦真！

　　　〔传来巴图蒙克的叫声："婶祖母！"

满都海　巴图蒙克，你在哪儿？

　　　〔巴图蒙克从牛粪筐下钻出。

　　　〔满都海急跑过去，紧紧搂住他。

满都海　巴图蒙克！

众　　　小亦真！

　　　〔众跪下。

满都海　可汗的宝座有主，天下才会安宁。我们要让巴图蒙克马上登基。

巴图蒙克　哈达大叔为救我，把我藏在这下面，让阿民泰换上我的衣服引开了追兵。

满都海　哈达的儿子阿民泰？

〔灯暗。众上。

〔幕后哈达的声音："阿民泰，我的儿！到父亲这儿来吧！"

〔哈达抱着儿子遗体上。

〔满都海迎上前去。

〔悲怆的音乐起。

哈　达　（唱）为了朝纲和汗廷，

　　　　　　　你献出了幼小的生命。

　　　　　　　啊，霍日嗨，孩子！

　　　　　　　在那祖国晴朗的天空，

　　　　　　　将会闪烁你这颗明亮的星。

　　　　　　　在那黎民安详的脸上，

　　　　　　　将会看到你欣慰的笑容。

〔满都海接过孩子遗体，放在勒勒车上。

巴图蒙克　阿民泰，你怎么啦？

满都海
哈　达　（二重唱）

　　　　　　　你没有看到安宁幸福，

　　　　　　　你没有走完人生旅途，

　　　　　　　你这父母的掌上明珠！

哈　达　我的骨肉，我的血脉，我的儿啊！

满都海　（郑重地）阿民泰啊！你是黄金家族的恩人，你是可汗朝廷的功勋！（跪下）

〔巴图蒙克及众人皆跪下。

〔满都海悲怆地取下扎在阿民泰身上的箭矢。

〔满都海脱下披风覆盖在阿民泰遗体上。

〔哈达牵勒勒车向后山走去。众紧随其后。

众　　　呼瑞！呼瑞！呼瑞！

〔满都海领唱，众伴唱。

满都海　（唱）白昼里，太阳将为你洒金光，
　　　　　　　夜晚里，月亮将为你裹银装。
　　　　呼瑞！呼瑞！
　　　　　　　寂寞时，星辰将为你解忧伤，
　　　　　　　孤独时，大漠将跟你叙家常。
　　　　　　　一座座汗山，将为你站岗，
　　　　　　　一朵朵萨日楞花，将为你开放。
　　　　呼瑞！呼瑞！
　　　　　　　岁月悠悠几多长，
　　　　　　　一朵朵萨日楞花将为你开放。
　　　　〔哈达牵着勒勒车缓缓而下。
　　　　〔众下。
　　　　〔满都海在沉痛哀悼。

满都海　巴图蒙克，你过来！
　　　　〔满都海引领巴图蒙克，登高望远。

满都海　（高亢地）扶小亦真登汗位，乃我祖业长治久安之根本。威慑小亦真尚幼，恐难威震四方，统领天下。唯如此，遵循先可汗遗命，以名正言顺辅佐小亦真理朝政，平天下人之口舌，服侍幼主成人，重振我蒙古之雄风，戡平战乱，成一大统，我面前只有一条路可选择，那就是做小可汗你的哈屯。
　　　　〔突出剧情音乐。

满都海　（唱）为汗廷永固，
　　　　　　　为统一诸部，
　　　　　　　为重振雄威，
　　　　　　　我愿嫁我幼主！
　　　　　　　万望长生天，
　　　　　　　开恩降福！

〔众愕然。

〔哈达领巴图蒙克下。

〔有人拿给满都海一只火把。

〔满都海点燃象征十万户部众之兴旺和昌盛的九堆篝火。

〔满都海下。

〔婚礼开始。

〔众跳篝火舞。

〔巴图蒙克可汗和满都海斯琴哈屯,身着婚礼服上。

〔展现满都海复杂而痛苦内心世界的女声长调歌。男声呼麦伴唱。

〔男声呼麦:喂依……

〔女声长调:啊哈嗨……

满都海 (坚强有力地)

　　　　平息战乱,征服天下,

　　　　将蒙古统一在巴图蒙克达延可汗麾下。

　　　　高举苏力锭,挥动统令剑,

　　　　奠定大漠长治久安,振兴通达。

众　　满都海——斯琴——哈屯!

〔幕落。

尾　声

〔二十年后。

〔欢送商队的庆典大会上。

〔晴天,白云,无垠的原野。

〔锦绣如画的山河,万紫千红的草滩。

〔一辆高大豪华的长车前摆放着宴桌。

〔满都海斯琴哈屯正襟坐于宴桌后面。

〔幕外独白:

"战乱已平息，

天下重现安定幸福。

小巴图蒙克已长大，

成为雄才大略的圣主。"

〔灯亮。

〔十三位宫廷乐手齐奏民歌《阿萨尔》。

〔达延可汗巴图蒙克偕年轻哈屯上。

〔乐手们向巴图蒙克达延可汗和年轻哈屯行过礼即下。

巴图蒙克
年轻哈屯　阿穆尔！

众　斯琴哈屯，阿穆——尔！

〔满都海回礼。

满都海　可汗、哈屯，阿穆尔！诸位诺彦，阿穆尔！

哈　达　你们请看！今天还有谁来参加咱们庆典啦？

众　请看！希克日夫人！希克日夫人驾到了！

〔希克日上。

希克日　满都海哈屯！

满都海　希克日夫人！

〔满都海与希克日相抱。

满都海　可汗亦真，请过来！请见您的母亲！

希克日　我的儿子！

巴图蒙克　母亲！

〔母子俩相抱。

〔希克日引领巴图蒙克和年轻哈屯叩拜满都海哈屯。

巴图蒙克　喳！平身！请入座！

满都海　为了大漠富裕强大，

为了庆祝商队出发，

十万户诺彦在此云集，

　　　　　请可汗亦真下旨吧！

巴图蒙克　喳！请劳苦功高的全蒙古各万户首领来参见！

　　　　〔七万户首领依次上。

祝颂人　高举成吉思汗苏力锭的

　　　　勇猛强悍的将士们！

　　　　拥戴哈屯满都海领路的

　　　　蒙古诸部的功臣们！

　　　　亘古千年的青史，

　　　　将传诵你们的殊功。

　　　　如日中天的朝廷，

　　　　将记下你们的英名。

　　　　〔七万户首领向可汗和哈屯请安。

　　　　〔七万户首领和可汗、哈屯，相邀跳舞。

　　　　〔群舞转为哈达舞。

　　　　〔满都海在哈达舞中悄悄下。

希克日　满都海哈屯去哪儿啦？

　众　　斯琴哈屯！斯琴哈屯！

　　　　〔祝颂人手持满都海的统令宝剑上。

巴图蒙克　满都海哈屯怎么啦？

祝颂人　走了。满都海斯琴哈屯让我把统令宝剑交给可汗亦真。她说："卸了鞍子的骏马将回到水草肥美的草场，完成先可汗重托的满都海也该去她应该去的地方。"

　　　　〔巴图蒙克接过统令宝剑。

巴图蒙克　我的满都海斯琴哈屯啊！

　　　　〔马头琴曲《天上的风》起。

　众　　斯琴哈屯！斯琴哈屯！

　　　　〔众翘首，向远处眺望。

　　　　〔从远处传来满都海的歌声。

〔满都海幕外唱：

　　　　祝愿象征力量和胜利的苏力锭，

　　　　永远飘荡在故乡的土地上。

　　　　祝愿象征和平与兴旺的花朵，

　　　　永远开放在美丽的草原上。

〔满都海独自融入大自然青色的山影中。

〔剧终。

精品提名剧目·龙江剧

木兰传奇

编剧　张兴华　杨宝林
执笔　张兴华

人物

花木兰

金勇

张傻子

韩梅

花父

探子

众士兵等

番王

————龙江剧《木兰传奇》 〉〉〉〉〉

序幕　别情

〔清晨。

〔村头。

〔主题歌：花木兰，木兰花，

　　　　　红似血，灿如霞。

　　　　　说它是花更像火，

　　　　　说它是火本是花。

〔村头。

〔晨曦朝霞。

〔众村姑以帕为轮，纺纱舞。

花木兰　姐妹们，纺起来呀！

〔一声马嘶划破长空，马蹄声疾，一匹红赤兔马从天边疾驶而来。村姑们举目眺望。

〔木兰纵身上马，驯马舞慑人心魄。众村姑惊羡不已。

〔突然，响起震颤人心的胡笳声。

〔天幕断裂，天边烟云滚动，烽火骤起。铁蹄震颤人心。

〔舞台出现一面大旗，旗上为"征"字。随之，甲胄之士如兵马俑般升腾而出。

〔传来威震四野的男中音：

　　　　　敌兵兴师进犯，边关战事告急，

　　　　　花弧祖在军籍，即刻应征抗敌。

〔伴唱：阿爷无大儿，木兰无长兄。

　　　　愿为市鞍马，从此替爷征。

〔一声战马长嘶，马蹄声骤响，木兰好似从天而降男装上，拜父母，请出征，全家惊诧。

〔木兰别家人，飞身上马。

〔众村姑为木兰赠披红披风，木兰挥动长披风，扬鞭策马。

花木兰　爹！爹！

花　父　孩子，别哭。

　　　　（合唱）泪眼别亲情，

　　　　　　　　含笑踏征程，

　　　　　　　　马蹄声疾女儿去，

　　　　　　　　此去关山万千重。

〔切光。

第一场　结情

〔数月后。

〔野外。

〔山影险峻，夜幕沉沉，寒星孤月，清猿啼鸣。

〔伴唱：塞外深秋晚风急，

　　　　　莽原无际星月低。

　　　　　默望南国飞思绪，

　　　　　慈母唤儿声依稀。

〔花木兰上。

花木兰　（唱）沙场上满眼是腥风血雨，

　　　　　　　静夜中胡笳声声清猿哀啼。

　　　　　　　遭围困军心浮动难振士气，

　　　　　　　真恋我的爹娘呵护有余。

———龙江剧《木兰传奇》

　　　　夜宿营你挤我靠赤身露体，
　　　　羞煞我这女孩儿家没法安息。
　　　　夜放哨孤身独处无人地，
　　　　天作罗帐地当席。
　　　　朦朦胧胧添睡意，
　　〔伴唱：孤月寒星照征衣！
　　〔木兰困顿难支，倚石小憩。
　　〔幕内张傻子发现木兰："花弧，快，快起来！"
　　〔幕内一士兵："张傻子你半夜不睡觉，你这是干啥呀！"
　　〔幕内张傻子："花弧这小子又替别人站岗了。都说我傻，还有比我更傻的呢，嘘，咱哥儿几个逗逗他。"
　　〔张傻子携众兵士上，哼唱：一更里呀，月儿照凉床，……
　　〔众围向木兰。

花木兰　你们干什么？
张傻子　弟呀！又替别人站岗了？我看你是土地老喝烟灰，有这口神累。
男兵甲　弟，你说话咋柔柔细细？
男兵乙　你举动咋女里女气？
男兵丙　小模样长得如花似玉。
张傻子　咋看咋不像个小老弟！（去摸木兰脸）
花木兰　滚开！（下意识一拳打倒张傻子）
张傻子　真狠哪你！
花木兰　（赔笑）对不起傻子哥！小弟赔礼了！
张傻子　狗屁！哥几个上！
花木兰　住手！你们要是敢欺负我，别怪我不客气！
张傻子　嘿，小老样儿，今儿个非得好好教训教训你！哥们儿，上！
　　〔众围攻木兰，被木兰一一打倒，众翻滚喊叫。
张傻子　（故意地）哎哟，可不好啦！花弧他不学好了，想家要逃跑了，把我给打倒了……

花木兰　（无所措手足）傻子哥……

张傻子　屁！（持枪逼向木兰）

一士兵　傻子哥，你使枪？

〔金勇上，夺枪，推倒张傻子。

张傻子　你他妈……（见是金勇）啊！金校尉……

金　勇　张傻子，说，为啥欺负新兵？

张傻子　我，那啥……那啥……

金　勇　我多次告诫你们，新兵刚到军营，思家乡，想亲人，已经够苦的了，理应对他们格外关照才是！

张傻子　是，是！

金　勇　我部孤军奋战，遭敌围困，苦无突围之计，可你……军法从事！

张傻子　哎哟，头，你饶了我吧，下回我再也不敢了……

花木兰　金校尉，其实傻子哥是跟我闹着玩呢。

张傻子　我们玩呢，玩呢。

金　勇　（转对木兰）你……

张傻子　金校尉，花弧替别人站岗不睡觉，已经连站好几宿了。

金　勇　（对木兰）你瞅瞅你，眼眶子发青，眼圈发红，无精打采，你，你不要命了你！

张傻子　一连几宿不睡觉，你这小子真有尿。

金　勇　呆着你的！站岗去！慢着，子时三刻给我备马。

张傻子　嗯哪！（与兵士下）

〔木兰望着金勇，局促不安。

金　勇　还愣着干啥？进来！

〔转台旋转，金勇大帐。

〔花木兰随金勇进帐……

金　勇　花弧，来，喝杯酒暖暖身子。

花木兰　我不会喝酒。金校尉，有事吗？

金　勇　你连着几宿没睡好觉，赶快在我床上眯一觉。

————龙江剧《木兰传奇》

〔花木兰无语。

金　勇　还愣着干啥？还得我给你脱呀？

花木兰　不不不，金校尉，我不能在这儿睡。

金　勇　为啥？

花木兰　你这儿只有一张床。

金　勇　一张床，你睡吧。

花木兰　那你呢？

金　勇　我……我要夜探敌营。

花木兰　夜探敌营？金校尉我陪你去呀？

金　勇　你？给我添乱呢？

花木兰　说不定我会助你一臂之力呢。

金　勇　（不屑一笑）小小年纪，好大口气。

花木兰　（露女态）金校尉……你瞧不起我……

金　勇　你瞅瞅你，哪有个男人样儿！

花木兰　好哇，来！（摆开架势）

〔木兰与金勇小试拳脚，金勇不支，撞在拉马上场的张傻子身上。

张傻子　金校尉……

〔金勇上马。

花木兰　金校尉，我要跟你夜探敌营，我就是给你当个卫兵也好啊！

金　勇　好！给花弧带马！

〔军士们为木兰带马，马惊。众惊悚，木兰驯马，上马。

花木兰　金校尉！（下）

〔众军士目送木兰背影，赞佩。

〔二人纵马驰骋。越山涧，过清溪。

〔女合唱：月黑风高丛林暗，

　　　　　马踏幽径跃青山。

〔男合唱：青山沉睡霜河冷，

　　　　　夜静更深人不眠。

花木兰　（唱）宽厚的校尉敌营探，
　　　　　　　苦寻良计渡险关。
金　勇　（唱）逞强的小兵透豪气，
　　　　　　　身手不凡一少年。
花木兰　（唱）敌寨重重存疏漏。
金　勇　（唱）胡马铁骑锁关山。
花木兰　（唱）涉关河，识深浅。
金　勇　（唱）刀丛剑树突围难。
花木兰　（唱）露湿战袍我有主见，
花木兰
金　勇　（合唱）白山脚下收丝鸾。

　　　〔白山脚下，晨光初透，朝霞满天，层林尽染。
　　　〔响起杂沓的马蹄声。花木兰与金勇潜于树后，木兰目送番兵远去的方向，胸有成竹。

金　勇　敌兵围困，密不透风，如何突围呀？
花木兰　金校尉，我有突围之计。
金　勇　什么？你说什么？
花木兰　我已连续几夜站岗，发现敌营寅时以后，灯熄火灭，布防甚疏。你看关河回水湾，骑兵可渡；对岸雾松岭，栈道暗修，若趁月黑风高夜，奇兵铁马渡关河，定能突围脱险！
金　勇　嘿，你小子！（一拳打在木兰胸部）真有你的！你若救了我部上千弟兄，你可立了大功了！
花木兰　（捂胸苦笑）金校尉……
金　勇　呃，我要是有你这么一个小老弟，那该多好啊！
花木兰　你说什么？
金　勇　金勇愿与你生死结拜！
花木兰　（沉思颔首）金大哥！
金　勇　花老弟！这把佩剑随我征战多年，我把它送给你，杀敌报国！

花木兰　（激动）金大哥！这件红披风，是乡亲们送给我的，你把它披在身上，挡挡风寒，

金　勇　好！咱们望空一拜！

〔二人结拜，切光。

第二场　叙情

〔十年后。

〔演兵场。

〔塞外军营，演兵场。

〔合唱：沙场征战春复春，

　　　　十载铁甲裹芳心。

　　　　叱咤风云惊敌胆，

　　　　红粉儿郎变将军！

〔操练号子，喊杀声声震云天。

〔内喊："花将军到！"

众　　　参见花将军。

花木兰　免礼了！

　　　　（唱）演兵场杀声四起震天动地，

　　　　晨霜冷霞光照汗透征衣。

　　　　众将士同仇敌忾高昂士气，

　　　　箭上弦刀出鞘猎猎旌旗。

　　　　金盔铁甲裹玉体，

　　　　足登虎靴跨征骑。

　　　　谁知我这昔日木兰女，

　　　　如今我是大将军率兵破敌！

花木兰　将士们！

众　　　有！

花木兰　稍作休整，准备再战！
金　勇　花将军，你荣升平虏大将军，弟兄们正等着喝你的庆功酒呢。
众　　　对，恭喜花将军，贺喜花将军！
花木兰　大家同喜，大家同喜！
金　勇　花将军！
花木兰　金将军！
金　勇　花将军！启禀花将军，皇上钦赐御酒，犒赏三军！
花木兰　谢万岁！
金　勇　抬上来！
　　　　〔士兵抬酒上。
金　勇　花将军你荣升平虏大将军，皇上又亲赐御酒真是双喜临门，可喜可贺！
众　　　可喜可贺，可喜可贺！
张傻子　哎呀！花将军，你可真行，就连皇上都打你溜须，给你送酒喝。弟兄们，咱们敬花将军一碗！
众　　　对，敬花将军一碗！
花木兰　弟兄们！弟兄们！皇上钦赐御酒，非我一人之功。十多年了，没有弟兄们抛妻舍子，浴血奋战，哪有我这个将军哪！来！今天我敬弟兄们一碗，拿酒来。
张傻子　弟兄们，咱们祝花将军兵强马壮，天天打胜仗！
众　　　对，天天打胜仗！
花木兰　好！弟兄们的深情厚意我领了，你们说这碗酒该怎么喝？
张傻子　弟兄们，老规矩，咱们酒碗一端，
众　　　碗底朝天，
张傻子　酒碗一举，
众　　　一干到底。
花木兰　干！
众　　　干！（饮酒）

———龙江剧《木兰传奇》

张傻子　花将军，你不但打仗能耐，这喝酒也是海量。弟兄们，咱们再敬花将军三大碗！

众　　　对，一醉方休！

花木兰　一醉方休？不打仗了？

张傻子　花将军，这几天咱们连打胜仗，敌兵一见花将军的大旗，吓得屁滚尿流，哪还敢来打仗啊？

花木兰　弟兄们！敌军虽然连败数阵，可实力尚在，我们万万不可稍懈轻敌啊！

金　勇　众将士听令！

众　　　有！

金　勇　人不卸甲，马不离鞍，刀出鞘，箭上弦，严阵以待！

众　　　是！（下）

花木兰　金将军，你可真是治军有方啊！（不慎拍在金勇伤处）

金　勇　哎哟！

花木兰　金勇哥，你的伤……

金　勇　好多了，好多了。

花木兰　我看看，你呀！疼得厉害吗？

金　勇　这么点小伤算不了什么！

花木兰　你呀……打起仗来只顾拼命，以后可要多加小心！

〔金勇注视木兰。

花木兰　金勇哥，今天怎么这么看我，不认识了？

金　勇　（赧然一笑）花老弟，你的变化可真大呀！

花木兰　是啊，脸变黑了，手变粗了，这人也变老了，对不对啊？

金　勇　不老不老，你还没长胡子呢。哈哈……

花木兰　金大哥！今天是我拜将之日，请受小弟一拜！

金　勇　哎哟，花将军！

花木兰　今天我还要敬你三杯酒。

金　勇　敬我三杯酒？

花木兰　金大哥!

　　　　（唱）咱兄弟结拜十余春,

　　　　　　　你时时把小弟装在心。

　　　　　　　沙场征战千般苦,

　　　　　　　你是我心底支撑的人。

金　勇　哈哈哈……

　　　　（唱）兄弟结拜同生死,

　　　　　　　相互照应情义真。

　　　　　　　这杯水酒我喝下去,

　　　　　　　地老天荒永不变心。（接酒,泼地）

花木兰　（唱）昔日我辅佐大哥行军布阵,

　　　　　　　如今我晋升主将兄长屈尊。

　　　　　　　大哥你宽宏大量胸似海,

　　　　　　　最难得你金子般的一颗心!

金　勇　（唱）你智勇双全冠三军,

　　　　　　　是我口服心服的领军人。

　　　　　　　愚兄我三生有幸得知己,

　　　　　　　我就是拉马坠镫也甘心。（接酒饮下）

花木兰　金勇哥!

　　　　（唱）三杯酒敬知音千言万语,

　　　　　　　咱兄弟花开并蒂根连根。

　　　　　　　真羡慕天上的鸟儿鸣啭传韵,

　　　　　　　比翼飞天长地久永不离分。

金　勇　（唱）可笑咱俩是男人。

花木兰　是男人……是男人也要天长地久,永不离分!

金　勇　好!天长地久永不离分!我干。

　　　　〔张傻子内:"金将军!"急匆匆上。

张傻子　启禀金将军,那啥,我们下山巡营,抓住一个奸细。

————龙江剧《木兰传奇》 〉〉〉〉〉

金　勇　押上来!

张傻子　是!（下）

〔张傻子押韩梅上。（下）

张傻子　跪下!

金　勇　大胆奸细，你受何人指派？为何潜入我军大营？

韩　梅　我……

金　勇　说! 不说，砍了!

花木兰　慢!

〔走近前，审视韩梅，突然摘下韩梅帽子，露出女儿容。

〔众愕然。

张傻子　哎呀我的妈呀，她是女的! 你看，她是女的!

金　勇　你女扮男装，究竟是什么人？

韩　梅　我……我……

一士兵　一定是奸细。

韩　梅　我不是奸细，我真的不是奸细呀!

花木兰　你既然不是奸细，为何女扮男装来到此地？

金　勇　如有半句虚言，定斩不饶!

花木兰　不要害怕，照实说来!

韩　梅　将军哪!

　　　　（唱）昨夜风高星月暗，
　　　　　　　番王铁骑过黑山。
　　　　　　　奸淫烧杀民遭难，
　　　　　　　杀我亲娘好可怜。
　　　　　　　为活命我女扮男装随人逃散，
　　　　　　　慌乱中我不辨方向误闯营盘。

花木兰　这位民女，你受苦了! 你叫什么名字？

韩　梅　我叫韩梅。

花木兰　家住哪里？

韩　梅　韩家湾。
花木兰　韩家湾？我来问你，敌兵有多少人马？
韩　梅　大队人马不见首尾，铺天盖地而来呀。
花木兰　他们烧杀掠抢之后，又往何方而去？
韩　梅　南山口。
花木兰　南山口？来人，多带些衣物钱粮，送这位民女回家！
张傻子　是！
韩　梅　多谢将军！（下）
金　勇　那里既无重镇，又无要塞，敌兵意欲何为呢？
花木兰　哎呀！不好，他们挥兵向南是假，迂回向北是真……
金　勇　声东击西，那元帅可就难防了！
花木兰　是啊！

〔探子急上。

探　子　报，启禀花将军，敌兵直扑元帅大营！
花木兰　再探！
探　子　得令！（下）
金　勇　花将军赶快发兵解救元帅吧！
花木兰　来不及了！
金　勇　怎么办？
花木兰　我们将计就计。
金　勇　你是说围魏救赵？
花木兰　对！众将军听令！诸位将军元帅被困危在旦夕，我们兵分三路，迂回敌后，直捣敌营！
　众　　啊！

〔收光。

〔暗转。

〔行军路上。

花木兰　（唱）一声令下三军起，

———龙江剧《木兰传奇》 〉〉〉〉〉

　　　捣敌营，马蹄疾，

　　　天降神兵夜奔袭，

　　　披星戴月湿征衣。

〔众趟马舞。战马嘶鸣，马蹄声声，威武之师，雄壮之师。

〔天幕裂缝处，刀光剑影，火光冲天。

第三场　误情

〔一年后。

〔韩梅家。

〔伴唱：山花儿鲜鲜，野果儿甜甜，

　　　鲜鲜甜甜歌声满山湾。

　　　将军养伤两月半，

　　　今日康复回营盘。

（数板）打呀打呀打呀打核桃，

　　　摘呀摘呀摘呀摘松塔。

　　　采呀采呀采呀采山果，

　　　挖呀挖呀挖呀挖山参。

〔伴唱：今日康复回营盘。

〔青山脚下，碧水蓝天，云霞璀璨，百鸟啼鸣。

〔伴唱声中，众姑娘采果舞。笑声洒满山涧。

〔舞台一侧光区灯亮，韩梅家门前，她正在结剑穗儿。

韩　梅（唱）火红的剑穗儿，系真情，

　　　将军伤愈要归营。

　　　啼鸟惊碎女儿梦，

　　　心儿甜甜沐春风。

　　　一片青山可作证，

　　　莫笑韩梅我太痴情。

〔众姑娘提果篮上，一姑娘暗潜韩梅身后，抢下她手中的剑穗儿。

众　　　韩梅姐。

姑娘甲　红剑穗儿，真好看哪！给谁结的？

韩　梅　是给花将军！

众　　　花将军？

韩　梅　是啊。去年我误闯军营，多亏花将军救了我，他可真是一位……

众　　　好将军！

〔战马嘶鸣。众循声望去。

〔木兰上，韩梅接马。

众　　　花将军回来啦！

韩　梅　花将军。

花木兰　韩梅。

众　　　花将军。

花木兰　姑娘们。

韩　梅　花将军，你这匹战马，都通人性了！

木　兰　是啊，今日我要归营，它总是嘶鸣不停！

众　　　花将军！听说你今天伤愈归营，姐妹们一大早上山采了许多野果，请带给将士们尝尝鲜！

花木兰　好！我替将士们收下了，多谢，多谢了！

〔众村姑下。

韩　梅　花将军，你的剑伤刚好，怎么又去练剑了？

花木兰　此番伤愈归营，要与番贼作最后决战！

韩　梅　哎！花将军，你这把宝剑，寒光闪闪，熠熠生辉，可就是——缺个剑穗儿。花将军你看！（拿出剑穗儿）

花木兰　剑穗儿！我看看，哎呀！花样别致，编织精巧，好漂亮的剑穗儿啊！

韩　梅　真的？

花木兰　哎！小妹你看，这鸳鸯的眼睛要是用黑绒线在这儿再绣上这么几针，那可就更有神韵了。

韩　梅　花将军，你也懂得针织女红啊？

花木兰　嗯？不不不……当年在家时，常看姐姐针织刺绣，所以略知一二。

韩　梅　那，我绣的……

花木兰　哎！很好嘛，来试试看。（挂上剑穗儿，舞剑）

韩　梅　哎，快试试吧！

花木兰　好啦！

韩　梅　哎，真好，真好。哎呀，太好了！

花木兰　小妹，这剑穗儿，不轻不重，正好称手，多谢小妹了！

韩　梅　将军哪！

　　　　（唱）红剑穗，赠将军，
　　　　　　　你把剑穗带在身。
　　　　　　　莫笑韩梅我手儿笨，
　　　　　　　剑穗连着我的心！

花木兰　（唱）红剑穗，带在身，
　　　　　　　你们父女待我情意真。
　　　　　　　剑穗随我归营去，
　　　　　　　万马军中杀敌人。

韩　梅　（唱）红剑穗，伴将军，
　　　　　　　你带走韩梅我一颗心。
　　　　　　　剑穗绣着鸳鸯鸟，
　　　　　　　朝夕相伴不离分。

花木兰　（唱）不离分也离分，
　　　　　　　我把你们父女装在心。
　　　　　　　待到班师回朝日，
　　　　　　　看望你和老伯到家门。

韩　梅　（唱）到家门，心连心，
　　　　　　　我今生永伴花将军。

花木兰　（唱）兄妹怎好永相伴，
　　　　　　　女儿家总要嫁郎君。
韩　梅　花将军，韩梅我自幼心性高远。我曾发誓非英雄不嫁。
花木兰　哦！怎么非英雄不嫁？好！好！
韩　梅　要嫁我就嫁给花将军！
花木兰　你，你说什么？
韩　梅　将军，你有胆有识，能武能文，通情达理，心怀国民。我想终生陪伴与你，天长地久，永不离分！
花木兰　天长地久，永不离分……
韩　梅　对，天长地久，永不离分。
花木兰　小妹，我真羡慕你！我真羡慕你呀！
韩　梅　花将军，你答应我了？
花木兰　荒唐！
韩　梅　荒唐？
花木兰　荒唐啊！
韩　梅　你说我荒唐？
花木兰　天大的荒唐啊！
韩　梅　（凄然）荒唐，我是荒唐。你是赫赫威名的大将军，可我只是个郎中之女，我配不上你！
花木兰　韩梅……
　　　　〔韩梅急躲。
花木兰　你听我说……
韩　梅　别说了！花将军，你嘲笑我，你嘲笑我！
　　　　〔韩梅取剑欲自刎，木兰夺下。
　　　　〔突闻战马嘶鸣，韩梅呆怔片刻，她冲过去跨上战马。
　　　　〔战马识主，腾跳不已。
　　　　〔木兰惊悚，急勒马缰。二人马舞。
　　　　〔战马终将韩梅摔地。

——龙江剧《木兰传奇》 〉〉〉〉〉

〔木兰慌窘，救韩梅。

花木兰　不，小妹……你听我说，小妹。小妹，你听我说，你这是干什么呀？

韩　梅　花将军！花将军！

〔韩梅情急中，抱木兰在怀。

〔木兰回避不得，被其紧紧拥在怀中。少顷，韩梅突然弹起。

韩　梅　你……你是，不，我不信。

花木兰　小妹……

〔韩梅突然将木兰衣撕开，大惊。

〔伴唱：沙场十二年，

　　　　戎装裹婵娟。

　　　　庐山现真面，

　　　　死水掀狂澜。

韩　梅　花将军——

花木兰　小妹——

韩　梅　你，（跪下）你是怎么熬过来的呀！

〔木兰扶起韩梅。

韩　梅　姐姐——

花木兰　小妹！

〔二人相抱一处痛哭。

〔金勇上，见状大惊。

金　勇　花将军……你？

〔花木兰急推开韩梅。

花木兰　（急拦）韩梅……金将军，你听我说……

金　勇　你说！你说！

花木兰　金将军，我……

韩　梅　金将军，你听我说。

金　勇　别说了！

（唱）那日你受箭伤离营后，
　　　　全军将士们心担忧。
　　　　都盼你早日痊愈回营转，
　　　　统率三军杀敌酋。
　　　　你却把王法军纪抛脑后，
　　　　贪恋女色你不知羞。
　　　　从今后割袍断义两分手，
　　　　多年的情义一笔勾。

花木兰　金勇哥……

金　勇　我……我跟你割袍断义！（挥剑断袍）

花木兰　金勇哥！

金　勇　哼！（欲下）

〔韩梅拉住金勇。

韩　梅　金将军，你知道吗，花将军也是个女人……

金　勇　你说什么？你说什么？

韩　梅　她也是个女人哪！

金　勇　（打量木兰）花弧……

花木兰　不，再不要叫我花弧，我叫花木兰！我叫花木兰！

金　勇　（惊呆）啊！

〔急切光。

〔深情的主题歌响起：
　　　　花木兰，木兰花，
　　　　红似血，灿如霞。
　　　　说它是花更像火，
　　　　说它是火本是花。

——龙江剧《木兰传奇》

第四场　梦情

〔中秋夜。

〔木兰大帐前。

〔金勇望着花木兰的剪影，徘徊帐外。

金　勇　（唱）望孤灯，映倩影，

　　　　　　　　没想到这英武的将军是女容。

　　　　　　　　这几天她若无其事故作镇静，

　　　　　　　　我坐也坐不稳，睡也睡不宁。

　　　　　　　　抓心挠肝失魂落魄动了真情，

　　　　　　　　木兰哪，

　　　　　　　　我眼前总晃动着你的身影，

　　　　　　　　耳边总回响着你的笑声。

　　　　　　　　离开你近在咫尺天涯远，

　　　　　　　　一时不见你隔三冬。

　　　　　　　　背地里我鼓足勇气表心迹，

　　　　　　　　咋就一见面脸先红，

　　　　　　　　我说不清道不明，

　　　　　　　　攒足的勇气影无踪。

　　　　　　　　看此时中秋月圆夜色静，

　　　　　　　　家书一纸更添情。（手中家书落地，隐下）

〔木兰上，发现家书观看。

〔金母画外音："勇儿，离家十多年了，打胜了快回来吧，娘连做梦都想看着你找个好媳妇儿，早一天抱个胖孙子呀……勇儿，娘还能等到这一天吗？"

花木兰　（怜爱深情地）伯母，你会等到的。

　　　　（唱）中秋夜夜静更深孤月朗照，

捧家书独自徘徊思绪如潮。
千里外的白发娘只能望月嘱告，
咫尺近的金勇哥我们难架鹊桥。
自那日木兰我露出女儿貌，
看得出他痴情如火苦受煎熬。
你可知我的依恋情也同烈火烤，
哪一日不想你几千遭！
真盼望得胜班师还我女儿俏，
当着我的金勇哥撒一撒娇。
到那时门前停下娶亲的轿，
小喇叭嘀嘀哒哒我与我的金勇哥渡鹊桥！（沉入幻觉中）

〔舞台上烟笼雾绕，如梦如幻。

〔婚庆的音乐声中，众人簇拥着此刻已是新娘打扮的木兰上。

花木兰　（唱）开我东阁门，
　　　　　　　坐我西阁床。
　　　　　　　脱我战时袍，
　　　　　　　着我旧时装。
　　　　　　　当窗理云鬓，
　　　　　　　对镜贴花黄。

〔木兰梳妆完毕。

众　　起轿了！
　　　（唱）娶亲的小花轿哇，
　　　　　　越颠越起劲儿呀。
　　　　　　新媳妇儿美滋滋儿，
　　　　　　坐在轿里颤巍巍儿。
　　　　　　颤巍巍儿美滋滋儿，
　　　　　　就像驾云差不离儿呀！

众　　落轿！

——龙江剧《木兰传奇》

〔伴唱：哎哟我的那个哥呀！嘿嘿！

哎哟我的那个弟呀！嘿嘿！

花将军做新娘咱们得加把劲儿，嘿！

咱们得加把劲儿呀！

花木兰　（唱）金勇哥望着我木兰嘿嘿嘿地乐，

没想到我娶了一个将军老婆。

常言说将门生虎子，

你给我生他十个八个咱都不嫌多。

几句话逗得我扑哧一声乐，

平日里闷不出的将军也会把笑话说。

东院的二嫂子拉住我的手，

不阴不阳把话说：

哎哟，这新媳妇儿，会耍刀，会舞枪，模样儿还挺俊。

带过兵的大将军如今把新娘做，

这要是打起架来那对手不多。

从今后你们老金家日子得小心过呀，

可别让你们新娶的儿媳妇

姑娘甲　咋地呀？

花木兰　（接唱）把你们造翻了锅！

〔内："拜堂喽！"

花木兰　（唱）我和我的金勇哥刚要把天地拜，

颤巍巍走过来我的老婆婆。

都闪开！都闪开！俺看看！俺看看！都快闪开，快闪开。俺的娘哎！你看看，你看看，那说话声如钟，走路她脚生风，打了十二年的仗，她不懂女儿经。这三十来岁的老闺女，俺可没相中。俺老金家不要你这儿媳妇，你不是个人，你不是个女人！

花木兰　天哪！天哪！

〔木兰梦醒。

花木兰　我是个女人,我是个女人……(大喊)金勇哥,我是个女人!我是女人哪!

〔深情的主题哼鸣曲。

第五场　盟情

〔紧接前场。

〔木兰大帐内外。

〔木兰在帐中审看地图。

〔张傻子率多名士兵上。

花木兰　谁?

张傻子　我,张傻子!

花木兰　是傻子哥呀!有事吗?

张傻子　花将军,弟兄们有点儿事想找你商量商量,行不?

花木兰　那就说吧!

张傻子　花将军哪!

　　　　(唱)弟兄们都想请个假,
　　　　　　回去看看孩子他妈。
　　　　　　常言道人过三十天过午,
　　　　　　青春一过哪有好年华。
　　　　　　不是傻哥我说熊话,
　　　　　　这几天一到晚上就闹心巴拉。
　　　　　　你让我们回家看一看,
　　　　　　马上回来把敌杀。
　　　　　　我不怕刀砍不怕枪扎,
　　　　　　就是死在九泉下,
　　　　　　哥的小命没白搭,
　　　　　　脑袋掉了碗大个疤,

——龙江剧《木兰传奇》　>>>>>

那都不算啥，

让我们回趟家吧，将军呀！

〔金勇暗上。

花木兰　傻子哥，想家了？

张傻子　花将军，你是不知道哇！这军营待三年，老母猪都赛貂蝉，我们都十多年了。

众　是啊，我们都十多年了！

花木兰　弟兄们，我们一同出生入死，转战南北，是有十多年了，按理说是该给弟兄们个假了。可是，决战在即，此番决战关系三军命运，国家兴亡，我们必须上下同心，确保全胜！

众　花将军！你就给我们个假吧！

花木兰　弟兄们哪——

（唱）弟兄们听我几句话，

谁家没有爹和妈。

谁不想夫唱妇随天伦乐，

谁不恋青春似锦好年华。

国破家安在，

有国才有家。

近日大决战，

奋力把敌杀。

待等那得胜凯旋日，

那三军将士洗征尘跨骏马，

风风光光转回家，

敬父老，孝爹妈，

盼望着寸草春晖待报答。

张傻子　花将军，这回傻哥我是豁出去了，打胜了，咱们早点回家！

众　打胜了，咱们早点回家！（众下）

〔金勇、木兰相对，木兰欲走，金勇拦。

金　勇　花将军，我有话要跟你说。

花木兰　不，现在不要说。

金　勇　这，花将军……我非说不可。

花木兰　金将军，你喝酒了？

金　勇　我是喝酒了，此番决战九死一生，万一不测，你我岂不留下终生遗憾？花将军，你可曾记得，拜将之日，你曾敬我三杯酒，今天我也要敬你三杯。

花木兰　敬我三杯？

金　勇　花将军！

　　　　（唱）你我患难十二冬，

　　　　　　　我割袍断义你伤透情，

　　　　　　　悔断肝肠痛碎胆，

　　　　　　　千错万错错在兄。

花木兰　（唱）这杯酒捧在木兰的手，

　　　　　　　咱兄弟出生入死风雨同舟。

　　　　　　　血与火的情义天地厚，

　　　　　　　切莫把小小的误解挂在心头。

　　　　〔轻啜一口，将酒盅递与金勇，随即又倒上一盅。

金　勇　（唱）二杯酒，手中端，

　　　　　　　满怀深情望木兰。

　　　　　　　十二载难倒多少英雄汉，

　　　　　　　你怎么熬过这些年？

花木兰　（唱）忆往事，

　　　　　　　忆往事苦辣酸甜实难回首，

　　　　　　　木兰我有苦有乐也有羞。

　　　　　　　有一座大山在我身后，

　　　　　　　支撑我建功立业为国分忧！

　　　　〔小啜一口，递与金勇，金勇又将酒饮干，再倒满酒。

——龙江剧《木兰传奇》 》》》》》

金　勇　木兰！

　　　　（唱）双手捧上三杯酒，

　　　　　　我脸热心跳泪欲流，

　　　　　　满腹都是贴心话！

　　　　　　声声泣血把婚求，

　　　　　　从今后所有的苦难我承受，

　　　　　　我把你供在心捧在手，

　　　　　　遮风挡雨分忧愁，

　　　　　　生死同心苦相守，

　　　　　　天长地久到白头！

金　勇　木兰，我，我要娶你！（举酒跪地）

　　　〔花木兰感动至极。

　　　〔伴唱：手捧这杯酒，

　　　　　　泪水肚里流，

　　　　　　盼了十年的一句话，

　　　　　　他终于说出口。

金　勇　木兰！木兰！

　　　〔金勇忘情地去拥木兰，木兰陶醉。

花木兰　金勇哥，我喝，我喝！

　　　〔女伴唱：

　　　　　热血烫，热泪流——

　　　　　甜甜清泉润绿洲！

金　勇　木兰。

　　　〔木兰与金勇相依。

花木兰　金勇哥，记住班师回朝之日，便是我们婚庆之时。天长地久，永不离分！

金　勇
花木兰　（合）天长地久，永不离分！

〔警笛骤响。

〔探子上。

探　子　报，启禀花将军，敌军三路人马合兵一处，直扑我军大营！

花木兰　再探！

探　子　得令。（下）

金　勇　怎么办？

花木兰　（看地图）敌变我变，将敌拦腰截断！

金　勇　花将军，我率本部人马，将敌拦腰截断！

花木兰　金勇哥，你可知断敌中路，腹背受敌，九死一生，万分凶险哪！

金　勇　知道，我都知道，我不去，谁能担此重任？

花木兰　我！

金　勇　木兰，三军不可一日无主，决战定乾坤，生死何足论！为了你，为了我，为了早日班师凯旋，你，你就让我去吧！

花木兰　不，不能啊！

〔众将士内喊："花将军！"上。

众　　　花将军，末将愿打头阵。

金　勇　花将军，军情紧急，我愿担此重任。

花木兰　你？

金　勇　下令吧！下令吧！

众　　　下令吧，你就下令吧！

花木兰　众将军听令！金将军，命你将敌拦腰截断，你们埋伏营外，我率兵正面迎敌，然后合兵一处，与敌决一死战！

众　　　啊！

〔众将下，金勇接过令箭欲走。

花木兰　金勇哥……

〔木兰将红披风披在金勇身上。金勇将佩剑呈与木兰。

花木兰　传我将令：此番决战，怯者死，勇者生，不获全胜，决不收兵！

〔暗转。

——龙江剧《木兰传奇》〉〉〉〉〉

〔排山倒海的马队,激烈奔腾。

〔番王率领的番兵陷入埋伏。

〔金勇单枪匹马冲入敌军,连挑数番兵。他像一头怒狮,勇不可挡。

〔金勇终因寡不敌众,陷入重围,身负数伤。

〔花木兰奋力杀上,来救金勇,被敌番王阻挡,酣战。

金　勇　花将军,敌兵已被拦腰截断。

番　王　放箭!放箭!

〔众番兵弓弩手射向金勇。金勇中箭倒地。

〔花木兰惨呼"金勇哥——"她的喊声在静夜中回荡。

〔花木兰悲恸欲绝,二目喷火杀向敌群,手刃番王。

〔木兰杀死番王,寻视着亲人,突然发现了金勇,艰难扑过去。

木兰抚摸着金勇,悲愤交加。

众将士　我们打胜了,我们打胜了!

花木兰　金勇哥,金勇哥。

众将士　金将军。

花木兰　金勇哥,你看见了吗?我们打胜了!

〔木兰的声音在空中回响着。

〔收光。

第六场　祭情

〔紧接前场。

〔结拜地。

〔伴唱:奏凯歌,战马鸣,

　　　　三军凯旋踏归程。

　　　　青山脚下埋忠骨,

　　　　点点雪花映芙蓉。

〔乐曲声中,凯旋的马舞。

〔战马哀鸣。花木兰身披披风,淑女红妆上。

〔伴唱:黑水呜咽祭英灵,

　　　　群山回荡断肠声。

　　　　点点碧血染大地,

　　　　百草深处春又生。

花木兰　(念)死难将士英灵在,

　　　　　　座座丰碑寄情怀。

　　　　　　三军班师凯旋日,

　　　　　　一杯水酒祭英才!

　　　　金勇哥,金勇哥!

　　　　(唱)跪坟台声咽气哽泪湿衣,

　　　　　　肝肠痛断不胜哀。

　　　　　　人死若有魂灵在,

　　　　　　我的金勇哥金勇哥!

　　　　　　我千呼万唤万唤千呼你咋不回来!

　　　　　　那云中的高山为你把孝戴,

　　　　　　这滔滔的江河水声声志哀。

　　　　　　军帐里空空少副帅,

　　　　　　战马嘶鸣唤英才!

　　　　　　我没有悔也不再哀,

　　　　　　知心何须尽剖白。

　　　　　　洒尽一腔血,换得青山在,

　　　　　　巍巍的丰碑竖在我心怀。

　　　　　　金勇哥你千万莫把木兰怪,

　　　　　　从今后我年年岁岁岁岁年年祭你到坟台,

　　　　　　我欠你的情欠你的爱,

　　　　　　风送我的心曲赴瑶台,

　　　　　　老天若有怜人意,

　　　　　你把我的金勇送回来。

　　　　　我们从头活，从头爱，

　　　　　咱们生生死死不分开。

　　　　　倘若再有烽火起，

　　　　　我们催马扬鞭扬鞭催马跨征骑，

　　　　　重登烽火台。

　　　　〔合唱：重登烽火台。

　　　　〔众将士内声："花将军。"

　　　　〔众将士上，见木兰惊怔。

　　　　〔画外音："同行十二载，不知将军是女郎！"

众将士　花将军。（跪）

　　　　〔空灵的声音在空中回响："圣旨下，平虏大将军花弧忠君报国，战功卓著，钦封忠勇万户侯，尚书中郎将。钦此！"

花木兰　谢万岁！

众将士　请花将军金殿领赏！

花木兰　将士们！

　　　（念）木兰我军旅生涯十二年，

　　　　　迎来这太平盛世万民安。

　　　　　非所求无所憾，

　　　　　愿驰千里足，送儿还故园。

众将军　花将军！

花木兰　书呈圣上。

众　　　啊！

　　　　〔硕大的红披风从天而降，像一条血染的战道。

　　　　〔木兰挥毫：荣辱得失身外事，兴国安邦赤子情。

　　　　〔主题歌响起，荡气回肠：

　　　　　花木兰，木兰花，

　　　　　红似血，灿如霞。

　　　　说它是花更像火,

　　　　说它是火本是花。

　　　　花香神州地,

　　　　千古贯中华!

〔天幕上万道霞光,隐隐现出万里长城。

〔光渐渐收。

〔剧终。

精品提名剧目·评剧

胡风汉月

编剧　姜朝皋　张秀元

蔡文姬，名琰，东汉著名学者蔡邕的女儿。她博学多才，妙于韵律，精工书法，是以才华著称的女诗人。汉兴平年间，天下大乱，蔡文姬没入匈奴为左贤王妃，在胡十二年之久，生有一子一女。建安八年，曹操遣使赎蔡文姬归汉。面对国家大业和儿女亲情的冲撞，她经历了人生道路上又一次撕心裂肺的痛苦，最终毅然走上了回归之路。

人物

蔡文姬　名琰，汉代才女。
乳　娘　蔡文姬乳娘。
左贤王　南匈奴首领之一，蔡文姬丈夫。
董　祀　蔡文姬父亲蔡邕的学生。
伊　谷　左贤王帐下胡将。
孤　涂　蔡文姬之子。
老阿婆　昭君陵园守墓人。
汉胡兵将、侍女、舞女

——评剧《胡风汉月》

一

〔汉兴平二年（公元195年），中原大地，战火纷飞，哀鸿遍野。
〔伴唱：中原山河碎，
　　　　胡羌跃武威。
　　　　马前悬男头，
　　　　马后载妇女。
　　　　长驱西入关，
　　　　斩截无孑遗。
〔伴唱声中幕启。
〔胡羌铁骑，排山倒海，踏破中原，猎野攻城，所向披靡。
〔舞台深处，一片熊熊大火，蔡文姬站立火光中，仰天悲号。

蔡文姬　天不仁兮降离乱，地不仁兮使我逢此时！
　　　　〔乳娘身背包裹急上，见状大惊。
乳　娘　文姬！（扑向火光中，将蔡文姬拉出）你千万不可轻生啊！
蔡文姬　国破家亡，留此残生何用？
乳　娘　文姬！老爷含冤入狱，生死不明；夫人临终将你托付于我，你若有个长短，我如何向你蔡家交代啊！
　　　　〔董祀内："师妹——"捧桐琴上。
蔡文姬　公胤兄？
董　祀　师妹！
蔡文姬　公胤兄，可知我爹爹的下落？
董　祀　（悲伤地）老恩师被王允活活逼死啦！老人家在狱中，只求留下残生，修完《汉史》。他、他……壮志未酬，死不瞑目哇！

蔡文姬　（惊愕，痛呼）爹爹……

董　祀　恩师用毕生心血编著的史书文典俱已化为灰烬，只留下这具桐琴……

乳　娘　文姬！蔡门只剩下你一棵独苗，你千万要保重啊！

董　祀　师妹，你过目成诵，日后修补《汉书》的重任，只有你来承担。这，也是恩师的遗愿！

蔡文姬　爹爹……

〔急促的音乐。马蹄声、呼喊声由远及近。

董　祀　（循声望，惊）啊！（拾斗篷，对蔡文姬）披上这件男装，快走！

〔董祀与蔡文姬、乳娘急下。

〔一阵战马嘶鸣，伊谷率众胡兵上。

〔乳娘和头戴毡帽、身着男装的蔡文姬自另一侧上。

伊　谷　（鞭梢一指）站住！（对胡兵）将那南蛮抓去当差！

乳　娘　（死命相护）不，这是我家姑……我家姑爷身子有病，你们不能抓他。

伊　谷　少啰嗦！（推倒、鞭打乳娘）

乳　娘　胡寇！强盗……

伊　谷　（恼怒）我看你是活得不耐烦了！（挥刀欲砍）

〔内："王爷驾到！"喊声未落，金盔银甲、斗篷飘飞的左贤王疾马奔上。

伊　谷　（率众施礼）参见王爷！

左贤王　伊谷，他们是什么人？

伊　谷　汉家刁民，在此撒野！

左贤王　噢……（打量蔡文姬）你会弹琴？好，本王为你们汉家天子平定叛乱，如今大功告成，你为本王弹上一首庆功曲！

乳　娘　我家姑爷不会。

左贤王　不会？不会要它何用？拿去劈了！

————评剧《胡风汉月》 〉〉〉〉〉

〔伊谷欲夺琴，蔡文姬双手紧紧护住。

左贤王 （嘲笑）舍不得你的琴？那就把他的手给我砍下来！

伊　谷 留琴还是留手？

〔蔡文姬将琴交给乳娘，镇定地伸出双手。

乳　娘 （惊呼）文姬……

伊　谷 有种！（抡刀砍下）

〔左贤王抬手一挡，顺势取过伊谷的腰刀，走近蔡文姬逼视有顷，忽然举刀挑落其帽，顿时露出一头女妆。

〔众愕然。

伊　谷 汉家女！

左贤王 （大笑）哈哈……

〔灯暗。

二

〔伴唱：千里寒霜凝马背，
　　　　塞上胡笳带血吹。
　　　　噩梦夜夜惊驼影，
　　　　乡心点点逐雁飞。

〔大漠草原，篝火点点，驼影重重。密密匝匝的穹幕分布其间。

〔乳娘在一侧寻拾柴草。

〔蔡文姬神情疲惫地站立帐篷外，举目远眺。一阵朔风吹来，顿觉心寒意冷。

蔡文姬 乳娘，乳娘……这是到了什么地方？

乳　娘 天知道！三个多月了，走不完的胡沙，踏不尽的荒草。这会儿，怕是到了他们老营了。

蔡文姬 这大漠茫茫，何处是尽头。

乳　娘 咳！（摇头叹息下）

蔡文姬　（环顾荒野，无限伤感，唱）

　　　　　　　日暮天低胡风浩，
　　　　　　　烽戍万里故国遥。
　　　　　　　茫茫大漠悲衰草，
　　　　　　　莽莽黄沙裹旌旄。
　　　　　　　数月来，颠沛流亡阴山道，
　　　　　　　整日里，唯见铁甲与弓刀。
　　　　　　　夜卧毡帐闻狼啸，
　　　　　　　日餐腥膻吞血毛。
　　　　　　　食不下咽寝不寐，
　　　　　　　身心交瘁泪长抛。
　　　　　　　陷绝域满腹凄苦向谁告，
　　　　　　　对胡天一腔悲愤恨怎消？

　　　〔伊谷带兵捧胡服上。乳娘闻声上。

伊　谷　汉家姑娘听着，王爷有令，命你今晚大帐晋见。

　　　〔蔡文姬与乳娘同时一惊。

乳　娘　晋见？你们要做什么？

伊　谷　做什么？吃饱喝足，换上这身新衣裳，少时有车马相迎。我说汉家姑娘，今天晚上，你的造化来了。哈哈……（下）

　　　〔胡兵放下胡服随下。

乳　娘　文姬，这个混账东西没安好心，我们逃吧！

蔡文姬　逃？我们是羊入虎口，逃不掉了。

乳　娘　我豁上这条老命……

蔡文姬　乳娘，倘若今夜我一去不回，你我母女只有来生相见了！

乳　娘　不……（老泪横流）要死，娘和你一块死。

蔡文姬　乳娘，把父亲留给我的琴取来，我要弹上一曲再走。

　　　〔乳娘噙泪取来桐琴，蔡文姬拨弦弹奏，霎时，凄楚的琴声飘向夜空。

〔灯渐隐。

三

〔左贤王大帐，灯火辉煌，花团锦簇。一只铜炉火焰正旺，使帐内温暖如春。剽悍威武的左贤王此刻身穿绣襦长夹，正入神地聆听帐外传来的隐约琴声。

左贤王　（唱）弦急调悲琴声响，
　　　　　　　马不啸人不嚷，
　　　　　　　军帐三千不声张。
　　　　　　　音韵凄婉夜空飘荡，
　　　　　　　天籁声声叩胸膛。
　　　　　　　可笑我金戈铁马英雄将，
　　　　　　　今夜晚要学那汉家凤求凰。
　　　　　　　花团锦簇满营帐，
　　　　　　　安排金屋迎娇娘。

〔伊谷持一酒壶上。

伊　谷　王爷！今天是您吉祥的日子，末将为王爷备下一壶美酒。

左贤王　堂堂王府，还缺美酒？

伊　谷　王爷，这酒非同寻常，乃药物配制而成，喝上一口，四肢发软，喝上两口，倒头便睡。

左贤王　要它何用？

伊　谷　王爷，您不知道，别看那汉家姑娘脸蛋漂亮，嘿！可却有几分性子，万一她不识抬举，磨蹭起来，王爷就把这酒给她喝上一杯，她就会乖乖……

左贤王　噢？

〔内喊："汉家姑娘到！"

〔音乐大作，全身缟素的蔡文姬款步走上。

伊　谷　（大惊失色）啊！你怎么换了这身打扮？王爷，王爷……

左贤王　退下！你……竟敢身穿孝衣来见本王！我左贤王在匈奴是一人之下，万人之上。对你一个汉家女子以礼相待，你却不识抬举，不知死活？

蔡文姬　身着素衣，只求一死。

左贤王　死？哈哈哈……像你这样柔弱的小羔羊，流落到茫茫草原，进入我的帐篷，是你的造化。日后有享不尽的荣华富贵。

蔡文姬　金玉奇珍，视为粪土。

左贤王　好一个高傲的姑娘。看来姑娘的身世绝非一般。来人！

伊　谷　（上）王爷！

左贤王　快把那幅字卷取来。

伊　谷　（惊慌）啊！是哪幅字卷？

左贤王　就是从洛阳带回的那幅。

伊　谷　（面有难色）这……

左贤王　还不快去！

〔伊谷应声下。

左贤王　姑娘，少时我让你一饱眼福。

〔伊谷引侍从捧字卷上。

左贤王　这是我家先祖宁胡阏氏……噢，就是你们汉家的昭君娘娘二百年前所作的《怨旷思维歌》，乃是四海仰慕的蔡中郎亲笔书写。将它打开！

〔侍从将字卷展开，蔡文姬抬头一瞥，顿时怔住。

蔡文姬　（惊呼）《怨旷思维歌》！（激动异常，禁不住大声念出来）"……翩翩之燕，远集西羌。高山峨峨，河水泱泱……"啊，为何残缺不全？

左贤王　（看字卷，惊恼）啊！这是怎么回事？

伊　谷　（扑通跪地）王爷，奴才该死！奴才带着字卷，随王爷几经战火征杀，被烟火损坏。奴才怕王爷怪罪，不敢声张，就私下请人修补一番，可这墨迹却……

左贤王　（大怒）住口！你竟敢将这旷世杰作毁坏？

伊　谷　（连连叩头）奴才该死！该死！

左贤王　来人——将他抛下铜炉！

〔士兵应声而上，架起伊谷。

蔡文姬　等等，我来修补。

左贤王　你……好！

〔几侍女执书案、笔墨上。

〔蔡文姬至案前，提笔蘸墨，不假思索，一气呵成。

左贤王　（惊奇）啊！与原字浑然一体。

蔡文姬　（投笔转身，对左贤王）放了他吧。

〔左贤王抬臂一挥，兵士放下伊谷。

伊　谷　谢王爷！谢汉家姑娘！

〔伊谷千恩万谢，随士兵退下。

左贤王　想不到姑娘挥墨与蔡中郎如出一人之手。

蔡文姬　这幅字卷，乃是爹爹的笔墨。

左贤王　你是鼎鼎大名的蔡中郎之女？

蔡文姬　蔡文姬。

左贤王　文姬姑娘！哈……

（唱）笔走龙蛇墨酣畅，

　　　天衣无缝续华章。

　　　先只知她容貌花一样，

　　　却不想才情冠群芳。

　　　踏遍天涯难寻访，

　　　草原幸把明珠藏。

文姬姑娘，本王佩服你的胆识，更敬重你的才华，我要重重奖赏于你，要什么只管讲来。

蔡文姬　就请王爷将这幅字卷相赐。

左贤王　好！

蔡文姬　放我回家。

左贤王　这……

蔡文姬　王爷！

　　　　（唱）汉室危亡风雨骤，

　　　　　　　天灾人祸遍神州。

　　　　　　　先父恨无回天手，

　　　　　　　唯将悲愤落笔头。

　　　　　　　壮志未酬遭毒手，

　　　　　　　含冤屈死葬荒丘。

　　　　　　　国破家亡我无路走，

　　　　　　　好似断缆一孤舟。

　　　　　　　此身已是砧上肉，

　　　　　　　是死是活本无求。

　　　　　　　王爷放我回乡走，

　　　　　　　幸存余生只愿把先父遗志酬。

左贤王　（唱）她一腔悲恨冲牛斗，

　　　　　　　历尽磨难志未休。

　　　　　　　才情品貌世少有，

　　　　　　　恍若平生梦中求。

　　　　　　文姬姑娘！

　　　　　　　伤心往事休回首，

　　　　　　　风卷残云扫忧愁。

　　　　　　　莫道前途无路走，

　　　　　　　咱草原地阔天高任遨游。

　　　　　　　我今将墨宝交你手，（递过字卷）

蔡文姬　（接）谢王爷。

左贤王　（唱）换你一颗心儿留。

——评剧《胡风汉月》 〉〉〉〉〉

　　　　　你我今夜配佳偶，
　　　　　　比翼双飞共白头！
　　　　〔蔡文姬将字卷退还左贤王，以示拒绝。
左贤王　哎，你看今夜这红灯绿酒，花团锦簇，全都是为你安排的。来来来，快脱下这身素服，高高兴兴做我的王妃新娘吧！
蔡文姬　（退坐铜炉旁）王爷若强行非礼，我这就投炉自焚！（撩衣纵身欲跳）
左贤王　（大惊）且慢！（急阻拦）好个烈性的女子！不愧是蔡中郎的女儿。你我既然无缘……（见药酒）来来来，（斟酒）你饮过此酒就放你出帐。
蔡文姬　此话当真？
左贤王　本王说出的话，放出的箭，决不回头！请——
　　　　〔蔡文姬接酒欲饮。
左贤王　且慢！
蔡文姬　怎么，你要反悔？
左贤王　这……
　　　　（唱）对一个弱女子暗施伎俩，
　　　　　　算什么草原雄鹰大漠王，
　　　　　　你、你放下酒杯出大帐……
蔡文姬　谢王爷！（搁杯转身欲走）
左贤王　（顿觉不妥）回来！
　　　　（唱）哪有这花烛之夜走新娘？
　　　　　　你权且在此等天亮，
　　　　　　我睡地毯你睡床。
蔡文姬　不，不可！
左贤王　蔡文姬！（大声）今夜你留也得留，不留也得留！我已说过，我睡地，你睡床，咱俩井水不犯河水，难道你还不放心吗？
蔡文姬　你出尔反尔，哪个能相信于你？

左贤王 （被激怒）这……（焦躁踽步，忽然眼睛盯住酒一愣，旋即举杯，一饮而尽，复斟酒再饮，如此三次，然后，掷杯于地，站立不稳）这回，你……放心了吧……（倒地）

蔡文姬 （惊愕，少顷，低声呼唤）王爷，王爷……

〔乳娘急上："文姬，快走！"拉蔡文姬出帐。

〔暗转。匈奴兵飞马追赶过场。

〔灯暗。

四

〔风雪迷茫，文姬倒卧在昭君陵园。

〔伴唱：千里茫茫绝飞鸟，

　　　　万山皑皑披素袍。

　　　　一座香冢孤星照，

　　　　岁岁冰雪掩尘嚣。

蔡文姬 （缓缓醒来，举目四顾）乳娘，乳娘！乳娘……（发现昭君陵墓）"宁胡阏氏"，啊！这是昭君陵园。

〔音乐中，一队仙女簇拥"王昭君"翩翩舞上。

〔伴唱：翩翩之燕，远集西羌。

　　　　高山峨峨，河水泱泱。

　　　　父兮母兮，道里悠长。

　　　　呜呼哀哉，忧心恻伤。

蔡文姬 昭君娘娘，漫漫岁月，你是如何挨过呀！

〔舞队及"王昭君"下。

〔老阿婆上。

蔡文姬 昭君娘娘！昭君娘娘……

老阿婆 昭君自在你我心中。

蔡文姬 你……

老阿婆　你问我？我祖上随同娘娘出塞，如今我为娘娘看墓守陵。

蔡文姬　你也是汉人？

老阿婆　是啊。

蔡文姬　敢问阿婆今年高寿？

老阿婆　高寿？哈……回黄转绿，月缺月圆，我也记不清过了多少个岁月，多少回春秋啦！

蔡文姬　阿婆，这异域蛮荒，您是怎么熬过来的？

老阿婆　哼，什么异域蛮荒？他们是古道热肠。你来看，那野马河边，有两块巨大的石头，像一对恩爱夫妻，相依相伴，你知道它的来历吗？匈奴的祖先名叫淳维，他是夏禹的儿子。匈奴人和汉人原本是一家人。

（唱）提起此事有来历，

　　　一段佳话好神奇。

　　　那一年天女下凡来游戏，

　　　爱上了夏禹的儿子小淳维。

　　　天王震怒雷霆起，

　　　罚他俩怀抱巨石滚天梯。

　　　两石分开治死罪，

　　　两石相合成夫妻。

　　　他二人，滚了千万里，从天滚到地，

　　　九死一生情不移，落到这野马河堤。

　　　水打沙磨双石合抱成一对，

　　　相依相伴不分离。

　　　天帝无奈把婚允。

　　　从此匈奴生大漠，

　　　子孙繁衍，威武不屈。

〔蔡文姬被这美丽的传说深深感染。

蔡文姬　（顿生敬仰）阿婆……

〔乳娘踉跄跑上。

乳　娘　文姬！

蔡文姬　（惊喜）乳娘！

乳　娘　我可找到你了！

蔡文姬　乳娘，你到哪去了？

乳　娘　文姬啊，你我被风雪冲散。前面一片冰雪，我们无路可走啦！

〔马蹄声、呐喊声已近。

乳　娘　（望，惊）文姬，王爷的人马追上来了！

蔡文姬　乳娘！

老阿婆　不好，匈奴人最恨的是叛逃之人，你们要是被抓住，重则杀头，轻也要断腿挖眼！

蔡文姬　这……

老阿婆　不必惊慌，你们藏在墓后，昭君娘娘的神灵会庇佑你们。

〔蔡文姬、乳娘急下。

〔伊谷率兵冲上。

伊　谷　老阿婆，陵园之中，可有汉家女子？

老阿婆　有，有。

伊　谷　噢，在哪里？

老阿婆　老奴就是。

伊　谷　咳，老阿婆，我说的是从王府中逃跑出来的一老一少。

老阿婆　老奴年老眼花，没有看见外人来过。

伊　谷　前面冰封雪阻，无路可逃，我是顺着脚印追来的，人肯定藏在这里。（对左右）来呀，搜！

老阿婆　且慢！宁胡阏氏的陵园，灵光照大漠，祥瑞沐草原，从来不得刀兵进入。若是惊扰了娘娘的灵驾……

伊　谷　……来人，封锁各条路口，断绝往来行人，速速禀告王爷。

〔灯暗。

〔乳娘惴惴不安地探头张望。

〔一阵悠扬的胡笳声传来,文姬闻声走上。

乳　娘　哎呀,吹的那是什么呀?说箫不是箫,说管不是管,一股子哭丧调。

蔡文姬　(被胡笳声所吸引)这笳声穿云裂帛,荡气回肠,我要回他一曲。

乳　娘　(惊骇)姑娘,你疯了?

蔡文姬　乳娘,取琴来。

乳　娘　反正也别想活着出去,弹!(取琴)

〔蔡文姬抱琴端坐,拨弦弹奏。

〔琴声响,笳声和,趋于和谐,渐入佳境。

〔左贤王吹笳上,曲闭。

蔡文姬　是你?

左贤王　姑娘,我饮下催眠药酒,你不该不辞而别。

蔡文姬　还请王爷恕罪。

左贤王　方才一曲琴笳和鸣,真是妙不可言哪!

蔡文姬　想不到王爷如此精通音律。

左贤王　这胡笳,我大漠草原,人人会吹。姑娘若愿听,我再吹上一曲。

蔡文姬　不,不必了。求王爷放我母女回转家园。

左贤王　……既然如此,伊谷,送她们上路!(下)

〔伊谷牵马上。

伊　谷　姑娘,请上马。

乳　娘　文姬!(拉住文姬,一阵心酸)还是让我……先走吧!(欲夺马鞭)

伊　谷　不!姑娘骑马,你坐车。

乳　娘　坐车?俺娘俩的死法还不一样?

伊　谷　死?这雪山荒野,野狼成群,我家王爷怕你们死在半路,派我带领数百男女,备好行李粮秣,护送你们走出这茫茫沙漠。

乳　娘　(悲喜交加)这,这不是做梦吧?

蔡文姬　这可是真的?

伊　谷　（接过胡兵手中马）姑娘，这是我家王爷为你精心挑选的上等好马，日行千里，又特别温顺，姑娘，请来上马吧！

〔蔡文姬接过马鞭。

伊　谷　老太太，随我去登车。

〔伊谷拉乳娘下。

蔡文姬　（手握马鞭，感慨万端，唱）

一支玉鞭握在手，
悲喜交加涕泪流。
莫不是昭君娘娘来庇佑，
绝处逢生把故国投。
执鞭上马缰绳抖——（欲上马）

〔空中传来几声大雁哀鸣。

蔡文姬　（抬头仰望，感触顿生，唱）

孤鸿哀哀哪里投。
想起了中原大地风雨骤，
烽火绵延乱未休。
山河破碎家园成乌有，
哪里安身何处留？何处留……

〔左贤王吹胡笳上。

左贤王　野马河的水，大漠人的歌，一声胡笳透心窝。这一曲胡笳为姑娘送行。

蔡文姬　（唱）只道他莽莽武夫性粗陋。

左贤王　（唱）只道她心如枯井干旱透。

蔡文姬　（唱）看起来他刚中也有柔。

左贤王　（唱）看起来她胸中仍有清泉流。

蔡文姬　（唱）初次相逢他让我把琴奏。

　　　　　　　花烛之夜他把药酒吞咽喉。

左贤王　（唱）追来陵园我虔心长守候。

蔡文姬　（唱）真诚相待他不曾动我半指头。
左贤王　（唱）礼送回归我忍痛安排就。
蔡文姬　（唱）骏马送我阶下囚。
左贤王
蔡文姬　（合唱）桩桩件件细回首，

　　　　　　　一片真情将我（她）留。

左贤王　（唱）面对烈女多棘手，

　　　　　　今生无缘莫强求。

　　　　（对内）为文姬姑娘送行！

　　　〔音乐起，士兵、侍女们上，高唱粗犷的民歌，跳起奔放的舞蹈，用匈奴特有的礼节送别蔡文姬。

　　　〔歌声中，左贤王上，将手中哈达献于蔡文姬。

　　　〔乳娘上，接过蔡文姬手中的哈达。

乳　娘　好人哪，好人！
左贤王　姑娘，快上马吧！

　　　〔音乐中，二侍女匍匐马前，蔡文姬被这纯朴的真情深深感染，几次上马又止。

左贤王　姑娘，你快走吧，趁我还没后悔！

　　　〔蔡文姬复欲上马，犹豫之际，被左贤王托上。蔡文姬挥鞭欲下。

　　　〔老阿婆出现在云山高处。

　　　〔伴唱：那一年天女下凡来游戏，

　　　　　　爱上了夏禹的儿子小淳维。

　　　〔歌声中，一条洁白的哈达从高处飘然落下，左贤王与文姬一同伸手接住，各执一端，二人四目相对，步步靠拢……

　　　〔音乐由弱到强，最后鼓乐齐鸣，震撼人心。

　　　〔灯隐。

五

〔十二年后。仲春的大草原,水肥草美,山花茂盛。

〔少年英俊的孤涂策马上。

孤　涂　(唱)乘风纵马出毡帐,

鞭甩晨雾碎,弩射一天霜。

父王教我习弓马,

阿妈教我读华章。

胡风边月伴我长,

自古英雄是少年郎。

忽听长空雁声响,

弓开满月试锋芒。

〔孤涂开弓射箭,忽闻后面喝彩声:"好箭法!"董祀手提中箭的大雁上。

董　祀　小将军,真乃出手不凡哪!

孤　涂　你是什么人?

董　祀　我是大汉使臣。

孤　涂　大汉使臣?你真是汉家来的使臣?(打量董祀)那我考考你。

董　祀　考我?

孤　涂　对,给我背诵一首汉诗。

董　祀　要背汉诗?

孤　涂　背得出汉诗,你就是使臣;背不出汉诗,就是奸细。我就要把你拿下,交给父王治罪!

董　祀　嘀,好厉害的小王爷。好,我背,莫道霸王力拔山,紫箫一曲楚歌旋。鼎定江山春秋笔——

孤　涂　胜负常在竹节间!

董　祀　(惊讶)你也会?

——评剧《胡风汉月》 〉〉〉〉〉

孤　涂　这是我外祖父的《紫竹词》，我还在吃奶的时候就会了。

董　祀　你外祖父……

孤　涂　就是大名鼎鼎的蔡中郎啊。

董　祀　你是蔡文姬之子？

孤　涂　你怎么知道我阿妈？

董　祀　你母亲她……可好？

孤　涂　好哇，人都说我阿妈是草原的凤凰！

董　祀　你母亲常对你讲她的故乡吗？王爷对她好吗？

孤　涂　咦？你这人，问这问那真啰嗦，你到底要做什么？

董　祀　我此番就是专为你母亲而来，她现在哪里？

孤　涂　说了半天，你是要见我阿妈？

董　祀　我不远万里，专程而来。

孤　涂　好吧，你随着我的马儿来。（策马下）

董　祀　小王爷——（急追下）

〔身穿胡服的蔡文姬在众女兵的簇拥下，神采奕奕地上。

〔伴唱：天苍苍，野茫茫，

　　　　风吹草低见牛羊。

蔡文姬　（唱）敕勒川阴山下草肥水美，

　　　　　　　牧歌起落鸟飞回，

　　　　　　　辽原绿野蹄声脆，

　　　　　　　阵阵春风扑面吹，

　　　　　　　再不觉塞上风卷腥膻味。

　　　　　　　天蓝蓝草青青，

　　　　　　　寸寸泥土透芳菲，

　　　　　　　十二年时光似流水，

　　　　　　　汉家女实实在在成了胡王妃。

　　　　　　　生一双小儿女天真俊美，

　　　　　　　与王爷恩和爱琴瑟筝随。

>   大漠深情浓似酒,令我心儿醉,
>   身随风儿舞,意逐彩云飞。

〔几声雁叫。

〔伴唱:唯有那缕缕乡思梦常回……

〔左贤王手持画图兴高采烈地上。

蔡文姬　(咏蔡邕诗)青青河畔草,绵绵思远道。远道不可思,夙昔梦见之。

左贤王　(接)梦见在我旁,忽觉在他乡。(笑)

蔡文姬　王爷。

左贤王　你又在背诵你父亲的诗作。今日我要圆你一个故乡梦。

蔡文姬　故乡梦?

左贤王　我要在这大漠草原为你建造一座汉家宫院。爱妃,你看。(送上图纸)

蔡文姬　(接图,看,激动地唱)

>   好一座汉家宫院建在草原里,
>   感王爷知文姬缕缕乡思绕心扉,
>   故园的山和水,家乡的竹与梅,
>   年年岁岁、岁岁年年梦常回。
>   沐胡风念汉月两情同醉,
>   穹庐中别样甜蜜,我一生与你相随。(将图还给左贤王)

左贤王　哈哈……爱妃,你真是我的大漠王妃啦,我要好好犒劳你。来人!(侍女捧茶上)这是我专为你从中原带来的上等新茶,(亲自端茶)你好好品尝品尝。

蔡文姬　(高兴地)是中原的……

〔文姬接茶,乳娘喊上。

乳　娘　文姬、王爷快来尝尝!

蔡文姬　尝什么呀?

乳　娘　咱那只上等的母羊,今天头一回产奶,这是吉祥奶,我赶紧送来

———评剧《胡风汉月》

给你们尝尝鲜。

蔡文姬　（兴奋地）王爷赏茶，乳娘送奶……（面对新茶鲜奶，忽然灵机一动）

　　（唱）汉家茶，胡地奶，

　　　　突发奇想在胸怀。（速将茶奶对在一起）

　　　　水乳交融合一块，

　　　　茶香奶鲜配起来。（尝了一口，又对满三杯）

　　　　王爷、乳娘快饮下——（送给王爷、乳娘各一杯，三人举杯同饮）

　　　　其中味道谁能猜？

左贤王　（唱）这茶，不是茶，

　　　　这奶，也非奶。

蔡文姬　（唱）非茶非奶你爱不爱？

左贤王　（唱）我爱你又胡又汉美奇才！

　〔众欢笑。

乳　娘　（唱）茶香奶鲜好口感，

　　　　独家首创新品牌。

左贤王　（唱）新品牌？这个叫法有点怪，

蔡文姬　（唱）何不将奶茶二字合起来！

左贤王　奶茶，好，叫奶茶！

乳　娘　往后咱们天天喝奶茶，我这就去教他们做奶茶。（下）

　〔伊谷上。

伊　谷　王爷，大单于召王爷即刻晋见。

左贤王　有何紧急大事？

伊　谷　大单于刚刚见过大汉使臣，此事……好像和王妃有关。大单于要单独召见王爷。

左贤王　好。文姬，我先走了。

　〔左贤王、伊谷下。

孤　涂　（跑上）阿妈阿妈，我正在打猎，突然来了一位汉家使臣。

蔡文姬　噢，汉家使臣？

孤　涂　他说是专程前来找你的。汉使阿叔，汉使阿叔——（下）

〔董祀急步迎上前去，二人四目相对，同时愣住。

董　祀　（惊讶）文姬，师妹——

蔡文姬　（惊喜）公胤！

董　祀　（热泪盈眶）文姬师妹——

蔡文姬　公胤兄！（面对久别的亲人，激动地扑上去，泣不成声）真的是你吗？

董　祀　是愚兄！

蔡文姬　公胤兄，你是从洛阳而来？

董　祀　正是从洛阳而来。

蔡文姬　故国家园如今怎样？

董　祀　中原安定，百业待兴。

蔡文姬　父老乡亲可好？

董　祀　耕有其田，安居乐业。

蔡文姬　天长路远，你因何到此？

董　祀　专为师妹而来。

蔡文姬　为我？

董　祀　对，为你！

　　　　（唱）奉命出使边塞走，

　　　　　　　专迎贤妹返中州。

　　　　　　　曹丞相偃武修文念故旧，

　　　　　　　他知你胸藏锦绣志未酬，

　　　　　　　天降大任显身手，

　　　　　　　迎回你继承父志把《汉书》修。

蔡文姬　（悲喜交加，激动异常）

　　　　（唱）几多回望断天涯长安柳，

几多回梦绕九曲洛水流。

万里乡音阔别久，

岁月深埋故乡愁。

遥望南天热泪涌，

胡风汉月两情稠。

〔孤涂："阿妈——"奔上。

孤　涂　阿妈，父王让你火速回帐！

〔切光。

六

〔撕心裂肺的琴声响彻长空。

〔追光下的左贤王肝肠寸断。

左贤王　弹吧，弹吧，弹得心都碎啦！

〔乳娘怀抱李姬上。

乳　娘　王爷，都三天三夜了，铁打的人儿也支撑不住啊……文姬方寸已乱，王爷要早拿主意呀！

左贤王　不要说啦！曹丞相在逼我，大单于在逼我。苍天哪，你给了雄鹰翅膀，为什么要折断？你给了我贤良的王妃，为什么又要夺回？

乳　娘　王爷，让文姬走吧，我留下。孩子由我照看，王爷省心，文姬放心。等把一双儿女抚养长大，我就在这大漠草原终老天年。我一个孤老婆子，能跟你活到今天，知足了。天下没有不散的筵席……

伊　谷　王爷，文姬王妃归汉一事，大单于要王爷火速回话！

左贤王　……咳！

〔左贤王下，伊谷随下。

〔孤涂："阿婆——"上。

孤　涂　阿婆，我们就要回转中原啦，行装都收拾好了吗？

乳　娘　收拾好了……

孤　涂　怎么，阿婆不高兴？

乳　娘　高兴，谁说不高兴？树高千丈，叶落归根，阿婆做梦都思念故乡啊！

孤　涂　我昨晚也做了一个梦，梦里，我跟着阿妈登上了长城，还看见了黄河、长江，开心死啦！阿婆，我们什么时候动身？

乳　娘　动身，动身……

孤　涂　阿婆，怎么啦？

乳　娘　孩子，你还小，大人的事你不懂。你阿妈为这事，三天三夜没吃没睡，心都愁碎了。

〔凄婉的琴声。

〔灯隐。

〔一束光下，蔡文姬手抚桐琴，发狂似地弹奏……突然扑在琴上，满脸泪水。

〔乳娘引董祀上。

乳　娘　董大人，请——（下）

董　祀　文姬，师妹……我们明日就要登程了。

蔡文姬　（抱起焦尾琴，至董祀面前）请公胤兄将它带回去。

董　祀　师妹你……

蔡文姬　琴是汉家之物，人已是胡人之妻。你把它带回中原，替我酬谢曹丞相。

董　祀　你是决意不回去了？

蔡文姬　公胤兄，当初我孑然一身，你为何不来？三年、五年，你为何不来？如今我在草原生儿育女，生活了十二年，十二年哪——公胤兄，就让我在这北国草原做人妻为人母，终老此生吧！

董　祀　不！（激动地）这不是你的心里话。

蔡文姬　这就是我的心里话！

董　祀　这不是蔡文姬！

蔡文姬　这是实实在在的蔡文姬！

董　祀　文姬，师妹！请恕我直言，你忘记了你是蔡伯喈的女儿，忘却了先师的遗愿！（从怀中取出遗稿）这是曹丞相给你的珍贵之物……

蔡文姬　（接，看）啊！是爹爹的遗稿？

董　祀　正是令尊在狱中的绝笔。

蔡文姬　……血迹斑斑，残缺不全……

董　祀　这断稿残篇，字字句句都是令尊的血泪呀！多亏上天垂爱，才得血火之中幸存。曹丞相苦心收藏，就指望你将它修复补续，流传于世！

〔蔡文姬五内俱焚。

董　祀　长安儒生，洛阳父老，闻知我来迎回蔡伯喈的女儿，都说苍天有眼，蔡门有望，他们将你家故居收拾干净，将你父母的陵墓修葺一新，只盼你早日回转故里，扫墓祭灵，继承父志，大展宏图。却想不到你……

　　　　（唱）你忍见血染的遗篇成断稿？

　　　　　　你忍把先父的遗愿弃蓬蒿？

　　　　　　你忍看祖宗的陵园无人扫？

　　　　　　你忍叫那天下儒生、洛阳父老一片热望化冰消？

　　　　　　老恩师在泉下若知晓，

　　　　　　只怕是魂难安，目难瞑，

　　　　　　百年遗恨奈何桥！

　　　　师妹保重，愚兄告辞了！（深施一礼，欲下）

蔡文姬　（忍不住脱口喊出）公胤兄，你就这样走吗？

董　祀　（闻声止步）文姬呀，文姬，你是过分沉湎于儿女私情，忘却了故国大业！（下）

　　　　〔伴唱：一片芳心千片碎，

　　　　　　　这片留来那片回……

〔一束光下，左贤王手捧哈达，沉重地上。

左贤王　（念）强行留得文姬在，

　　　　　　　胡汉天宇罩阴霾。

　　　　十二年了，是这条哈达，一头牵住了你，一头牵住了我，想不到今日就要一刀两断啦！

蔡文姬　王爷……

左贤王　大单于已然应允曹丞相，明日一早，文姬归汉！

〔孤涂上。

孤　涂　阿妈！我和小阿妹要跟你回中原去看长江、看黄河，逛长安、逛洛阳……

左贤王　住口！谁说要你去汉家？

孤　涂　阿爸，你不常说匈奴汉人是一家吗？为什么阿妈能去，我就不能去？

左贤王　（暴躁地）我说不能去，就是不能去！

孤　涂　（倔强地）我是阿妈的儿子，我就要跟阿妈一道去！

左贤王　你是匈奴的后代！

孤　涂　我也是汉人的后代！

左贤王　住口！从今日起，你只有阿爸，没有阿妈！

蔡文姬　（手抚孤涂的面颊，心疼如绞）王爷！

左贤王　你走吧，你赶快走！

孤　涂　（毫不示弱）阿爸不讲理，阿爸不讲理！

左贤王　（暴怒，伸手一掌，抽在孤涂脸上）来人，把这个畜生给我拖走！

〔胡兵应声上，拖住孤涂。

孤　涂　阿妈！阿妈——

蔡文姬　不准动小王爷！

左贤王　（拔刀怒吼）谁敢抗命，我就砍他的头！

〔胡兵拉哭喊的孤涂下。

蔡文姬　王爷！

左贤王　你走吧，走吧！

蔡文姬　（泣血痛呼）王爷——

（唱）为什么要分胡汉界？

一轮明月被云埋。

王爷他难舍恩和爱，

我也是肝肠寸断悲满怀。

王爷呀，

忘不了乱军之中你赤诚相待，

赫赫军帅惜裙钗。

忘不了昭君墓前你牵住我的爱，

我义无反顾留下来。

忘不了草原之夜，

琴笳相伴夫妻舞。

忘不了你深情一片，

为我设计了中原的家宅……

十二年喝惯了膻茶马奶，

看惯了北国的荻花带雪开。

本想终身留塞外，

又谁知故国情家乡恋，

魂牵梦绕抛不开。

多少回梦回到坟台把爹爹拜；

多少回望断云山期盼雁归来。

爹爹的《汉书》无人续，

故国一声唤，

好似惊雷胸中炸开！

左贤王　文姬，为了我匈奴，为了你汉家，你我夫妻只得别离啦！

蔡文姬　（唱）今别离，我的情还在，

万千情结永世也解不开。

今别离，我的爱还在，

不让你孤寂冷落独徘徊；

今别离，我的心还在，

心心相印两萦怀；

今别离，我的魂还在，

我会常到你的梦中来，

常到你的梦中来……

妻走后，

你那倔强的性儿要改一改，

莫心寒，莫懈怠，

国事家事你要撑起来！

舍不下夫妻恩和爱，

抛不开儿和女骨肉情怀。

孤涂他还未把那人世解，

小芊姬还未离开娘的怀！

三日来，撕心裂肺魂不在，

大漠深情丢不开，

你的胡笳我随身带，

我的桐琴你留下来，

管弦永系情和爱，

风云万里隔不开！（泣不成声）

〔胡兵内："汉使到——"董祀上。

董　祀　董祀受命迎请文姬归汉，多蒙左贤王深明大义，肝胆相照。请受董祀一拜！

（唱）只要是国运昌隆胡汉修好，

万里边疆恰似一箭遥。

琴韵笳声长缭绕，

沐胡风浴汉月，

百代和鸣动九霄!

左贤王　说得好！董大人——

（唱）文姬随你上归道，

我有一言你须记牢：

不许官场给她找烦恼，

不许酸儒对她侧眼瞧，

不许恃权大压小，

不许诡诈耍奸刁！

若待她半点不公道，

音讯传来我决不饶。

策马中原，再抢她回转阴山道，

与汉家势不两立永绝交！

蔡文姬　（唱）好王爷——

好王爷一席话掷地有声，

他助我龙归故水情比血浓。

万古不灭家乡恋，

斩不断，抛不开，丢不下，抹不去，

深深刻印心髓中。

热血沸腾铭心志，

报效故国踏归程！

〔灯隐。

七

〔草原。晴空万里，鼓乐声、胡笳声震天动地。盛大的胡、汉双重仪仗队鱼贯而上。

〔蔡文姬款步走上。

伊　谷　（率众胡兵齐声）为文姬王妃送行！

董　祀　（率众汉兵齐声）请文姬王妃上马！

〔蔡文姬微微一怔，默默颔首，环顾四周，突然转身朝大草原深深一拜。

〔忽闻琴声骤起，高坡之上，左贤王手抚桐琴，忘情地弹奏。

〔蔡文姬取出胡笳，和着琴声，深情地吹奏起来。

〔仪仗队依次而下。

〔伴唱：胡笳本自出胡中，

　　　　缘琴翻出音律同。

　　　　琴声悠，笳声壮，

　　　　曲虽终，思无穷。

〔左贤王情不自禁地从高处走下，与蔡文姬拥抱在一起。

〔歌声：《敖包相会》。

〔剧终。

精品提名剧目·豫剧

村官李天成

编剧　姚金成　张　芳　韩尔德

时间

当代。

地点

河南农村。

人物

李天成、丁秀莲、李德旺、巧巧、金锁、三娃、喜鹊嫂、马大丽、刘平山、老根爷、乔二顺、国盛、铁锤

————豫剧《村官李天成》 〉〉〉〉〉

第一场

〔九十年代初某日。豫北黄河湾西李庄村委会门前。大槐树下一堵历经沧桑的老墙，老墙上贴着一张通告。乔二顺等村民看通告，气愤地议论。

铁　锤　（朝村委会大门）李德旺！你给我出来！

众村民　出来！

铁　锤　（唱）你为啥截留俺的卖粮款？

众村民　（唱）你为啥截留俺的卖粮款？

铁　锤　（唱）不兑现你别想混过关！

众村民　（唱）对！不兑现你别想混过关！

李德旺　（上）恁咋呼啥！恁咋呼啥！

老根爷　卖粮款……

李德旺　不错，卖粮款是截留了！

刘平山　为啥？

喜鹊嫂　对，为啥？

李德旺　（指老墙）那上面不是写得清清楚楚吗？因为大家还欠着村里的提留款！

喜鹊嫂　不对！提留款俺早就缴过啦！

众村民　缴过啦！

李德旺　缴得不够！又追加了！

乔二顺　哎，德旺叔，中央三令五申要减轻农民负担，可咱村里的提留款年年往上涨，这中央的精神你到底执行不执行？

众村民　（闹成一片）提留款年年往上涨，钱都干啥用啦？
喜鹊嫂　你说，你还是共产党员不是？
乔二顺　德旺叔！

　　　　（唱）乡亲们土里刨食汗水淌，
　　　　　　　办事花钱全靠卖点粮。
　　　　　　　当干部要把致富的点子想，
　　　　　　　吃喝账乱摊派太不应当！

李德旺　（唱）黄河滩盐碱地我有啥法儿想？
　　　　　　　离城远不临路不养工商。
　　　　　　　学校房子漏，农电要联网；
　　　　　　　村路要改造，花钱没商量；
　　　　　　　陪吃喝迎来送往，那是工作我也嫌忙！

众村民　"你这是手不溜，怨袄袖！""你就不会想想致富的路子？""活人能叫尿憋死！"……

李德旺　吵！吵！恁再吵也吵不出钱来！就咱西李庄这条件，就是神仙也没招！唉，这个村官，我早就不想干了！我已经给乡党委打过辞职报告了，你们大家请等着改选吧！（扭头要走）

〔众村民拦李德旺。

铁　锤　你就是走，也得把钱还俺再走！
众村民　对！还俺的卖粮款！

〔李天成上。

李天成　（见状，责备地）铁锤！你干啥？
喜鹊嫂　天成！卖粮款他给俺扣了，现在他又要撂挑子不干了！
李天成　（走过去）德旺哥，这大过年……
李德旺　天成！这几年你在城里办公司，村里的情况你不知道……唉！（欲说又咽）反正这个村官我是不干了！有啥问题等改选以后再解决吧！（转身下）
李天成　（没拦住）哎哎！德旺哥！……

———豫剧《村官李天成》 〉〉〉〉〉

刘平山　嗨！这可好！治聋子治成了哑巴，德旺这一走，咱这卖粮款找谁去照头啊！

〔老根爷突然哭起来。

李天成　根叔，咋了？

老根爷　唉！天成啊，巧巧他爹殁了，她娘又住了医院，我还指望着卖粮款交药费哪！

李天成　（掏钱）巧巧！这钱你先拿住，赶快去医院！看病可不能耽误！

巧　巧　（感动地）天成叔！我不要……

李天成　巧巧！快拿住吧！……

喜鹊嫂　巧巧，拿住吧！看病要紧。

众村民　拿住吧……

老根爷
巧　巧　（感动地）天成！……

金　锁　救急救不了穷，帮了一家帮不了全村呀！

李天成　（一愣）金锁，你……

刘平山　天成！前些年你说种大棚蔬菜能赚钱，大伙都不敢跟你走。这两年你光种菜就盖起了两层小楼。大伙心里都服气你！

李天成　怎么？现在明白了？

刘平山　（不好意思地笑）你能不能帮咱把大棚菜也搞起来呀？

喜鹊嫂　天成，你说现在种大棚蔬菜还中不中？

李天成　（欲擒故纵地）只要你想中，那就中！你要不想中，那煮熟的鸭子还会飞到河里扎猛子呢！

刘平山　现在咱村的人急得恨不得喉咙里往外伸手！咋会不想中？

李天成　（情绪一振）那中！

（唱）放眼看中原油田不算远，

　　　油嫂们腰里都有钱。

　　　鲜蔬菜四季都好卖，

　　　咱赶快赶季建菜园。

　　　　　没钱我帮恁跑贷款，

　　　　　缺技术我去请技术员。

　　　　　只要恁把大棚建，

　　　　　我保恁经济效益能翻番！

　　〔丁秀莲上。

　　〔众兴奋议论："这太好啦！""天成叔有办法！跟着他干没错！"……

金　锁　乡亲们，天成叔有想法，点子多，我提议，咱派几个党员代表到乡党委把大家的意见反映一下，让天成叔回来干支部书记！大家说好不好？

众村民　好！（群情振奋）

丁秀莲　（一惊）不中！金锁，俺家在城里边还有公司……

金　锁　婶，俺叔说了，只要你想中，那就能中！……

铁　锤　要是不想中，那煮熟的鸭子，还会飞到河里扎猛子哩！

丁秀莲　你！

　　〔众大笑……

第二场

　　〔两年后，西李庄村头。

　　〔伴唱：一句话落地应声起，

　　　　　选出个能人掌帅旗。

　　　　　转眼两年春秋去，

　　　　　黄河湾大棚蔬菜四季绿！

　　〔蔬菜大棚连绵成阵，绿意盎然。人们在采摘、搬运蔬菜。喜鹊嫂推菜车上。

喜鹊嫂　大棚蔬菜无公害，物美价廉人人爱。

　　　　（唱）天成他当支书真有眼界，

——豫剧《村官李天成》 〉〉〉〉〉

    带全村建大棚把财路打开。

    没料到别的村咋学得也恁快,

    铺天盖地都成了菜,还发的什么财!

喜鹊嫂　　大棚蔬菜无公害,物美价廉人人爱……

    〔菜贩子上。

喜鹊嫂　　老板,看看!

菜贩子　　大嫂,啥价?

喜鹊嫂　　(赌气地) 八毛!少一分也不行!

菜贩子　　那边五毛我都没要。八毛,留着自己吃吧!(转身欲走)

喜鹊嫂　　(忙笑着拦) 老板,给你闹着玩呢!五毛就五毛,你要多少?

铁　锤　　(从另一侧上,大声地) 美国小番茄四毛五。

喜鹊嫂　　(忙将要过去的菜贩子拉住) 四毛四!四毛四给你!

铁　锤　　四毛!我四毛卖!

喜鹊嫂　　三毛九!

铁　锤　　三毛五!

    〔李德旺上,见状,不满地旁观。刘平山随上。

喜鹊嫂　　(冲过去一把揪住铁锤) 铁锤!你想干啥?想跟老娘我兑急不是?

铁　锤　　你卖你哩我卖我哩,我给你兑啥急!

喜鹊嫂　　这美国小番茄你三毛五都敢卖?

铁　锤　　我想卖!

菜贩子　　恁卖不卖?不卖我走了。

    〔李德旺上。

李德旺　　(厉声) 都住手!你们这是干啥?还像不像话?

喜鹊嫂　　你看这个败家子,那美国小番茄他三毛五都敢卖!

铁　锤　　我想卖!总比喂猪强吧?

李德旺　　都闭嘴!(对菜贩子) 咋啦?想挑逗群众斗群众,破坏我们西李庄安定团结是不是?

菜贩子　　你看你这人!这,我收我的西红柿……

李德旺　（伸手比数）五毛！要是愿意他们的你全都拉走。要是不愿意，你一个也拉不走。

菜贩子　（不服气）咦！……

李德旺　（强硬地）你信不信？

国　盛　（低声）老板，这可是俺村的老支书……

菜贩子　（让步）那好，四毛五！要是卖，我就全拉走，要不卖，拜拜！

喜鹊嫂
铁　锤　（同时）卖！卖！

菜贩子　装车！

〔喜鹊嫂、铁锤与菜贩子同下。

刘平山　德旺哥，你到底还是老支书，一张嘴就把他们给镇住了。

〔乔二顺上。

乔二顺　（拿着手提扩音器嚷嚷）全体村民注意了，请大家马上到大槐树下开会了！有好消息——

刘平山　顺啊，来……上边写的啥好消息？

村　民　二顺哥，听说天成叔要办工厂。

乔二顺　是呀！这个厂的原料就是咱们的大棚蔬菜！天成叔说了，这叫……

村　民　叫啥？……

乔二顺　对啦！这叫拉长产业链。不光从根本上解决大棚菜的问题，效益还能翻几番！

〔李天成内唱：漫天喜讯飞彩霞——

村　民　天成叔回来了！

〔李天成欢喜若狂地与金锁上。

李天成　（接唱）漫天喜讯飞彩霞，

　　　　　　一路春风赶回家！

　　　　　　好价钱买回来骏骡马，

　　　　　　这一回咱可是抱住了金娃娃！

———豫剧《村官李天成》 〉〉〉〉〉

办工厂早把算盘打,

选项目考察了几十家。

不是投资多,就是风险大,

家底薄不敢把宝往上押。

总算是工夫没白下,

金娃娃蹦到眼前让咱抓。

蔬菜脱水新技术,

保驾护航有专家。

国内外市场都很大,

正在等着咱开发。

不是我李天成夸大话,

这一仗可以说咱稳打稳拿!

西李庄栽上这棵摇钱树,

三年内彻底把穷根挖,咱一路发发发!

〔村民群情振奋。

喜鹊嫂　天成,咱再也不用看那二道菜贩子脸色啦!

金　锁　我跟恁说,为了争到这个项目太不容易啦!天成叔把给他小舅子买汽车的钱全都垫进去了!感动得农学院刘教授不光答应担任咱的总工程师,还要给咱组织专家顾问团哩!

李天成　乡亲们,一句话,咱这厂呀,技术有保证,原料没问题,产品有市场,大家请等着大把大把地赚啦!

〔村民情绪更高涨。

刘平山　天成!你的点子就是多,啥也不用说,俺都听你哩,你就领着俺干吧!……

李德旺　(质疑)天成,你刚才说的好倒是好,不过咱不能光想着赚钱。你也给大家说说,办这厂得花多少钱?

李天成　一百万。

村　民　(惊诧地)啊?! 一百万?……

李德旺　　你去哪儿弄这一百万？

李天成　　这一次村里打算搞股份制，完全市场化，集资入股，家家当老板，户户是股东——

刘平山　　集资入股，那不是让大家往外掏钱吗？

喜鹊嫂　　我算是听明白了！天成，闹了半天，你这厂是让大家伙儿掏钱去建？

李天成　　股份制就是合伙上山打老虎，要风险利益共担。

〔村民惊慌地窃窃私语。

喜鹊嫂　　（找托词）俺家大棚豆角该摘啦，人手不够，我得赶快去找人……（惶惶下）

铁　锤　　一百万？卖菜啥时候能赚这一百万？俺爹叫我半天了，得回去看看！（逃跑似地下）

村　民　　这厂要是办成了还真中，那要是办砸了，咱不都赔进去了……

〔众人都客气而不自然地婉拒着李天成的劝说，各找着理由纷纷离去。

〔李天成沮丧而困惑地呆立。

刘平山　　天成，咱这农民办厂是赚起赔不起！这也不是个小事，你们领导还是再商量商量。

国　盛　　对，恁再合计合计……

〔金锁、马大丽等又着急又生气地围着李天成要说什么。

李德旺　　金锁！你们几个先回去歇着！我跟恁天成叔有话说！

〔金锁等无奈下。

李德旺　　天成！坐！（见天成呆立，带气地）你坐呀！

〔李天成不情愿地走过来坐下。李德旺给天成递烟。天成无心抽烟。

李德旺　　（语重心长地）天成——

　　　　　（唱）两年来城里的公司你全丢下，

　　　　　　　扑下身为全村群众把套拉。

———豫剧《村官李天成》 >>>>>

建大棚跑贷款把房子抵押，
贫困户你成百上千帮了多少家。
吃喝风就连我都没办法，
你竟能拉下脸硬是刹住了它。
村干部最忌讳喜功求大，
有成绩更应该求稳防滑。
办工厂是拿票子把老虎来耍，
人玩虎，虎吃人可是一刹那。
庄稼人一分钱也是汗洒，
种一窝收一捧实打实拿。
前些年别的村也曾把厂办，
哪一个不赔得龇拉着牙。
再说那城里的厂还说垮就垮，
咱不能让群众再拿着票子往里砸！

天成，你别怪恁哥我给你泼凉水，你看看刚才群众的情绪！天成，听哥一句话，赶快给人家把专利退回去！弄不好连你也要搭到里边！（见天成听不进去，恼火地站起来）你呀！你那二杆子脾气啥时候才能改！（悻悻地拂袖而去）

〔丁秀莲急上。

丁秀莲　天成！你给他二舅买的汽车哩？你给他二舅买的汽车哩？！
李天成　（无名火起）汽车汽车，我连早饭还没吃！你知道吗？……（急捂肚子蹲下）
丁秀莲　（惊，忙扑上扶）天成！天成！……

〔灯暗。

第三场

〔夜。李天成家。

〔丁秀莲端饭上，催天成吃饭，叫几声天成不应。

丁秀莲　吃饭了，天成，你喜欢吃的炝锅面条做好了，快起来吃吧。

李天成　不吃，我啥也不想吃。

丁秀莲　你是犟啥？

（唱）犟脾气又上来难拉难拽，

　　　就不怕坡陡路滑会把跟头栽。

　　　两年来回村里扛旗挂帅，

　　　干啥事都先吃亏拿命把路开。

　　　村里人虽夸你干得不赖，

　　　有谁知你添了多少病，咱破了多少财。

　　　这一回原说是去把汽车买，

　　　谁知你买个专利抱回来。

　　　庄稼人只相信现把现卖，

　　　谁信你许下的蒸馍是黑是白？

　　　更别说万一这厂办失败，

　　　谁能来替你担待挡祸灾。

　　　天成啊，这件事不能再铺摆，

　　　该收场就收场正好下台！

〔天成拿着材料从内室出，一副要外出的样子。

丁秀莲　你又弄啥？

李天成　找德旺哥谈谈！

丁秀莲　你是想找钉子碰？

李天成　钉子该碰也得碰！党员干部的思想观念不转变，咋能领着群众奔市场奔小康！

丁秀莲　天成，这东山日头一大堆，有啥事你不会明天再说？我饭都做好了，先吃饭再说，你喜欢吃的炝锅面条……

李天成　（接过饭碗，无心吃，又推开。丁秀莲看天成一脸愁云，偷偷胳肢天成，想逗他开心）中了，别乱了。

——豫剧《村官李天成》

丁秀莲　（嗔怪地）李天成，你是精你还是憨？人家村里人都不愿意入股，咱是找着作这难干啥？

李天成　（带气地）干啥，要咱这干部干啥？

丁秀莲　就你能！哪一回你不是累得骨断筋折，我看你不把那命搭上你不算完！饭都凉透了，我去给你盛碗热的！（下）

李天成　盛去呗！真是见鬼了，这眼看是个金娃娃，可咋就没人……我就不信这西李庄没有识货的人！（拿过电话拨号）金锁！我要开个特别党员会！给我通知一下人，马大丽、二顺、平山、三强……连你一共八个，马上到我家来！对！就是集资的事！对了，别忘了把恁德旺叔也叫过来!．……好，吃饭！

丁秀莲　（端饭复上）不撞南墙不回头！

李天成　（接饭碗）秀莲，一会儿开会，你首先要认下百分之三十的股份！给他们做个样子！

丁秀莲　你说得多轻巧！自从你当上这个村官，咱家是出的多进的少，家底都赔光了！那存款折国库券加起来也不过二十来万，我去哪给你弄那百分之三十？

李天成　你再找孩他舅转借点！

丁秀莲　我不去借，要去你去！

李天成　中！我去就我去，看他敢不借给我。

丁秀莲　那是，人家叫你买汽车的钱你买专利，再借人家能不借给你？（下）

李天成　他敢！一会儿人来了我该先说啥？

〔三娃掂礼品酒上，看李天成踱步，忍不住笑。

李天成　（转过身）三娃！你小子啥时候进来的？

三　娃　（笑）天成叔，你迈着八字步学唱戏走台步。

李天成　啥事？说！

三　娃　找你开个介绍信，想办一个亚太汽车修造中心！（放酒）

李天成　（笑）你小子可真敢开国际玩笑！就你修锁补锅那两下子，也敢开啥亚太汽车修造中心？

三　娃　现在就兴打大牌！叔，其实就是把那旧车破车拿来拆拆兑兑！（悄悄地）外省有人搞这！来钱快着呢！

李天成　（正色）三娃，汽车修造，人命关天！上面有严格规定！你趁早别打这个主意！

三　娃　天成叔！我不也是要求积极向上奔小康！这不，我专门给你买了坛好酒……

李天成　三娃，你办公司准备了多少注册资金？

三　娃　有两三万吧！

李天成　我给你出个主意，你既然有这两三万，干脆投资个既合法又稳保赚钱的项目，既不耽误你修锁补锅的生意，又能年年吃红利，咋样？

三　娃　有这好事？

李天成　那当然啦！

三　娃　我看可以！天成叔，那你得给我说说是啥项目？

李天成　中！

（唱）我到郑州去考察，
　　　抱回来一个金娃娃。
　　　蔬菜脱水新技术，
　　　工艺领先却不复杂。
　　　投资不高效益大，
　　　一年回本两年发。
　　　集资参股市场化，
　　　一千块起步能当东家。
　　　想致富关键时刻要大步跨，
　　　想腾飞就不能学那井底蛙。
　　　只要能建起来绿色食品厂，
　　　我保你不愁吃不愁花，

　　　　　　　大把的票子哗啦啦啦。

　　　　　　　院里……

三　　娃　（唱）院里盖起两层楼，

李天成　（唱）摩托……

三　　娃　（接唱）摩托开进俺的家！

李天成　（唱）再不是光会面朝黄土打坷垃，

　　　　　　　咱日子越过越得法！

三　　娃　天成叔，有你这句话垫底，恁侄儿这心里算有数了，我入股！

　　　　　（唱）一番话说得我心里酥酥麻，

　　　　　　　好像是财神奶奶落我家！

　　　　　　　真这样不入股我是老傻……

李天成　好！三娃，我看你的开放精神和市场意识就相当强！待会我要在这儿开个特别党员会，议题就是集资办厂！你列席参加，把你积极参股的想法给党员们谈谈，让大家也看看这市场经济是咋搞！

三　　娃　（疑惑）天成叔，那你说了一百圈，那党员们……还没入股？

李天成　这不奇怪！咱村祖祖辈辈都是种地，谁也没办过厂，心里边都没底！不过这可是个机遇！谁要是先入股谁就先得效益！

三　　娃　（言不由衷地点头）那是，那是……

　　　　　（唱）我还得多个心眼再多观察！

　　　　　〔李德旺、乔二顺、刘平山等陆续进来。

李德旺　天成，天这么晚了，又开啥会？

李天成　（递烟）还是集资的事。

李德旺　（接烟，恳切地）天成，当初推荐你当支书，我可是跟乡党委打过保票！办厂这事我看不保险！……

　　　　　〔国盛上。

国　　盛　天成，天恁晚了又开啥会？

刘平山　金锁说又开集资会，集资会不是刚开过，咋又开了？

李天成　（心中不高兴地）那是群众会，这是特别党员会！

〔几个党员困惑地看三娃。

国　盛　他算啥？

李天成　三娃是列席！

国　盛　天成，群众不想集资非得集？我说算了吧，天这么晚了。

李天成　金锁呢？

乔二顺　他临时有点事，一会就到！

刘平山　这倒好！通知咱是都来了，他倒来个小鬼不见面！

李天成　别发牢骚了！坐这。

李德旺　既然来了就坐一会。

李天成　这是搞市场经济，还没叫咱去堵枪眼！不等了，咱先说着！二顺，做个记录。这次集资办厂是咱西李庄改变面貌的一次难得的机会！……

〔刘平山忍不住打了个长长的呵欠，众人窃笑。三娃笑出了声……

李天成　（恼火地）那瞌睡咋恁多？

〔三娃及众人连忙噤声。

李天成　（尽量压下心中的火气）……办厂是个新鲜事，群众心里还有点怕，所以，咱们党员得先带头，这样才能把群众从小农意识的圈子里带出来！你们看，非党员三娃同志的开放精神和市场意识就相当强！人家这次踊跃集资，头一个报名参股！在这一点上，咱们党员也应该学习他！三娃，说说！

三　娃　（尴尬地笑）叔，我没啥说！

李天成　说吧！说吧！把你积极参股的想法给党员同志们谈谈！

三　娃　叔，你叫我咋说？

李德旺　三娃，放着排场不排场！叫你说你就说！

三　娃　其实……再给我个胆，我也不敢给党员们比积极，是不是？这入股的事我看……还是考虑考虑再说吧……

〔党员们窃笑。

李天成　（恼火）三娃！你真是烂泥巴糊不上墙！刚才咋说？

―――豫剧《村官李天成》 〉〉〉〉〉

三　娃　（急切辩解）叔，我一年四季东奔西跑、风刮日晒，修锁补锅赚几万块钱不容易！你不能叫我都赔进去！恁说是不是？……

李天成　中了！

李德旺　（站起）天成！到此为止吧！我还是那句话，这步棋不能走！你要是不听，睛往那南墙上撞！（下）

李天成　德旺哥……

三　娃　（赔笑）叔，你看我办那亚太汽车修造中心……

李天成　（恼火地）拉倒吧你！你这叫弄虚作假，扰乱市场。不批！

三　娃　（胡搅蛮缠，耍赖）刚才你咋不说？想打击报复不是！兴这不兴？
　　　　〔丁秀莲连忙从内室出，推三娃走。

丁秀莲　三娃！恁叔这会儿正开党员会，你那个事等回来再说！走吧……

三　娃　我不走！他是支部书记，他要跟俺记仇，以后日子还咋过？

丁秀莲　（板起脸）三娃，你走不走？

三　娃　不走！

丁秀莲　你走不走？

三　娃　我的酒！……（顺势掂上礼品酒溜出，自以为得意地吆喝）开个党员会，拿我这非党员当托儿哩！想的怪美！谁是傻瓜？恁那厂恁好，恁党员们咋不入股？说的比唱的都中听，真有这好事，恐怕还轮不着俺群众！

乔二顺　滚！
　　　　〔乔二顺气得要出去揍三娃，三娃溜下。

丁秀莲　（又生气又伤心地）看看，看看！（进内室）
　　　　〔屋子内一下子僵住。李天成忍着懊丧与羞辱，慢慢又倔强地抬起头来。

李天成　……三娃说的不错！办这厂，的确要担很多风险！这不是天上掉馅饼，更不是大街去拾钱。这一把投下去百十万，弄不好血本无归——

（唱）……赔净干！
　　选项目我百遍掂量不敢拍板，
　　亮旗号我已把身家性命担！
　　我知道我是骑上老虎把路赶，
　　摔下来就身败名裂定玩儿完！
　　可是同志们哪！
　　无工不能富，无商死水潭。
　　咱村底子薄，办厂难又难！
　　眼下群众还看不远，
　　得靠党员做示范。
　　过这村再没有这个店，
　　想办厂不知道到哪年！
　　看看咱个个堂堂五尺汉，
　　肩膀头真就软得啥也不敢担？
　　黄河水滔滔千年流，
　　难道咱就甘心受穷、面貌依旧，
　　都当个庸庸碌碌无所作为的平安党员？

（见大家仍不语，失望地）说吧，反正这个项目我是认准了！谁要是不愿意干可以走了。走！（陡然怒吼地，已是满面泪水）

〔众党员动容。

〔丁秀莲从内室出，乔二顺等迎上欲说什么。丁秀莲稍顿，走到天成面前。

丁秀莲　天成！……这是二十二万，差那八万，我现在就回俺娘家给你借。

李天成　秀莲……

丁秀莲　天成，你可千万别急……（将存折放在天成面前，默默地向外走去）

〔党员们一个个都呆了。金锁与马大丽等进来。

———豫剧《村官李天成》 >>>>>

金　锁　婶，这么晚了去哪儿？

丁秀莲　我去给恁叔借钱去。

金　锁　婶，不用借了。

李天成　（埋怨）金锁！你们上哪去了？

马大丽　俺去俺表姐家借钱去了！

金　锁　天成叔！我和大丽、根生这几个人商量好了！这个厂适合咱们村，你又有办厂经验，这个厂咱们一定要办！我们几家东挪西借，也要参股集资！

〔李天成激动地紧握金锁双手。

刘平山　天成！只要党支部有决心，我们大家就有信心。我参股！

党员们　我也参股！……

李天成　（激动得说不出话来）……秀莲！拿酒！……

丁秀莲　（兴奋地）哎唉！……

〔丁秀莲兴奋地拿过酒来，李天成一个一个地倒酒，众一同高高举杯。

〔伴唱《黄河行船歌》昂扬响起：

　　黄河风浪险哟，黄河行船难，

　　黄河不入海哟，怎见天外天。

　　站起一个人，撑起一张帆！

　　鼓起一帆风，驶向朝霞边……

第四场

〔两年以后，凭添了工厂气象的西李庄村头。

〔欢快的音乐声中，一群着工装的青年男女来往搬运产品装车。

〔合唱：鱼跃龙门道道关，

　　　　新工厂建立在黄河湾。

　　　　你看那车来车往多兴旺，

　　　　　　　谁不羡点石成金好机缘。
　　　　〔李德旺挑一担青菜上。
李德旺　（唱）市场这玩意儿真魔道，
　　　　　　　孬了好，好了孬，好好孬孬。
　　　　　　　不出门大睁两眼往坑里跳，
　　　　　　　有眼光土坷垃也会变金条。
　　　　　　　天成他不简单，厂子办成了，
　　　　　　　西李庄破天荒可是头一遭。
　　　　　　　悔当初自以为经验老到，
　　　　　　　实不该帮倒忙脸红声高。
　　　　　　　如今工厂生意好，
　　　　　　　火上浇油热气高。
　　　　　　　看村里没入股的多懊恼，
　　　　　　　眼红心痒没抓没捞。
　　　　　　　这几天总有人找我来说道，
　　　　　　　说得我心里也乱糟糟！
李德旺　大棚蔬菜无公害，物美价廉人人爱……
金　锁　平山、二顺、根生，赶快到场办商量分红的事，赶快到厂办商量分红的事。
　　　　〔幕后传来高音喇叭广播工厂分红的消息。有人反感地向喇叭扔石子。
　　　　〔三娃、喜鹊嫂等不满地议论上。
三　娃　干啥！有意见提意见，那是砸啥？德旺叔，这话可又说回来了，人家那十三家党员是半年一分红，还月月有福利，就连入股最少的二顺家都两辆名牌摩托车。这咱跟人家一比，弄这算啥哩？
喜鹊嫂　老支书，这两年虽说咱种大棚菜赚了点钱，可跟人家一比，咱可又成贫下中农了！

———豫剧《村官李天成》 〉〉〉〉〉

〔巧巧拿药上。

喜鹊嫂　巧巧，你怎么没去上学？

村　民　柳集俺姐家的闺女前两天都去学校报到了，你咋还没去？

巧　巧　俺家有事。我过几天再去……

喜鹊嫂　（看见巧巧手上的药，关心地）巧巧，这……

巧　巧　（点头）俺爷病了，我去镇上给他买了点药……

李德旺　巧巧，上了岁数的人有病可得抓紧治！

巧　巧　我知道了。叔、婶，俺回去了。

三　娃　巧巧，刚才我咋看见根爷拉着一车砖出村去了？

巧　巧　（一惊）他往哪去了？

三　娃　好像是……往柳集那边去了！

〔巧巧着急地跑下。

喜鹊嫂　这老头准是为巧巧的学费又作住难了！

村　民　老支书！你看看，你看看。支部书记带领十三家党员捞大钱，这么多群众眼巴巴看着，这总有点说不过去吧？

李德旺　（内心矛盾）政策允许一部分人先富起来，不要动不动就害那红眼病！（心烦地）这样吧，你们的意见我都记下了，回头我找天成说一声！

喜鹊嫂　（一肚子怨气）老支书，你都下台了，他听你的不听？

李德旺　我虽然退居二线，可不管咋说，我还享受着正村级待遇！（气下）

〔幕后传来吵闹声："哎！谁的架子车把路堵住了！"

喜鹊嫂　哎？你看！谁的架子车把路堵住了！（众下）

〔金锁内唱：一听说有人故意堵车道——急上。

金　锁　（接唱）一听说有人故意堵车道，

禁不住心头怒火烧。

客户被他欺负跑，

要治他破坏生产罪一条！

刘平山　厂长，你看，铁锤的架子车在那故意磨蹭着挡路！

金　锁　（大声）铁锤！你在那捣蛋啥？

〔铁锤上。

铁　锤　金厂长，这路可是咱西李庄的路，光兴外边的汽车走，就不兴咱的架子车走？恁再有钱也没把咱村的路给买了吧！

〔李德旺上。

李德旺　铁锤！你这是干啥？还像话不像话，有意见说意见，不能这样胡闹！不管咋说，这厂是咱西李庄的厂，咱们大家都得顾全这个大局！

铁　锤　德旺叔，你说这是咱西李庄的厂，那咋不给俺分钱？

〔幕后村民："就是啊，这工厂多少总得有咱一份儿！"

喜鹊嫂　党员吃肉，总得让咱群众喝口汤吧！

李德旺　有问题说问题，领导会研究解决！你们这样挡路那是不对！

金　锁　德旺叔！你说清楚，我们工厂有啥问题？

铁　锤　（起哄）这问题大了，支部书记带领党员挣大钱，群众瞪眼看，这问题不小！

〔幕后村民："不给钱就是不让走！不给钱断他的电！停他的水！挖他的路……"

〔李天成上。

李天成　是谁恁英雄？

〔议论声戛然而止。

李德旺　天成！你来得正好，我正要找你。群众对你们工厂有意见，你得好好听听群众的要求！党员捞大钱，群众瞪眼看，你弄这算……

金　锁　怪谁呀？当初劝你们入股，比劝寡妇上轿都难！现在见工厂赚钱你们眼红了，心里难受了是不是？这就叫市场经济！风险和利益连着！德旺叔，当初你说啥你还记得不记得？……

李德旺　（恼羞成怒）恁厉害！恁厉害！（气得呼哧呼哧说不出话来，摔烟怒去）

————豫剧《村官李天成》 》》》》

李天成　乡亲们都过来……

三　娃　金厂长，你好！

金　锁　（得理不饶人）三娃，好心叫你入股，你觉得是叫你跳坑，还在大街上喊叫说天成叔让你当托儿……

三　娃　（一脸无辜地辩解）兄弟我是后悔当初没听天成叔的话，可我也没闹事……

金　锁　那你这是干啥？

李天成　像三娃这样也不错。人都没有长前后眼，谁也不是诸葛亮，前算八百年，后算八百年。这次看走眼了，以后学机灵点就是了。可不能因为这就犯红眼病，就想闹个事、讹个人！铁锤，我看你小子挺有号召力的，你来负责，马上把路给我腾开！路不开我找你算账！

〔铁锤顺从地下。

三　娃　（悄悄巴结地）天成叔！你看恁侄儿这思想觉悟也提高了！那三万块钱都在家里放着！是不是跟他们商量商量，叫恁侄儿也先入股？

刘平山　我说你小子咋想恁美呀？当初栽树的时候你躲得远远的，现在看摘桃子你又来凑份子？有没有恁好的事？

三　娃　（不自信地）我这不是跟天成叔商量嘛！

刘平山　别商量，没啥商量！

党员们　没啥商量！

村　民　咋没啥商量？

喜鹊嫂　人家是大款党员，大款书记！咱吃亏受穷，还没有一点理，有啥说哩？走人！

〔李天成如被针刺，心中一震。

金　锁　喜鹊婶，你说啥？

喜鹊嫂　金锁，婶敢说点啥？婶说你是大款党员，大款书记。俺是贫下中农，恁十三家厉害，俺惹不起。（对三娃等）走吧……回家喝咱的稀汤去吧！

〔三娃等人悻悻下。李天成呆立。

金　锁　典型的红眼病！胡搅蛮缠！

李天成　（脸色难看，欲说又咽）……中啦，你们先走，让我清静一会儿。

〔金锁等人下。

〔主题歌音乐隐隐响起，李天成心如潮涌，不能平静。走向黄河大堤。

〔景转黄河大堤。夕阳斜照，大堤、河滩苍茫雄浑。

〔李天成伫立远望。老根爷拉一车砖艰难上，摔倒，喘气，咳嗽。

李天成　（转身，走近看）……根叔，摔着了没有？

老根爷　（抬头）是李书记……

李天成　（看车子，又心疼又生气地）这么重的车你也敢拉？你不要命了？

老根爷　一顶砖六块钱，跑一趟这么远，不是想凑个整数嘛。

李天成　六块钱？

老根爷　不少，有活干就不错了，就这还托着人情……

李天成　叔，咱以后不拉了中不中？有啥困难找恁侄儿。

老根爷　天成，你是书记！干的都是大事！叔这小事咋能麻烦你……

李天成　（苦涩地摇头）……叔，恁侄儿这支书没当好……

老根爷　天成，可别这么说！大伙都睁眼看着你，你这书记当的没啥说！比比前两年，该知足了……

〔天成掩面抽泣。

老根爷　天成，你是哭啥？和小时候一样，还是当年跟根叔一道儿拉车上坡的愣小子。

〔老根爷突然剧烈咳嗽起来，李天成摸老根爷额头。

李天成　叔，你还发着烧。不中，得赶快上医院。（一手搀扶老根爷，一手背过身打手机）大丽！赶快把车开到大堤！多带点钱，别问恁多！……

———豫剧《村官李天成》 〉〉〉〉〉

〔老根爷站起又晕眩欲倒。

〔巧巧上。

巧　巧　爷！……（哭喊着扑上）

（唱）爷呀爷，你要吓死俺，

烧没退你又来拉砖。

你若是有个啥好歹，

咱家可是要塌天！

你真忍心丢下巧巧我不再管——

老根爷　孩子，你的学费还不够，不能把你的学给耽误了。

巧　巧　我不上学了，我不上学了……

老根爷　净说傻话……

李天成　（痛心疾首）巧巧，不要怪恁爷，都怪叔！……怪我这支书没当好，可恁也不该拿我当外人！

巧　巧　天成叔！

（唱）叫声叔忍不住泪打眼，

多少话涌在胸哽咽难言。

爹去世娘多病家遭大难，

靠爷爷年迈人挑起了艰难。

家不幸巧巧我本不该把书念，

是您亲自把我送进了校园。

这几年多亏您帮扶照看，

从初中到高中才顺利读完。

村里事厂里事恁没明没晚，

叔啊叔，俺怎忍心再张嘴把您麻烦！

马大丽　（随汽车声急上）天成叔，车开过来啦！

李天成　赶快送医院！

老根爷　砖……

李天成　（又心疼又生气地）我拉！

〔巧巧、马大丽扶起老根爷，青年背老根爷下。

〔李天成看着老根爷的背影，呆愣少许，拿起挣断的襻带，发现血迹。

李天成　血？……（望老根爷背影，心潮汹涌）

（唱）今日事一桩桩刺疼了我，
　　　见襻绳隐隐血痕我忍不住热泪落。
　　　多少年多少代拉车走过，
　　　多少脚印、多少血汗流进了千年黄河。
　　　我也曾是黄河岸边拉车汉，
　　　襻绳下肩拉着沉重的生活。
　　　重载爬陡坡，
　　　路难深深辙。
　　　襻绳勒入肉，
　　　一挣如刀子割。
　　　种一把收一捧只挡住饥饿，
　　　拉走了冬拉过了夏艰辛岁月。
　　　改革开放如春风把大地吹过，
　　　我庄稼汉才丢掉了襻绳开上了汽车。
　　　我多想乘东风把乡亲的命运改写，
　　　多少回梦里黄河彩霞落！
　　　这襻绳千斤重警醒了我，
　　　有多少贫困户步子难挪！
　　　我摔襻绳坎坷路上重走过，
　　　为乡亲谋福利我要爬过那万丈陡坡！

〔合唱声起。李天成拉车舞蹈，蹉步、劈叉、吊毛，在暮色中一步步爬上黄河大堤。

——豫剧《村官李天成》 >>>>>

第五场

〔一个月后。工厂小会议室。

〔党员股东会。大家沉默着，气氛凝重。

李天成　咋，都装哑巴？说吧，过去咱只是酝酿议论，今天是正式会议。大家有啥想法都说说，我知道扩股经营让全村一百多户都扩股进来，看起来大家是要吃点亏。不过这吃亏不吃亏，那要看这账是咋算。

刘平山　咋算？咱十三家的一锅饭让全村一百三十多户人家来吃，这账咋算都吃亏！

李天成　那不一定！算小账吃亏，算大账就收益！（充满激情地）现在咱的产品供不应求，市场前景非常看好！咱们要抓住这个有利时机，上马二期工程扩大规模。咱们要以企业为龙头，公司加农户把咱西李庄办成中原大地最大的蔬菜加工基地！利润成倍翻，大家都有益！

马大丽　我同意天成叔的意见！通过扩股不仅为群众提供了发展致富的门路，而且也解决了厂与村之间的矛盾！

乔二顺　我不同意！利润成倍翻，正是咱发财的好机会！应该还是咱老股东们按股扩大投资！厂与村有啥矛盾？不就是有些人见咱赚钱眼红了？

〔三娃拎酒上，腆笑着闯入。

三　娃　天成叔！听说要上二期扩建工程，对吧？叔，这一回我可真是第一个报名入股！

〔三娃诌笑地向股东们打招呼，股东们又烦又气，板着脸带理不理。

马大丽　（板着脸）三娃！你没见党员正在开会，你是在这搅和啥？出去，出去！

三　娃　（巴结地）二嫂，我不也是要求积极向上奔小康嘛！

国　盛　（挖苦）三娃，你一年四季东奔西走、风刮日晒，修锁补锅赚几万块钱不容易，可别都赔进去了。

三　娃　国盛叔，你坐这挖苦恁侄儿，中不中？这人都有三昏三迷，那你当初入股的时候，心里不也是没数？要不，天成叔咋会拿我这非党员当托儿……咦！说漏嘴了！说漏嘴了！（自打嘴巴）……

李天成　三娃，你在这演小品，还是干啥？……

三　娃　叔，只要叫俺入股，那钱比存银行都强。

李天成　你先不要急！这二期工程究竟咋上，我们董事会还得商量商量！

三　娃　我看可以！俺在家准备好资金等村里通知，好吧，那我走了。
　　　　（过分热情地向党员们表示感谢）

党　员　酒……

三　娃　喝了吧！（下）

乔二顺　（嘲笑）典型的红眼病！

李天成　我看这种红眼病也不是个啥坏事。咱们想想，大家积极参股愿意跟我们走，这就是进步。再说，扩股经营也并不是搞平均主义吃大锅饭，而是让全村集资共同致富。金锁，在村里厂里你都是二把手，说说你的看法？

金　锁　（尽量克制）好吧。这个事你给我提过几次了，扩股经营，让全村都进来，于情于理，我好像不应该再多说啥。可……唉！

国　盛　（忍不住）你不说，我说！（动情地）天成——
　　　　（唱）回过头想一想看一看，
　　　　　　　办这厂咱受了多少罪，作了多少难！
　　　　　　　凑股份我破釜沉舟倾尽家产，
　　　　　　　亲戚朋友挨门磕头去借钱。
　　　　　　　开口求人难哪，难煞我五尺汉，

————豫剧《村官李天成》

|门前转哪转，不敢叩门环！
|钱借到我扇罢左脸扇右脸，
|一个人躲房中我哭了大半天！

金　锁　天成叔，你还记得不记得？建厂时咱们两个一身水，一身泥，硬是干了六个月的泥瓦工！每天干十多个小时！为了省钱，你买个破锅炉，厂里抢修锅炉，正是三伏天，你冒着高温钻进炉膛清除水垢，整整干了十五个昼夜！那一回你昏倒在炉膛，我把你背出来，你半天不会说话！我想，你要就这样过去了，我……我咋给俺婶子交代呀！（哽咽落泪）

刘平山　天成，你看看我这条腿，看看我这条腿！
（唱）为省钱多少活咱都自己干，
　　　爬电杆摔得我骨断腿残。
　　　光知道现在咱能大把赚，
　　　咋不看这辈子我不能直直站人前！

李天成　中啦！开诉苦会哩是不是？要不要把全村人都叫来听听？不错，大家都吃了苦受了罪，平山哥还搭上了一条腿，大家都是功臣，是大功臣！都该大把大把地赚！可是不要忘了，我们是党员，共产党员！咱是富起来了，可村里还有人看不起病吃不起药上不起学，咱就忍心看下去吗？都看看这条襻绳！老根叔快七十岁的人了，为了巧巧的学费还拉着一千多斤的车子在拼命爬坡！硬是把这条襻绳给挣断了！

马大丽　天成叔！别说了，把扩股经营的决议书拿出来吧，我签！
〔又有几个党员也站了起来："我签！""我也签！"

金　锁　（跳起）我反对！天成叔，我觉得这是两码子事。咱们建学校，修公路，拿过多次钱，大家都没说啥，这还不够？党员咋啦？党员就不能赚大钱、当大款？不错，村里是还有困难户，可在咱们厂上班拿工资的人也不少！让一部分人先富起来，这也是党的政策！

〔众党员纷乱的争论。

刘平山　金锁说得没错！咱赚多少那也是合理合法！上级不是说过，允许一部分人先富起来，现在市场竞争总得有穷有富！

马大丽　可咱富了是为了带动大家共同致富。

刘平山　那也不能让红眼病吃咱的大户！

马大丽　你说得不对……

国　盛　别忘了现在是市场经济。

马大丽　不管是啥经济都得为群众着想！

刘平山　不管咋说也不能搞平均主义大锅饭那一套！

李天成　金锁，你是副支书，我问你一句话，要是乡亲们的日子上不去，就咱几个党员富了，你觉得脸上光荣吗？

金　锁　天成叔，那话也不能这样说。我要是多拿集体一分钱，你可以把我送进大牢，我保证二话不说！可叫我让股当冤大头，我坚决不认！

马大丽　金锁，天成叔占百分之三十的股份，如果要说损失，天成叔的损失可比咱大得多！

金　锁　他是支书，他有钱，他想这样，咱能跟他比吗？

李天成　（动怒）金锁！你说啥？

金　锁　（冲动地）天成叔！这个厂是咱们十三家豁着命建起来的，咱不能为了捞政治资本，出卖大家的利益！

〔李天成震怒！眩晕，跌坐，气得说不出话来。马大丽等急扶李天成坐下。

马大丽　（生气地）金锁！你咋能这样说天成叔！

李天成　（极力平复情绪）中了，啥也别说啦，我宣布，我撤股！领着全村再办一个新厂！（毅然站起，快步往外走）

马大丽　天成叔！我跟你走！

〔二顺等几个也站起来："我也跟你走！"

〔余下的人突然惶然不知所措起来。

——豫剧《村官李天成》 〉〉〉〉〉

国　盛　（伤心又生气地）天成，你啥意思嘛！……（蹲下哭起来）
李天成　（动容，止步，忍不住落泪，掩面）
　　　　（唱）我不是二百五，心里也不憨，
　　　　　　　这几年我也是起五更搭黄昏风里来雨里去，
　　　　　　　走南闯北受热挨冻也想多赚钱。
　　　　　　　眼见咱小厂越办越红火，
　　　　　　　可细想想，
　　　　　　　再大的树也离不开咱脚下这块地，咱头上这片天。
　　　　　　　咱从小都在这穷村里长，
　　　　　　　同一块土地养活了咱。
　　　　　　　一瓶酒香半村暖，
　　　　　　　一树桃红百家甜。
　　　　　　　咱最恨，当官就把百姓忘，
　　　　　　　有钱就把穷人嫌。
　　　　　　　知恩不报无情义，
　　　　　　　见难不帮背背脸。
　　　　　　　咱当初办厂是为示范，
　　　　　　　还是要建设那共同富裕的新家园！
　　　　　　　同志们哪，莫忘了咱入党有誓言，
　　　　　　　莫忘了共产党靠啥掌江山！
　　　　　　　个人牺牲何足惧，
　　　　　　　群众的利益大如天！
　　　　　　　党员都是村里的旗，
　　　　　　　几百双眼睛看着咱。
　　　　　　　若要是群众想飞无头雁，
　　　　　　　乡亲们见咱心里寒！
　　　　　　　别人咋说我不管，
　　　　　　　我认定死理不回还。

　　　　　带全村，求发展，

　　　　　再亏再累心也甘！

　　　　　咱同心建设一座桥，

　　　　　下连着地来上接着天，

　　　　　当一个问心无愧的共产党员！

　　　〔气喘吁吁跑上。

三　娃　天成叔！乡亲们听说要上二期扩建工程，老少爷们拿着集资款，敲锣打鼓都来报名入股哩！

　　　〔金锁、二顺、刘平山等凑一块儿交换意见。

李天成　我们还没商量好……

金　锁　（突然）商量好了！二顺！打开大门！把老少爷儿们都请进来！按天成叔的方案：上马二期工程！扩股！

众党员　扩股！

　　　〔李天成感动地紧抱金锁，高兴落泪。

　　　〔一束红光，众股东分头在扩股经营的决议书上签字。

　　　〔昂扬的《黄河行船歌》声起：

　　　　　黄河风浪险哟，黄河行船难，

　　　　　黄河不入海哟，怎见天外天。

　　　　　站起一个人，撑起一张帆！

　　　　　鼓起一帆风，驶向朝霞边！

第六场

　　　〔两年后，气象大变的村头。

　　　〔丁秀莲上。

丁秀莲　（唱）十里花开歌做伴，

　　　　　从城里回来我丁秀莲。

　　　　　西里庄连年来快速发展，

———豫剧《村官李天成》 〉〉〉〉〉

　　　　建大棚办工厂步步赚钱。
　　　　下一步新村建设要上马,
　　　　家家小楼小花园。
　　　　为规划俺家带头扒了房,
　　　　秀莲我又是高兴又心酸。
　　　　谁让俺天成他是领头雁,
　　　　吃点亏受点累我心里也坦然。
　　　　进城去看样式我选了又选,
　　　　带回来设计图建俺的新家园。
　　（发现影壁墙上贴的宅基地规划名单）啊？新村规划的方案都下来了？让我看看——中区李巧枝、李德旺、刘玉谦——这咋没俺家的名字？——西区李天成？不对呀？啥时候把俺家分到这儿啦？这不是那蛤蟆洼吗？

金　锁　天成叔,那蛤蟆洼地段太差,你不能去。
李天成　你这是啥逻辑？蛤蟆洼为啥我就不能去住？
金　锁　天成叔,你为全村啥亏都吃了。这次新村规划,你带头扒了你那两层小楼。把最好的地段分给你,这也是规划组的意见。你要去蛤蟆洼我咋给全村人交代？
李天成　好交代。把那块最好的地段叫恁德旺叔去住,群众还有啥意见？有了好事,我这当支书的先抢到头,我在群众心目中是个啥形象！
金　锁　叔,俺婶把宅基地看得比啥都主贵！你又没有跟她商量,就换成条件最差的蛤蟆洼,她回来非生气不中！
李天成　生啥气！恁婶那脾气我清楚,没事！
　　　　〔丁秀莲低声抽泣。
　　　　〔李天成、金锁闻声诧异回头,见状一愣,连忙迎上。
金　锁　婶,你啥时候回来？
李天成　秀莲回来了？

〔丁秀莲不理，只是抽泣。李天成朝金锁狠狠使眼色，将金锁赶下。

李天成　这是咱新房设计方案，还是小洋楼……

丁秀莲　（忍泣）李天成！我跟你过了那么多年，我争究过啥没有？

李天成　（赔笑）没有，没有……

丁秀莲　那你这心里边到底还有没有我？

李天成　看你说的，咋能没有？

丁秀莲　（越说越起火）李天成！

　　　　（唱）你这个支书当得太蛮横，
　　　　　　　难道说当你老婆我就得回回牺牲？
　　　　　　　种蔬菜办公司苦拼苦挣，
　　　　　　　血和汗和成泥都能把楼盖成。
　　　　　　　为带领全村搞新村规划，
　　　　　　　说扒房就扒房我眼流泪心里揪疼！
　　　　　　　吃亏咱都吃个遍，
　　　　　　　盖新房为什么非要那个臭水坑？
　　　　　　　天下亏都吃尽我都认了命，
　　　　　　　这个亏再让我吃咱日子过不成！

李天成　（赔笑）有恁严重？

丁秀莲　新村规划的方案我都看过了，那是规划组把中区一号分给我，是村里的正式决定，你凭啥又把我分到那个蛤蟆洼？

李天成　秀莲，你想过没有，我是村里头把手，一事当前，我要不自觉退让，以后还不是啥好事都是咱拿头一份！

丁秀莲　头把手的贡献大，就得拿头一份。

李天成　中，头把手拿头份，二把手、三把手，下来还有支委党员，再下来还有那些有靠山有本事的。照这样轮下来，轮到一般群众还能剩个啥？

丁秀莲　李天成，你别绕着弯子套我！你说说，自从你当上这个村官，咱

———豫剧《村官李天成》 >>>>>

家吃了多大亏？在城里边买好的房子，办好的户口，你硬是给它退了！就连那公司你都贡献到村里边了，我说过啥没有？这一回你就是说破天，这个亏我是坚决不再吃！

李天成　秀莲！

（唱）当干部就应该能吃亏，

　　　能吃亏自然就少是非。

　　　当干部就应该肯吃亏，

　　　肯吃亏自然就有权威。

　　　当干部就应该常吃亏，

　　　常吃亏才可能有所作为。

　　　当干部就应该多吃亏，

　　　多吃亏才可能有人跟随。

　　　能吃亏肯吃亏不怕吃亏，

　　　工作才能往前推。

　　　常吃亏多吃亏一直吃亏，

　　　在人前你才好吐气扬眉。

　　　吃亏吃亏能吃亏，

　　　莫计较多少赚与赔。

　　　吃亏吃亏常吃亏，

　　　你永远不会把包袱背。

　　　吃亏吃亏多吃亏，

　　　吃亏吃得众心归，

　　　吃得你人格闪光辉！

〔喜鹊嫂等村民上，天成迎上。

李德旺　天成！我是老党员了，这一回说啥也得听我的，这蛤蟆洼必须我去……

金　锁　天成叔，你为全村操心受累，俺婶跟着你受了不少委屈。这一回说啥也不能让俺婶再吃亏了，这蛤蟆洼，我去！

丁秀莲　天成，咱去！

李天成　秀莲……

丁秀莲　（感动地）乡亲们！刚才我心里边是有点气，可是一看到大家这份情，我这气也就烟消云散了！俺天成常跟我说：千好万好不如群众说好；金碑银碑不如百姓的口碑。大家这么看重俺，俺就是再吃亏，也值！

李天成　（高兴地）看看，都看看……这就是我李天成的老婆……

丁秀莲　谁要是再跟我提那蛤蟆洼的事，就是办我丁秀莲的难看！

喜鹊嫂　天成，恁这当领导啥事都为俺老百姓着想，俺老百姓过意不去。大家商量，一起动手，把蛤蟆洼给恁家填平！

众　人　（排山倒海一般）对！

金　锁　好！现在我宣布，新村建设典礼就在蛤蟆洼，开工！

〔主题歌响起：

　　都说你不算啥官，

　　其实你不简单。

　　一根针要纫千条线，

　　哪一根都连着地和天。

　　你手挽的是老百姓啊，

　　你肩扛的是大江山！

〔剧终。

说明：本剧以河南省濮阳市西李庄党支部书记李连成同志的先进事迹为素材创作。